suhrkamp taschenbuch 3310

Jacques, der älteste Sohn der Grant-Tanerans, ist ein Spieler und Müßiggänger und ständig in Geldnöten. Mit seinen unheilvollen Machenschaften beherrscht er die ganze Familie: Seine Mutter kann ihrem Liebling nichts abschlagen, der Vater mischt sich längst nicht mehr ein, Henri, der Jüngere, eifert ihm nach. Nur Maud versucht sich dem Diktat des großen Bruders zu entziehen. Um der Familie aus ihrer finanziellen Misere zu helfen, soll sie den vermögenden Bauernsohn Pecresse heiraten. Doch anstatt die Rolle zu spielen, die man ihr zugedacht hat, wagt Maud einen Ausbruchsversuch – an der Seite eines andern, von dem sie sich ihr Glück erhofft.

Mit *Die Schamlosen* gelang der damals 29jährigen Marguerite Duras ein leidenschaftlicher erster Roman über die Tyrannei von Liebe und Haß, Schuldgefühl und Manipulation, Abhängigkeit und Selbstbetrug – kurz: über die subtilen seelischen Grausamkeiten, wie sie nur im Schoß der Familie möglich sind.

Marguerite Duras, die 1914 in Giadinh/Indochina geboren wurde und bis zu ihrem Tod 1996 in Frankreich lebte, wurde durch ihre Romane als auch ihre Dramen, Hörspiele und Filme in Deutschland bekannt.

Zu ihren bekanntesten Werken zählen neben dem Roman *Der Liebhaber* (L'amant) *Hiroshima mon amour* (erschienen als st 112), *Die Verzückung der Lol V. Stein* (st 1079), *Ganze Tage in den Bäumen* (st 1157), *Der Nachmittag des Herrn Andesmas* (BS 109) und *Moderato cantabile* (st 1178).

Marguerite Duras

Die Schamlosen

Roman

Aus dem Französischen
von Andrea Spingler

Suhrkamp

Die Originalausgabe erschien erstmals 1943
unter dem Titel *Les impudents* bei Éditions Plons.
Umschlagfoto: Lillian Birnbaum

suhrkamp taschenbuch 3310
Erste Auflage 2002

Druck: Nomos Verlagsgesellschaft, Baden-Baden
Printed in Germany
Umschlag nach Entwürfen von
Willy Fleckhaus und Rolf Staudt

1 2 3 4 5 6 – 07 06 05 04 03 02

Die Schamlosen

Meinem Bruder
Jacques D.,
den ich nicht gekannt habe.

I

Maud öffnete das Fenster, und die Geräusche des Tals erfüllten das Zimmer. Die Sonne ging unter. Sie ließ dicke Wolken zurück, die sich zusammenballten und wie geblendet in einen Abgrund von Helligkeit stürzten. Der siebte Stock, in dem sie wohnten, schien in schwindelnder Höhe zu liegen. Von da blickte man auf eine tönende und tiefe Landschaft, die sich bis zum dunklen Streifen der Hügel von Sèvres hinzog. Zwischen diesem fernen, mit Fabriken und Vorstädten verstellten Horizont und der auf den freien Himmel geöffneten Wohnung wirkte die von einem feinen Nebel erfüllte Luft, blaugrün und dicht, wie Wasser.

Maud blieb einen Augenblick am Fenster, die Arme aufs Geländer gestützt, den Kopf vorgebeugt, in einer Haltung, ähnlich der eines müßigen Kindes. Ihr Gesicht war blaß und gequält vor Langeweile.

Als sie sich wieder dem Zimmer zuwandte und das Fenster schloß, hörte der Lärm des Tals plötzlich auf, als hätte sie das Wehr eines Flusses geschlossen.

Am Ende des Eßzimmers befand sich das Büfett. Es war ein Henri-deux-Möbel, sehr gewöhnlich, das bei den Grants aber auf die Dauer die Rolle einer stummen Person übernommen hatte. Es war der Familie gefolgt, und von den angeschlagenen Tellern, die es enthielt, aßen sie seit über zwanzig Jahren ihr Essen. Die Unordnung, die darin herrschte, und sein Stil zeugten von der merkwürdigen Abwesenheit des mindesten Geschmacks bei ihnen. Wenn man dieses Büfett sah, begriff man, daß die Grants niemals Möbel aussuchten oder kauften und daß sie sich mit den mehr oder weniger schönen, mehr oder weniger aufgezwungenen begnügten, die der Zufall der Erbschaften ihnen beschert hatte.

So war es dieses Henri-deux-Büfett, um das sie sich an den Abenden der Ankunft, am Ende ihrer Reisen, wieder versammelten. Und diese Abende waren immer die schmerzlichsten, weil sie merkten, daß sie sich noch nicht voneinander getrennt hatten und daß ihre alte Anrichte sie immer anschaute wie das Bild ihrer Hoffnungslosigkeit.
An diesem Abend wartete auf dem Möbel der Brief der Tavarès Bank für Jacques Grant darauf, daß man ihn gnädigst öffnete. Der Brief kam oft ungelegen. Es war ein schlechter Tag, denn Jacques hatte Muriel, seine Frau, verloren. Sie war an diesem Tag an den Folgen eines Autounfalls gestorben. Jacques weinte in seinem Zimmer, von den Seinen verlassen: Sie hatten Muriel kaum gekannt, und jeder hatte außer persönlichen Gründen, ihm nicht beizustehen, einen allen Grants gemeinsamen Grund, gleichsam ein verächtliches Mißtrauen gegenüber dieser Äußerung seines Schmerzes. Daher ging Maud nicht zu Jacques, nicht einmal unter dem Vorwand des Tavarès-Briefes. Ihr schien übrigens, daß dieser nicht so unpassend kam; er spitzte das Verhängnis dieses tragischen und flauen Tages noch zu.
Im Eßzimmer lagen unordentlich Sachen herum, über die Stühle geworfen, der Überzieher ihres Bruders, sein Schal, sein Hut. Diese Dinge von sehr schöner Qualität überraschten Maud immer, weil sie sich von ihren eigenen Sachen unterschieden.
Durch die Eßzimmertür, durch den engen schwarzen, nackten Flur drang Jacques' Schluchzen. Maud lauschte, die hohe Gestalt ans Fenster gelehnt, das Gesicht aufmerksam erhoben. Sie war schön so, und die Schönheit entsprang den wilden Schatten in ihrem Gesicht. Die grauen Augen wirkten dunkel unter ihrer blassen und zu großen Stirn. Ihr über vorstehende Wangenknochen gespanntes Gesicht war regungslos vor Aufmerksamkeit.
Maud spürte nichts als ihr Herz, das heftig schlug. Ein schwer zu überwindender Ekel grollte in ihr, doch wie die

solide Uferböschung eines Wildbaches hielt ihr Körper ihn in Schranken. Sie lauschte dem Schluchzen ihres Bruders, dieses großen Bruders, der vierzig Jahre alt war, zwanzig Jahre älter als sie, und schluchzte wie ein Kind. Er hatte Muriel vor kaum einem Jahr geheiratet, und diese Heirat stellte das wichtigste Ereignis seines Lebens dar, denn er hatte nie etwas getan. Seit er volljährig war, also seit fast zwanzig Jahren, hatte er sich damit begnügt, so behauptete er, die Seinen zu ertragen.

Madame Grant-Taneran nahm es gelassen hin, daß er ein müßiges und gefährliches Leben führte, dagegen hatte sie ihm nie verziehen, daß er eine Frau aus den Kreisen geheiratet hatte, in denen er sich bewegte. Sonst wurden Streitigkeiten zwischen ihnen schnell beigelegt, und Madame Taneran beruhigte sich jedesmal wie durch ein Wunder, wenn sie bei ihrem Sohn einen wachsenden Unwillen bemerkte, der von ihrem Einfluß auf ihn zeugte, heute jedoch war dem nicht so.

Maud ahnte, daß ihre Mutter da war, allein, am Ende der Wohnung, in die Küche geflüchtet, wo sie sich verschanzte. Kein Geräusch kam von dort, doch Maud wußte, daß das Schluchzen diese scheinbare Stille um Madame Taneran zerriß. Seit drei Uhr nachmittags dauerte diese Qual (es war acht Uhr abends), und die Verheerungen mußten groß sein.

*

Es läutete. Das junge Mädchen ging öffnen. Ihr Halbbruder zeigte kaum seinen brünetten, kantigen Kopf, der von kindlicher Beweglichkeit war: ein echter Taneran-Kopf.

An Maudes leiser Stimme, an der ungewohnten Ruhe, die bei ihnen herrschte, erkannte er, was los war.

»Ist es soweit? Laß sie und komm mit mir. Hauen wir ab.«

Maud weigerte sich. Sie machte eine kleine Lampe neben sich an und wartete.

Wenig später quietschte ein Schlüssel, und Monsieur Taneran trat aus dem Schatten des Flurs. Er hatte einen kurzen, etwas rötlichen Schnurrbart und müde Augen in einem von scharfen Falten wie Narben zerfurchten Gesicht. Er war mager und ein wenig gebeugt.

Taneran hatte einst eine ehrenhafte Karriere als Lehrer für Naturwissenschaften am Gymnasium von Auch gemacht. Als die Stunde seiner Pensionierung gekommen war, hatte er Madame Grant geheiratet, die in der gleichen Stadt wohnte; ihr erster Mann hatte dort das Amt eines Steuereinnehmers ausgeübt.

Taneran kam vom Unterrichtsministerium zurück, wo er sich mit über sechzig Jahren gezwungen gesehen hatte, wieder seinen Dienst aufzunehmen, um die hohen Unkosten zu bestreiten, die seit seiner Heirat sein persönliches Vermögen vollkommen aufgezehrt hatten.

Eigentlich fand sich seine Umgebung leicht mit seinem Opfer ab. Dazu muß gesagt werden, daß Taneran, seit er arbeitete, ein wenig der Tyrannei der Seinen entkam und froh darüber war. Tatsächlich hatte er sich nie an die unvermeidlichen Zwänge, die das Familienleben mit sich bringt, gewöhnt, und andererseits lebte er in der ständigen Furcht vor seinem Stiefsohn Jacques Grant. Er hatte nicht gezögert, Madame Taneran zu heiraten, obwohl sie schon zwei Kinder hatte, denn er war davon ausgegangen, daß der Älteste sich in absehbarer Zeit selbständig machen würde.

Er selbst hatte einen Sohn, Henri, und er brachte ihm insgeheim große Zärtlichkeit entgegen, mußte allerdings schon sehr bald einsehen, daß sie keineswegs erwidert wurde.

So lebte Taneran scheinbar in großer Einsamkeit.

Als er in die Wohnung kam, merkte auch er, daß etwas Ungewöhnliches vor sich ging, und wandte sich an seine Stieftochter in der Hoffnung, sie würde ihm aus der Verlegenheit helfen.

»Wenn Sie wollen, trage ich Ihnen sofort auf«, begnügte sich Maud zu sagen.

Im selben Augenblick rief Madame Taneran mit schwacher, heiserer Stimme:

»Maud, serviere deinem Vater das Abendessen, es ist fertig.«

Das junge Mädchen beeilte sich, ein Wachstuch auszubreiten, legte ein Gedeck auf und ging in die Küche.

Ihre Mutter hatte inzwischen die Lampe angemacht und las die Zeitung. Ohne den Kopf zu heben, wiederholte sie dumpf:

»Alles ist fertig, iß mit deinem Vater, und wenn dein Bruder kommt, dann serviere ihm auch.«

Maud verriet nicht, daß ihr Bruder in der Nacht bestimmt nicht heimkommen würde.

Das Essen dauerte nicht lange. Taneran begehrte nichts anderes, als sich zurückzuziehen. Dennoch befragte er sie leise.

»Sie ist tot, nicht wahr?«

Maud nickte, und er fügte hinzu:

»Du weißt, daß ich ihm im Grunde nichts Böses will. Es ist sehr bedauerlich.«

Er kaute seine Nahrung, und in der Stille der Wohnung war das ein ungewohntes, irritierendes Geräusch. Bevor er hinausging, drehte er sich um:

»Ich möchte deine Mutter nicht stören, wünsche ihr in meinem Namen einen guten Abend.«

Sein Zimmer grenzte ans Eßzimmer. Maud konnte ihn lange auf und ab gehen hören. Der blanke Boden knackte und quietschte leise unter seinen Schritten.

*

Maud war gelassen. Das Drama gärte schon zu lange, seitdem Jacques und seiner Frau das Geld ausgegangen war.

Sie erinnerte sich nicht, Jacques anders als in Bedrängnis gesehen zu haben, außer in den ersten Monaten seiner Ehe.

Immer brauchte er Geld. Das war bei weitem das Wichtigste in seinem Leben. Er befand sich im Mittelpunkt eines Wirbels, eines Strudels von Geld.
Wenn er welches hatte, wurde er ein anderer Mensch. Er besaß einen so scharfen Sinn für die Nichtigkeit des Geldes, daß er es gedankenlos verschwendete, zum Fenster hinauswarf, in ein paar Tagen verpraßte, was einen Monat reichen konnte. Er stattete sich neu aus, lud alle seine Freunde ein, und in dem großartigen Hochmut, den sein vorläufiger Reichtum ihm erlaubte, erschien er eine ganze Woche nicht mehr bei seiner Familie, die das Geld auf so schändliche, so schäbige Weise zusammenhielt, wie andere ihre Kräften schonen oder mit ihren Freuden haushalten, wie ein untertäniger Diener seine Herrschaft schont.
Hatte er nur noch ein paar Scheine und einige Münzen in seiner Hosentasche, überschlug er bitter die bescheidenen Möglichkeiten. Dann machte er sich auf die Suche, probierte, die »Karre« eines Freundes an den Mann zu bringen, und wenn das nicht gelang, spielte er und war im Handumdrehen pleite. Schließlich verließ er sich erschöpft und wild entschlossen auf eine der Nebenfiguren der Gruppe, die seit Jahren denselben Fährten folgte wie er und die Tricks kannte. (Vielleicht waren das die einzigen Leute, die eine gewisse Sympathie für ihn hegten, während er sie haßte, weil sie ihn in den peinlichsten Augenblicken seines Lebens gesehen hatten.)
Das Geld seiner Frau war ebenso schnell zusammengeschmolzen wie die durch ungewisse Operationen erzielten Gewinne. Mehrere Monate lang hatte das Paar ein Leben führen können, das man belanglos nennt, weil es keinen Sinn hat, das in Wirklichkeit aber sehr mühsam ist: ein untätiges, vollkommen egoistisches Leben, auch wenn es nach Großzügigkeit aussieht, und das aus einer ununterbrochenen Folge von Vergnügungen und Ruhepausen, aus einem unablässigen Vertreiben der Langeweile besteht.

Muriel hatte Jacques ihr Vermögen anvertraut und nie gewußt, wie er es verwandte. Sie »haßte es zu rechnen, sie, die ihr Geld nie zählte«. Er hatte sich abgerackert, um die Kosten zu decken, die er sich persönlich gestattet hatte.
Bald hatte er angefangen zu betteln. Das Wenige, was man ihm geben konnte, war in letzter Zeit recht beachtlich geworden.
»Ich weiß, daß du mir nicht viel vorstrecken kannst, aber tu, was du vermagst. Hundert Francs genügen mir. Ich muß mich über Wasser halten.«
»Ich dachte, deine Frau wäre reich«, entgegnete seine Mutter. »Findest du nicht, daß ich genug Belastungen habe?«
Er erwiderte nichts, um seiner Sache nicht zu schaden, denn er ahnte, daß seine Schwierigkeiten noch zunehmen würden. Und Madame Taneran hatte tatsächlich gerade dann immer weniger Geld springen lassen, als die Bedürfnisse ihres Sohnes mehr und mehr angewachsen waren. Diese durch Schwüre und flehende Bitten erlangten Scheine erlaubten Muriel gerade nur das Nötigste: Strümpfe zu kaufen (»sie hat nichts mehr anzuziehen«), die Miete zu bezahlen oder ein Schmuckstück, das »von ihrer Familie« stammt, auszulösen. Schließlich hatte er gar kein Argument mehr vorgebracht, um seine Bitten zu rechtfertigen. Man mußte ja essen. Und er formulierte auch das noch auf hübsche Art.
»Sie kocht, die Arme, und zwar sehr gut! Wenn du davon kosten könntest. Wenn wir bei Kasse sind, kommst du dann einmal, Mama?«
»Und ich, koche ich vielleicht nicht? Hast du mein Essen nicht gemocht? Sag es nur ...«
Sie verabscheute ihn, denn in der Liebe gibt es Niederungen voller Haß. Letztlich war sie nicht unzufrieden mit seinem Mißgeschick.
Bald hatte er große pathetische Szenen gemacht. Wie ein Kranker lag er da und wartete, daß man ihn fragte, was er habe.

»Nichts, ich habe nichts, aber ich werde nicht ohne etwas nach Hause gehen heute abend. Sie wird auf mich warten, aber ich ziehe es vor, sie nicht mehr zu sehen, zu verschwinden.«

Seine seit mehreren Monaten vernachlässigte Gruppe hatte ihm gefehlt.

Da suchten sein Bruder, seine Schwester, sein Stiefvater, einer höchsten Solidarität gehorchend, in ihren Taschen, und alle kratzten etwas zusammen, Maud, Henri, selbst Taneran. Mit fieberhafter Freude händigte man ihm heimlich 20, 30, 50 Francs aus. Ihm gefiel es indessen, sie zu ärgern.

»Hat Mama mitgespielt?«

»Nein, sie will nichts mehr hören.«

Auf diese Weise hatte Madame Taneran ebenso unerschütterlich wie geschickt ihre Sache betrieben und das Schicksal ihres Sohnes gelenkt. Bald seines Heims überdrüssig, war er immer öfter zum Essen nach Hause gekommen. Sie gab ihm nie zu viel Geld auf einmal, damit er nicht das Gefühl hatte, sie tanze nach seiner Pfeife, aber doch immer genug, daß er sich über Wasser halten konnte und daß er wiederkam.

Plötzlich war er jedoch für vierzehn Tage verschwunden. Man hatte angenommen, daß er erfolgreich irgendein Geschäft getätigt habe.

Und kurz darauf hatte die Zeit der Briefe mit dem Kopf der Tavarès Bank angefangen. Sie kamen regelmäßig alle vier Wochen. Diese Briefe, die Jacques zu Beginn, als er noch Geld hatte, gleichgültig ließen, stürzten ihn bald in schreckliche Verwirrung.

Wer nicht darunter gelitten hat, sich seinen Gläubigern ausgeliefert zu fühlen, kann den tödlichen Widerwillen nicht verstehen, den ihm diese gierigen Leute einflößten. Die ganze Familie litt mit Jacques, wenn sie die Briefe der Tavarès Bank kommen sah. Er, der seine Post gewöhnlich bei seiner Frau empfing, ließ sich jene zu seiner Mutter schicken.

»Sieh mal, auf dem Büfett liegt ein Brief für dich, ich glaube, er ist von der Tavarès Bank.«
Er steckte ihn in die Tasche, zerknüllte ihn, und man hätte glauben können, daß er dieses Stück Papier eine Stunde lang buchstäblich verdaute. Er versank in angeekelten Grübeleien, und man ahnte, daß die Person Tavarès darin wie eine Schießbudenfigur aussah.
Dann holte Jacques seine Briefe eine Zeitlang nicht mehr ab und glaubte sie so aus der Welt zu schaffen. Doch rasch war er so mittellos, daß er sich bequemen mußte, wieder zu erscheinen. Seine Mutter hatte ihn sich sogleich vorgenommen.
»Willst du mir nicht sagen, was du gemacht hast, Jacques? Beim Tod deines Vaters war ich gezwungen, Geld zu borgen, und ich weiß, welche Überwindung es kostet.«
Das einzige, was er zur Antwort zu geben geruhte, war:
»Schulden, kleine Raten, die aber oft fällig werden; in meiner Situation hätte ich nie eine große Summe auf einmal zahlen können.«
»Warum diese Heimlichtuerei, warum sagst du es nicht deiner Frau?«
Madame Taneran hätte gewünscht, daß ihre Schwiegertochter auch einmal die Pein empfände, verschuldet zu sein. Doch Jacques hatte seine Frau aus allen Geldfragen herausgehalten, aus gutem Grund. So hatte er auch nie gewollt, daß sie seine Familie kennenlernte, weil die ihn anwiderte. Sie war gestorben, ohne ein einziges Mal da gewesen zu sein.
Zweifellos hatte Jacques sie mehr geliebt als die anderen, auch auf beständigere, ehrlichere Weise. Muriel hatte sich in Jacques' Augen lange den symbolischen Reiz bewahrt, den sie am Anfang ihrer Beziehung besaß.
Das Drama brach an diesem Abend aus, jäh und unverhofft. Es würde gewiß eine unentwirrbar gewordene Verwicklung lockern und ihre Auflösung ungemein erleichtern. Im

Grunde hatte jeder seit Monaten, seit die Qual Jacques' und seiner Mutter andauerte, auf dieses Ende gewartet.

*

Gegen zehn Uhr abends hörte Maud ihren großen Bruder nach ihr rufen.

Als sie zu ihm kam, hob Jacques ein verquollenes Gesicht zu ihr auf und sank dann wieder ins Kopfkissen zurück, als befände er sich dort wie im Schoß seiner Traurigkeit. Sein Schmerz verzehrte ihn ebenso, wie er ihn niederdrückte. Er wunderte sich wahrscheinlich, daß man damit noch leben konnte.

Sie setzte sich neben ihn, bog seine verkrampften Finger auseinander und entnahm ihnen eine Haarsträhne, die er umklammert hatte. Sogleich gab er nach, entspannte sich und seufzte in vollkommener Selbstvergessenheit.

»Stimmt, sie war blond«, sagte Maud. »Ihr Haar ist glatt und fein, Kinderhaar, könnte man glauben.«

Er lächelte schwach, ein fast komplizenhaftes Lächeln, um ihr zu verstehen zu geben, daß sie die Richtung seiner Gedanken erfaßte. Er rückte ein bißchen von seinem Schmerz ab und lächelte bei der Erinnerung an Muriel.

Sie erklärte ihm lang und breit, daß man diesen Tod zweifellos nicht als ein ungewöhnliches Ereignis betrachten dürfe. Während sie sprach, widerholte sonderbarerweise eine innere Stimme ihre eigenen Worte mit einem anderen Sinn als dem, den sie ihnen hatte verleihen wollen.

Ihn drängte es nur, die Erinnerung an die Tote zu beschwören. Er schilderte jene entsetzliche Nacht, in der man sie mit eingedrücktem Brustkorb nach Hause gebracht hatte.

»Die Freunde, mit denen sie zusammen war, haben sie mir gebracht. Sie haben sie bei mir gelassen, weil sie glaubten, es wäre nichts mehr zu machen. Zwar hatte sie das Bewußtsein verloren, aber sie atmete noch, und ich habe sie die

ganze Nacht bei mir behalten, bevor ich sie ins Krankenhaus brachte.«
Er hielt von Zeit zu Zeit inne und fuhr dann gedankenverloren fort:
»Sie hatte keinerlei Verletzung, ich glaubte an eine Ohnmacht. Ich habe sie zugedeckt, aber allmählich wurde sie steif, und ich spürte ihre Körperwärme schwinden. Irgendwann dachte ich, ich würde verrückt. Sie lachte, ich schwöre es, auf die gleiche Art, wie wenn sie sich über mich lustig machte. Ich habe dann dumm an sie hingeredet, die ganze Nacht ... Erst am frühen Morgen begriff ich, als ich sie im Licht betrachtete. Ich sah die Grimasse, die ich für ein Lächeln gehalten hatte. Ich habe sie ins Krankenhaus gebracht, sie ist erst heute abend gestorben.«
»Was glaubst du ...?« fragte Maud.
»Ich weiß nichts, nichts. Sie sagte mir, sie sei nie so glücklich gewesen. Es gibt überhaupt keinen Anhaltspunkt dafür, daß es sich um einen Unfall handelte. Die Straße war frei, und es hat nicht geregnet. Selbst die Freunde bezweifeln es. Ich habe ihr doch nie den geringsten Kummer gemacht. Die einzige, die einzige, die ich jemals geliebt habe.«
Diesen letzten Satz wiederholte er gern. Sobald er sich aufraffte und aufhörte, sich in die innige Betrachtung seines Leids zu versenken, begann er wieder zu weinen.
»Die einzige«, sagte er wieder, »die einzige, die ich jemals geliebt habe.«
Plötzlich sah Maud keinen Grund mehr für ihre Anwesenheit in einem Zimmer, das sie sonst nie betrat. Diese Minute der Vertrautheit mit ihrem Bruder demütigte sie ebenso sehr wie ein Zugeständnis, das sie einem Feind gemacht hätte.
Sie stand auf. Er rief sie schwach zurück. Sie täuschte sich nicht eine Sekunde über den einschmeichelnden, fast weiblichen Ton, den er angeschlagen hatte.

Er war übrigens verlegen und wußte nicht, wie er sich erklären sollte …

»Ich habe dich gerufen, ich habe kein Geld mehr … Ich habe welches geliehen, um die teuren Ärzte zu bezahlen. Und Mama, verstehst du, kann ich nicht darum bitten …«

Maud sah ihn mit ihren großen, klaren Augen an, ihr Gesicht war ohne jeden Ausdruck. Sie dachte an den Tavarès-Brief, der auf dem Büfett wartete.

Sie hatten ihm schon so viel Geld gegeben! Zog er aus der Rührung, die er hervorrief, nicht immer geschickt irgendeinen Gewinn? Seit einer Minute spielte er sein Unglück aus.

Dennoch zögerte sie zu gehen. Es war so erstaunlich zu sehen, wie er sich derart erniedrigte, um ein paar Sous zu bekommen. Und außerdem konnte sie sich irren. Jacques selbst, der so erbärmlich schien, war von seiner eigenen Aufrichtigkeit zweifellos überzeugt.

Sie fand ihre Gelassenheit wieder und erwog rasch das Für und Wider, wie jemand, der solche Geschäfte gewohnt ist. Jacques Blick wurde bereits starr und kalt, weil es lang dauerte, bis sie antwortete.

»Wieviel willst du?«

Mit kleiner, demütiger Stimme nannte er die Summe. Er glaubte, mit glänzenden Augen ebenso viel Tränen wie Gier hinzufügen zu müssen:

»Ich bin den ganzen Tag herumgelaufen, um Kohle aufzutreiben. Unmöglich, einen Freund zu erwischen. Es ist lächerlich, wegen einer solchen Summe, lächerlich.«

Maud antwortete nicht. Sie nahm ihre Tasche, zählte das wenige Geld, das sie hatte, und versicherte:

»Den Rest bekommst du morgen.«

Sie sah ihn nicht an, vor Verlegenheit. Sie reichte ihm die Scheine nicht, sondern legte sie ihm auf die Brust.

Jacques begrub seine Frau am nächsten Tag. Madame Taneran begleitete ihn. Bei der Rückkehr von dieser trübseligen Zeremonie fühlten sie sich auf einmal wieder versöhnt. In der morgendlichen Kühle ließ der Saft die Knospen platzen, und die Luftschwaden rochen schon nach warmem Makadam und Staub. Dieser Duft stach in die Nase und heilte ganz und gar vom Winter. Der Sommer kündigte sich vorzeitig an. Jacques und seine Mutter sprachen davon, nach Uderan aufzubrechen.

»Das wird dich wiederherstellen, mein Schatz, und ich werde meinerseits besser meine Interessen wahren können. Außerdem sind wir so lange nicht mehr dort gewesen ...«

Jacques sagte nichts. Er genoß schon seine wiederkehrenden Kräfte. Seit seinen Kinderkrankheiten hatte er nie mehr die Süße des Genesens erfahren und fürchtete beinahe den Augenblick, da sich ihm eine unersättliche Natur aufdrängen würde. Im Moment ging er am Arm seiner Mutter glücklich den leicht abfallenden sonnenbeschienenen Boulevard hinunter. Er hätte traurig sein müssen, war es in Wirklichkeit aber nicht, obwohl er sich nicht ungern trösten ließ und seine angespannte Miene, seine dumpfe und belegte Stimme ein Schamgefühl ausdrückten, das noch einige Zeit zu wahren er schicklich fand. Da er stumm blieb, fügte seine Mutter hinzu:

»Was Taneran betrifft, so wird er gut ohne uns zurechtkommen, denn er wird natürlich nicht kommen wollen, wie immer.« (Wenn sie mit ihrem ältesten Sohn über ihren Mann sprach, sagte sie »Taneran«.)

Uderan lag in der Dordogne. Nach ihrer Heirat hatten sie sich dort niedergelassen. Henri war dort geboren. Der Erwerb dieses Landguts hatte sich zwar bald als Fehlinvestition erwiesen, aber sie waren dennoch sieben Jahre dortgeblieben und hatten nie daran gedacht, es zu verkaufen. Als sie nach Paris gezogen waren, hatten sie es trotz der unbedeutenden Pachteinnahmen behalten.

Madame Taneran war jetzt die einzige, die noch manchmal an seine Existenz erinnerte, wenn sie die von den politischen Ereignissen verdüsterte Zukunft fürchtete.

»Zum Glück haben wir Uderan! Selig sind, die da Land besitzen!« verkündete sie sentenziös.

Nachdem sie von Auch weggezogen waren, hatten sie lange schwierige Jahre dort gelebt, einquartiert in ein paar Zimmer des zu großen Hauses.

Sieben Jahre lang opferten sie sich auf, um das Gut wieder hochzubringen. Doch Uderan hatte einer ganzen Reihe Leute gehört, die nicht aus der Gegend waren und nicht viel vom Landbau verstanden, der Verfall war weit fortgeschritten. Die seit langem schlecht geschnittenen Obstbäume, die zu alten Weinstöcke brachten immer weniger Früchte hervor. Nur die Wiesen, die die sechs Kühe des Halbpächters nährten, hatten nicht allzusehr gelitten, die Gehölze aber, die das Gut umgaben und die man seit Jahren auszulichten versäumte, waren fast undurchdringlich.

Madame Taneran war bald entmutigt, und ihr Arbeitseifer verflüchtigte sich von einem Tag auf den anderen. So konnte sie sich plötzlich von Dingen und Menschen lösen, nachdem sie sie heftig geliebt hatte, unfähig, sich tief an ein Objekt zu binden. Ihr Eifer, der im allgemeinen über alle Widerstände triumphierte, scheiterte, als sie sich Uderan vornahm. All ihre Versuche waren vergeblich. Die Bauern machten sich über ihre verzweifelten Anstrengungen lustig, und sie zog wieder ab, überließ den Besitz Dedde, dem Halbpächter. Dieser konnte zweifellos von dem Land leben. Aber Madame Taneran erhielt nie irgendwelche Abgaben und schätzte sich schließlich glücklich, daß Uderan sie nichts kostete.

Wenn sie an diesem Maimorgen die Lust überkam, wieder einmal hinzufahren, so weil sie das Bedürfnis verspürte, sich von dieser traurigen Geschichte zu erholen. Uderan stellte für die Grant-Tanerans tatsächlich einen legendären Ort dar, und die Erinnerung daran trieb sie um. Sie hatten dort, wie sie glaubten, hart gelebt und gelitten, aber sie konnten sich nicht ohne Bedauern an das Leben erinnern, das sie dort geführt hatten, bevor sie in Paris eine traurige Existenz fristeten, in der jeder nur der Zeuge der Schwächen und Niederlagen der anderen war.

Als Madame Taneran ihrem Sohn vorschlug, nach Uderan zu fahren, antwortete er nicht, und sie begriff, daß er einverstanden war. Selten war er so zugänglich, so aufmerksam ihren Worten gegenüber, zugleich folgsam und charmant. Floh er sonst nicht aus dem Haus, sobald er aufwachte? Nur die gemeinsame Tafel vereinte die Grant-Tanerans zweimal am Tag, und da haßten sie sich wieder und beobachteten sich, während sie ihr Essen hinunterschlangen … Dennoch erfüllte die Gegenwart ihres Sohnes diese Mutter nicht mit Glück, denn es gelang ihr nicht, das arme Mädchen zu vergessen, das man gerade beerdigt hatte. Obwohl sie keinesfalls verantwortlich für dieses Unglück war, konnte sie sich nicht beruhigen.

Von Zeit zu Zeit sah sie ihren Sohn an, der groß und schön war, von verwirrender Schönheit für einen Mann. Was hatte sie nicht alles zu erhoffen vom Charme ihres Kindes? Sie fand in ihm die übersteigerte Hoffnung wieder, die sie bei seiner Geburt beflügelt hatte. Ein erstes Mal enttäuscht, waren ihre anderen, späteren Mutterschaften weniger glorios gewesen als jene.

Jacques würde bald vierzig werden … Sie billigte stets seine Einfälle, und er kehrte nach jeder Erfahrung, jeder Eskapade zu ihr zurück. Es war ihr Los, ihn zu empfangen, wenn er Lust hatte aufzukreuzen, und sie verlangte nichts anderes, als ihn zu versorgen wie einen reichen Bürgersohn. Versuchte sie, ihm im Hinblick auf seine Zukunft einen Rat zu geben, begegnete er ihr mit seiner üblichen Heftigkeit und drohte zu gehen. Nun kam er ins reife Alter, und sie erlebte seinen Niedergang ... Ihr eigenes Verschulden in bezug auf ihren Sohn war aber so groß, daß auch sie lieber nicht zu viel daran dachte. Warum beispielsweise hatte sie ihn nicht vor dem gefährlichen Spiel gewarnt, das ihn in dieses Abenteuer getrieben hatte? Der Ausgang hätte verheerend sein können, denn schließlich war sie nicht sicher, ob Muriel sich nicht umgebracht hatte.

So rekapitulierte Madame Taneran das Drama; dann wanderten ihre Gedanken weiter zu Maud, der Kleinen, die noch ihr gehörte. Hatte nicht sie ihrem Bruder Geld gegeben? Man müßte wissen, wie sie es sich besorgt hatte; aber jeder Vorstoß fiel ihr schwer, wenn es um Maud ging, und sie gestand sich lieber ein, daß sie unfähig war, sich bei ihren Kindern Gehör zu verschaffen. Gleichwohl hätte die Familie ohne sie gar nicht existiert; jeder wäre für immer vor den anderen geflohen, das wußte sie. Sie hatte für alle zu sorgen, als Mutter dieses älteren Sohnes, dieser undankbaren und gewiß bösen Tochter, dieses verdorbenen kleinen Jungen, als Frau dieses Mannes, der nur wegen des guten Essens nicht davonlief, wie sie glaubte, und weil er sich auf diesem schwankenden Boden eine Bastion der Gleichgültigkeit hatte errichten können. Einen Augenblick lang wünschte sie, eine friedliche alte Frau zu sein, deren Aufgabe beendet wäre und der es leicht fiele, zu sterben oder zu leben, wie sie es wollte. Seit einiger Zeit träumte sie von einem ruhigen Leben. Warum behielt sie ihre Kinder bei sich, ihren ältesten Sohn vor allem? Warum führte sie ihn so am Gängelband? Warum gewöhnte sie ihn daran, auf ihre Gegenwart nicht verzichten zu können, was ihre Mutterschaft abnorm verlängerte? Ja, sie hätte sich so schnell wie möglich von Jacques lösen müssen. Manchmal durchzuckte sie dieser Gedanke wie ein Blitz, und sie erschrak ... Man mußte sich in acht nehmen vor den Kindern, die einem den Körper und den Besitz plündern ... Das Ende dieser

Knechtschaft schien sie jetzt nicht einmal in Betracht ziehen zu können …
Die Müdigkeit überfiel sie jäh. Der sonnenbeschienene Boulevard lud sie immer noch ein, die Freude eines Maimorgens auszukosten, aber sie fühlte sich plötzlich völlig erschöpft.
»Laß uns ein Taxi nehmen«, rief sie.
Doch sobald sie im Wagen saßen, sobald er sie erstaunt und vorwurfsvoll ansah, schlüpfte sie willig wieder in ihre Rolle.

Maud dachte oft, daß sie nicht mehr nach Hause zurückkehren würde. Doch jeden Abend kam sie wieder. Ihre Haltung könnte sonderbar erscheinen, aber es war auch die ihrer Brüder und ihres Stiefvaters, die, ob sie wollten oder nicht, jeden Abend wieder auftauchten, und das schon seit so langer Zeit! Auch wenn man sie ans Ende der Welt verfrachtet hätte, wären sie eines schönen Tages zurückgekommen, so groß blieb für sie der Reiz des engen Familienkreises, in dem nichts, nicht einmal der Müßiggang, das Interesse mindern konnte, das sie einander entgegenbrachten. In Wahrheit konnten sie noch so sehr bei jeder Gelegenheit wiederholen, sie würden gehen: keiner dachte ernsthaft daran.
So selten sie waren, es gab trotzdem gute Stunden bei den Grant-Tanerans. Der Frieden trat von selbst ein wie eine Windstille. Ihre sonderbaren Feindschaften wären weniger aufgefallen, hätten sie nicht mit Ruhepausen abgewechselt, in denen die Beteiligten Atem holten.

Sofort nach dem Abendessen zerstreute sich die Familie.
Taneran ging in sein Zimmer, wo er die einzigen Augenblicke wahren Glücks genoß. Anderswo, in einem ruhigen Hotelzimmer, wo er genauso allein gewesen wäre, hätte er sich gelangweilt, denn der Lärm, den die Grants machten, war ihm unentbehrlich geworden: Maud hustete durch die Wand, während sie darauf wartete, daß ihre Brüder weggingen ... Seine Frau bewegte sich planlos, ging mit ihrem festen Schritt hin und her und schuf um sich eine Atmosphäre kindlicher Unüberlegtheit ... Taneran liebte sie immer noch und schon seit langem. Seit ihrer Zeit in Uderan hoffte er, sie erschiene eines Abends noch einmal und spräche zärtlich mit ihm; doch seit sie nicht mehr ein Zimmer teilten, kam

sie auch nicht mehr. Madame Taneran mochte noch so gealtert und verbraucht sein, Taneran, der nie mit Bemühungen gespart hatte, wartete beharrlich auf sie und wollte die Hoffnung nicht aufgeben, daß sie eines Tages ihre Arbeit liegenlassen und kommen würde …

Taneran lauerte auf den Aufbruch der beiden Brüder.

Wenn Jacques Grant wegging, fragte er in zuvorkommendem Ton, der seinem jüngeren Bruder hätte schmeicheln müssen: »In welche Richtung gehst du?« Die Stimme von Jacques Grant demütigte Taneran, und wenn er den Mut gehabt hätte, wäre er aus seinem Zimmer gestürzt. (Er log, wenn er behauptete, sein Stiefsohn ließe ihn gleichgültig.) Der Kleine willigte übrigens selten ein, mit seinem älteren Bruder mitzukommen. Noch eine Befriedigung für den Vater, dem indessen nicht verborgen blieb, daß sein Sohn kurz darauf ebenfalls aufbrach und katzenhaft leise die Tür hinter sich zumachte. Seit zwei Jahren ging auch Henri abends aus und trieb sich herum …

Manchmal klopfte er vorher an der Tür seines Vaters, und Maud ahnte, um was es dann ging. Man mußte ganz schlecht dran sein und bereits eine Ablehnung von seiten der Mutter eingesteckt haben, um Taneran um Geld zu bitten. (»Frag doch deinen Vater, diesen alten Geizkragen!«) Dieser fand es jedoch schön, so gebeten zu werden, da er aber ahnte, wie gefährlich es wäre, seinen Sohn merken zu lassen, daß er ganz begierig darauf war, ihm zu helfen, verriet er nichts von seiner Freude. Wenn Henri dann vier Stufen auf einmal nehmend die Treppe hinuntersprang, glaubte er naiv, es sei das Glück, seine hundert Francs in der Tasche zu haben, das den jungen Mann so aufheiterte.

Hieß es von einem der Söhne: »Er ist bei Taneran; er will Taneran um etwas bitten«, dann war sich jeder bewußt, daß sich ein Drama abspielte, stumm und schrecklicher als eine heftige Szene, denn man erblickte keinen Gegner in der Person Tanerans, und sein Ansehen hätte nicht geringer

sein können. Das einzige, was die Grants in ihren eigenen Augen erniedrigen konnte, war dieser letzte Vorstoß bei ihrem Opfer. Nur Geldmangel konnte ihn rechtfertigen.
Maud hielt diese Szenen, die doch ziemlich häufig wiederkehrten, schlecht aus. Sie war noch sehr jung und nahm am Leben aller teil, sie litt für Henri und hatte Jacques' Unglück nicht passiv mitansehen können. Wenn ihre Mutter bei Tagesanbruch beunruhigt war, weil der eine oder der andere ihrer Söhne nicht nach Hause kam, so stand die Kleine ebenfalls auf und zitterte mit gleicher Angst.
Wenn Henri seinerseits aufbrach, ließ das zweite Zuschlagen der Tür die Wohnung in einer Stille zurück, die bald von der geräuschvollen Geschäftigkeit Madame Tanerans vertrieben wurde.
Maud blieb in dem kleinen Salon allein und dachte nach.
In ihrem Alter brachte jede Saison etwas Neues. So nahm Henri sie seit fast einem Jahr nicht mehr mit, wenn er ausging, und ein ihr unerklärliches Unbehagen herrschte zwischen ihnen. Zudem flohen sich alle seit dem Tod ihrer Schwägerin, und sie selbst suchte keinerlei Gesellschaft. Es schien, als habe man seit langem darauf gewartet, daß ein Ereignis die Macht, die Jacques über seine Familie ausübte, beenden würde. Man war enttäuscht. Jacques begann wieder auszugehen und die Herrschaft im Haus zu übernehmen, von der ihn der Tod seiner Frau eine Zeitlang entbunden hatte. Seit diesem Ereignis wurde er im Gegenteil immer schwieriger und ertrug kaum Tanerans Anwesenheit bei Tisch. Er ging zwar genauso oft aus wie früher, aber er wollte nicht, daß es hieß, er leide deshalb weniger. Daher legte er sich eine Erregung zu, die Schmerz vortäuschen sollte.
Man hätte glauben können, er fühle sich für die Familie verantwortlich und die übernommene Aufgabe verleihe ihm übermäßige Rechte. Madame Taneran bestärkte ihn übrigens in diesem Glauben, um ihn bei sich zu halten.

»Du bist der Älteste«, sagte sie ihm immer wieder; »wenn ich sterbe, wirst du deine Schwester verheiraten, dich um Henri kümmern müssen. Ich verlasse mich nicht auf Taneran. Du kennst die Kleinen gut und wirst sie zu führen verstehen, das weiß ich.«
Hätte Jacques nicht geglaubt, den Seinen nützlich zu sein, hätte er die vollkommene Sinnlosigkeit des Lebens, das er seit zwanzig Jahren führte, vielleicht nicht ertragen.
Ab und zu traute sich Taneran aus seinem Zimmer, nachdem die jungen Leute ausgegangen waren. Die bevorstehende Reise nach Uderan lieferte ihm dann einen Vorwand, sich mit seiner Frau über ihre Belange zu unterhalten, und er fand es schön, daß Madame Taneran jeden Abend zu ihm in den kleinen Salon kam.
Die beiden Frauen ließen Taneran reden, wie es ihm beliebte, mit einer Stimme, die sie am Ende immer ermüdete, weil sie sich nie von ihrer krankhaften Nervosität befreite.
Da er das Lieblingsthema seiner Frau kannte, wiederholte er einmal mehr, daß »Jacques sich in Uderan niederlassen sollte, anstatt in Paris Trübsal zu blasen«. Doch, ach!, man kann lange von einer Sache träumen und enttäuscht sein, wenn sich die Gelegenheit bietet, sie zu verwirklichen, weil sie immer weniger strahlend ist, als es die Hoffnung war. Madame Taneran zögerte, ihrem Sohn nahezulegen, das Landgut wieder zu übernehmen, weil sie seit langem hoffte, er würde zu irgendeinem Zeitpunkt seines Lebens von selbst dorthin zurückkehren.
Doch wieder einmal setzte sich sein Abenteurergeist durch; um ihn zu überreden, solide zu werden, müßte man seiner entsetzlichen schlechten Laune trotzen. Madame Taneran aber vergötterte und fürchtete ihren ältesten Sohn zugleich. Daher hätte sie ihrem Mann lieber nicht zugehört.
Dieser deutete ihr Schweigen jedoch als gutes Zeichen und wurde noch eindringlicher:

»Nachher wird es zu spät sein für ihn. Und was die anderen angeht, reden wir nicht davon! ... Sie merken selbst, meine liebe Marie, daß unser Sohn, seit er das Collège verlassen hat, nichts tut. Wenn wir ihm nicht rechtzeitig Einhalt gebieten, wird er den gleichen Weg einschlagen wie sein älterer Bruder. Und ich möchte sagen, mit Maud steht es ebenfalls nicht zum besten, Sie wissen es ja ...«

Er glaubte, die Grausamkeit seiner Äußerungen abzumildern, indem er seine Sätze wortreich ausschmückte. Übrigens redete er schon lange so, um die Grants zu verwirren, die ihrerseits sehr gewöhnlich sprachen, eben weil sie Taneran haßten. Und auch weil sie sich dem Vokabular von Jacques anpaßten, das sich ständig veränderte und durch neue Ausdrücke bereichert wurde, entsprechend dem Milieu, in dem er verkehrte. So bediente er sich, seit er seine Frau kannte und obwohl sie tot war, beim Sprechen einer herablassenden, sehr weiblichen Form der Gewähltheit.

Als von ihr die Rede war, grinste die Kleine schulterzuckend, den Kopf im Nacken, die Augen halb geschlossen, mit einem Ausdruck unbarmherzigen Spotts und fand unbewußt bereits ein weibliches Vergnügen daran, einen Mann durch die Unfaßbarkeit ihres Geheimnisses zu verwirren.

»Lach nur! Wer wäre nicht beunruhigt, dich so frei zu sehen? Nur diese Familie kann einem Kind gegenüber eine solche Gleichgültigkeit an den Tag legen.«

Madame Taneran war eingeschnappt. Sie wollte ihre Tochter erziehen, wie es ihr gefiel. Hatte sie es mit Henri nicht genauso gehalten und bei einem Kind wie Jacques das Schlimmste verhindert?

»Schluß jetzt mit der Kleinen! Was Jacques betrifft, das werde ich an Ort und Stelle sehen, ich lasse ihn nicht in Uderan, wenn er sich dort langweilen muß. Seien wir vorsichtig nach dieser Geschichte. Man muß das Schlimmste befürchten.«

Das Schlimmste, bald belanglos, bald Gegenstand des Grauens, je nachdem, ob man es in der Not oder in verhältnismäßiger Ruhe beschwor. Im Alltagsleben erschien es manchmal in der bestimmten und immer ernüchternden Gestalt eines Verbrechens, eines Selbstmords, eines großen Diebstahls. Es existierte außerhalb des Hauses, wie eine ansteckende Krankheit, die in der Stadt umgeht, einen aber noch nicht befallen hat. Und im Leben begnügte man sich damit, das Schlimmste zu vermeiden ...

»Was soll ihm in Uderan geschehen, selbst wenn er sich dort langweilt, Mama?«

Die Mutter starrte in die Nacht, spähte nach Vorzeichen.

»Du bist noch zu jung, schweig.«

Sie äußerte lieber nichts, so verwirrt fühlte sie sich durch diese abergläubische Angst, die die Leidenschaft überschattet. Taneran saß schweigend in seinem Sessel, verstimmt, mit so tief, so schlaff hängendem Kopf, als wäre er tot. Zum Trost bot seine Frau ihm eine Tasse Lindenblütentee an. Das rief bei allen Erinnerungen wach, besonders bei Maud. In Uderan, als sie ganz klein war, wälzten ihre Brüder diese Last auf sie ab, wenn Taneran erkältet war. Madame Taneran mußte ihrem Mann sehr böse sein, um ihm diese kleine Freude zu verweigern, die man jedem, dem Erstbesten gewähren würde. Maud fürchtete immer den Weg durchs Haus. Oft kam die Tasse halb leer auf einer überschwemmten Untertasse an; doch Taneran goß die Flüssigkeit in die Tasse zurück und trank sie laut schlürfend. Maud wartete auf einem Hocker, bis er fertig war. Beim Trinken stellte er sich selbst Fragen, die ihn so unglücklich machten, daß seine Stimme weinte.

»Ich frage mich, wozu wir auf diesen unseligen Landsitz gekommen sind. In dem gräßlichen Collège in Auch war ich unglücklich, aber da wurde ich zumindest geachtet; hier dagegen ...«

Zu diesem Zeitpunkt kümmerte seine Frau sich schon nicht mehr um ihn, in Anspruch genommen, wie sie war, von der Arbeit auf dem Gut und von ihren Kindern.
In bitterem und vertraulichem Ton stellte er Maud Fragen, um sie bei sich zu halten.
»Du hast Angst gehabt zu kommen, hm? Gefällt es dir hier?«
Ja, es gefiel Maud. Der Beweis, daß Taneran nicht zu ihnen gehörte, war, daß es ihm hier nicht gefiel. Für Maud hatte der Aufenthalt in Uderan keinen Anfang und schien kein Ende zu haben. An Auch hingegen erinnerte sie sich kaum.
»Was machen sie in der Küche? Sag ihnen, daß sie mich anwidern, hörst du?«
Sie weigerte sich, Taneran zu antworten. Der gab ihr endlich die Tasse zurück: sie lief Hals über Kopf davon, erst vor der Küchentür verflog ihre Angst. Dann setzte sie sich still neben Henri ans Feuer.
Sie liebte Taneran auf diese Art, genau so wie man an unbelebten Gegenständen hängt, weil sie uns an gewisse Dinge erinnern und bewirken, daß die Vergangenheit uns nie ganz verläßt. Das Grauen, das sie in den Fluren von Uderan empfand, spiegelte sich in den triefenden und unruhigen Augen Tanerans, wenn sie daran zurückdachte. Ihr erster Ekel vor einem Menschen entstand an diesen Abenden; er roch nach Lindenblütentee und vermischte sich mit dem Schlürfgeräusch. Die Worte, von denen sie allein wußte, daß Taneran sie manchmal sprach: »Was treiben sie in der Küche? Sag ihnen, daß sie mich anwidern«, enthielten ein seltenes Gift: die Feigheit eines Mannes, sein Elend.
Wenn Jacques zufällig früher als sonst nach Hause kam und die drei Komplizen noch nicht zu Bett gegangen waren, wurde er unwillig. Jacques Grant wußte nämlich nicht, daß seine Mutter sich abends mit ihrem Mann und ihrer Tochter unterhielt. Da er seit dem Tod seiner Frau früher heimkam, erboste es ihn, um so mehr, als er ahnte, daß man im kleinen Kreis freier sprach als vor ihm.

Er öffnete die Tür des kleinen Salons einen Spalt, und sein Lächeln war bitter. Dennoch sagte er ruhig zu Taneran:
»Sieh mal an, Sie sind hier, Sie?«
Maud rührte sich nicht.
Eine Zeitung landete zu Tanerans Füßen, von seinem Stiefsohn nachlässig hingeworfen.
»Hier, wenn Sie die wollen, es ist die Spätausgabe von *Paris-Soir*; das wird Sie zerstreuen, denn Sie langweilen sich ja wohl.«
Die Tür ging wieder zu. Im Nebenzimmer hörte man einen Schlager pfeifen. Taneran betrachtete stehend die Zeitung zu seinen Füßen. Bevor er hinausging, sagte er noch etwas Unsinniges zu seiner Frau, weil er wußte, aus Furcht, ihr Sohn könnte sie hören, würde sie sich nicht wehren.
»Meine liebe Freundin, ich bedaure Sie; die Unhöflichkeiten Ihres Sohnes mir gegenüber lassen mich gleichgültig. Für Sie aber ist es ein Anfang; Sie haben sich ihr Unglück ganz und gar selbst geschmiedet und Sie machen weiter.«
Dann zog er sich zurück, hochmütig und erbärmlich. Maud schlich ebenfalls in ihr Zimmer, ohne ein Wort gesagt zu haben. Schnell und lautlos zog sie sich im Dunkeln aus, damit niemand an ihre vergessene Existenz erinnert wurde, die so unbedeutend war wie Treibgut auf hoher See. In blinder Wut warf sie sich auf ihr kleines Bett und umklammerte es mit beiden Armen. Doch das ging bald vorüber, verflog wie die Angst in Uderan, die ihr unbegreiflich schien, wenn es wieder Tag wurde.

II

Das Gut Uderan befand sich im Südwesten des Departements Lot, im rauhen und entvölkerten Teil des Haut Quercy, an der Grenze zu Dordogne und Lot-et-Garonne. Die beiden Dörfer Semoic und Le Pardal teilten sich die administrative und religiöse Zuständigkeit; zwei Wein- und Obstanbaugemeinden, die eine in den Pinienwäldern der Hochebene gelegen, die andere am Rand des Wassers, am Flüßchen Dior. Uderan gehörte zur Gemeinde Semoic, doch an Fronleichnam kam der Pfarrer von Le Pardal, um es zu segnen.

Seine Lage war eine der besten in diesem hügeligen Land, die höchste nach Ostel. Die Burg Ostel stammte aus dem dreizehnten Jahrhundert; sie überragte die Gegend auf fünfzig Kilometer und war einer der größten Herrensitze des Haut Quercy.

Wenige Städter fuhren bis hierher in Ferien, doch es gab ein paar, die hier Familienbesitz hatten. Taneran hatte sich da niederlassen können, weil das Land nicht viel kostete.

Die seit Jahrhunderten in dieser Region bestellten Weinberge besaßen nicht mehr ihr früheres Ansehen, außer in der Bevölkerung, die ihre Weine stolz über all jene doch ungeheuer berühmten der benachbarten Departements stellte.

*

In ihrem seit zehn Jahren leerstehenden und unbewohnbar gewordenen Haus konnten sich die Tanerans nicht einquartieren. Die Decken waren undicht, zwischen den Bodenkacheln der Zimmer wuchs das Gras. Nur der Weinkeller und der Trockenraum für die Pflaumen waren in gutem Zustand, weil sie von den Halbpächtern und den Besitzern gemeinsam genutzt wurden.

Die angenehmen Feststellungen Madame Tanerans beschränkten sich darauf, daß der Park selbst nicht allzusehr unter der Vernachlässigung gelitten hatte. Das Wohnhaus, dessen Mobiliar zum größten Teil nach Paris transportiert worden war, schien praktisch unbenutzbar.
Der Tag der Ankunft war unwirtlich. Ein vorläufiges Quartier mußte gefunden werden. Es geschah also, was sie nicht vorgesehen hatten: die Tanerans waren gezwungen, bei den Pecresses zu wohnen.

*

Die Pecresses waren die nächsten Nachbarn. Ihre Urgroßeltern waren Halbpächter der Domäne gewesen und hatten den Hof gekauft, als einer der Besitzer genötigt gewesen war, sich davon zu trennen. Seither war dieser Hof regelmäßig um die Veräußerungen angewachsen, die die ersten Besitzer nach und nach vornahmen, um den Unterhalt des großen zweiten Gutshofs zu bestreiten.
Der alte Pachthof war jetzt von einem herrschaftlichen Wohnhaus und einem großen Garten flankiert. Der Ehrgeiz der Pecresses, die reiche Bauern geworden waren, kannte keine Grenzen.
Leider hatten sie nur einen Sohn, und an ihn knüpften sich ihre Ambitionen.
Zu einem bestimmten Zeitpunkt war er als die beste Partie der Gegend im Gespräch gewesen, im Hinblick auf die Bedeutung des ihm zustehenden Vermögens ebenso wie auf Grund seiner stattlichen Erscheinung. Außerdem hatte er ein bißchen studiert, was ihm im Dorf eine gewisse intellektuelle Würde verlieh.
Doch Jean wurde fünfundzwanzig Jahre alt, ohne sich zur Heirat entschlossen zu haben. Man sah ihn nirgendwo, und seine Mutter wachte darüber, daß er mit niemandem Umgang pflegte. Er wurde schweigsam und schüchtern. Die

Mädchen verloren den Mut. Jean erschien unerreichbar im goldenen Käfig seiner Einsamkeit. Man dachte weniger an ihn. Oder vielmehr, man dachte bald mit Grauen an das Leben, das dieser Junge mit seiner rothaarigen Rabenmutter, der Pecresse, auf dem sogenannten *Alten Pachthof* führte.

Als an einem Septemberabend nach einem strahlenden Weinlesetag seine Großmutter väterlicherseits starb, verschwand das Angenehme endgültig aus Jeans Leben. Er hatte nur noch seine Mutter zur Gefährtin und verdächtigte sie, ihn zu sehr zu lieben. Die Leidenschaft, die diese Mutter für ihren Sohn empfand, äußerte sich mangels Ventil auf so aggressive Art, als würde sie ihn hassen. Die Heftigkeit ihrer Gefühle und seine träge Passivität steigerten sich immer mehr, obwohl sie im eintönigen Dasein der beiden keine Gelegenheit fanden, zum Ausbruch zu kommen. Die Atmosphäre des Alten Pachthofs wurde sonderbar, wie das klassische dunkle Dekor eines intimen Dramas, dessen Kunst darin besteht, daß die beiden Personen, die das Drama ausmachen, nie zusammentreffen, denn dadurch verlöre es mit einem Schlag seinen psychologischen Reiz.

Vater Pecresse fand sein Glück in der Arbeit. Den Seinen gegenüber war er von vorbildlicher Diskretion, die sich aus Gleichgültigkeit, Sorge um seinen Frieden und unsäglicher Feigheit zusammensetzte. Diese Schwäche entbehrte nicht eines gewissen Charmes und machte Vater Pecresse zum einzigen Bewohner des Alten Pachthofs, dem man gern begegnete. Sie äußerte sich zu Hause aber so heimtückisch wie schlimmster Intrigantengeist und führte dazu, daß seine Familie ihn floh. Im übrigen zählte er in den Augen seiner Frau und seines Sohnes nicht mehr, als wenn er nur ein armer Trottel gewesen wäre.

Der Alte Pachthof war genauso weit von Semoic und Le Pardal entfernt wie Uderan. Zu ihm aber führte kein

Weg, außer der Landstraße, die in fünfhundert Meter Entfernung zum Dorf Rayvre abbog. Dorthin gab es von Le Pardal aus auch Abkürzungen. Nur wenige Bauern nahmen daher diese Strecke.

Jean hatte jahrelang warten müssen, bis jemand bei ihnen auftauchte. Ihre einzigen Nachbarn, die von Uderan, waren schon lange nicht mehr gekommen, und die Silhouette des Tannenwalds stand unberührt vor ihm. Doch seine Mutter hoffte immer noch, ihn nach ihren Vorstellungen zu verheiraten.

Jean galt als Einfaltspinsel, der leicht zu führen war, im Grunde ein gutes Geschäft für ein gewandtes Mädchen, wenn die Mutter nicht so gut aufgepaßt hätte. Es gefiel ihm nicht daheim, und er arbeitete so hart auf den Feldern wie ein einfacher Tagelöhner. Er hätte Arbeiter haben können. Doch die Pecresses verausgabten sich in der Arbeit, hingen aber am Geld. Bald hieß es von Jean, er sei geizig und auch ein bißchen geschwätzig.

Seine Mutter, der es nicht an gesundem Menschenverstand fehlte, machte sich schließlich Sorgen. Jean übertraf ihre Hoffnungen, und sie wäre nicht unzufrieden gewesen, wenn er es sich mit den Mädchen ein wenig leichter gemacht hätte. Um ihn dazu anzuregen, stellte sie eine junge Magd ein, denn letzten Endes war es ihr lieber, er nahm sich eine Geliebte von niederer Herkunft, als daß er unstandesgemäß heiratete oder aber dem Leben gegenüber so bitter blieb.

Doch Jean rührte die Magd nicht an, die neben seinem Zimmer schlief. Er weigerte sich, auch nur ein einziges Mal in die Falle zu gehen, die ihm, das wußte er, seine Mutter gestellt hatte.

Drei Jahre verstrichen. Jean ging auf die Dreißig zu. Die Magd war geblieben. Die Pecresses führten ein arbeitsreiches und bequemes, aber traurig eintöniges Leben mit ihrem einzigen Sohn, der sich diesem keuschen und einsamen

Dasein so begeistert hinzugeben schien, als handelte es sich um eine verwerfliche Leidenschaft.

Dieser Stand der Dinge dauerte bis zu einem Abend im Sommer, als Jean am Ufer des Dior, wo er sich gern aufhielt, einer Fremden begegnete. Sofort fühlte er sich wie ein Schuldiger, der eines schönen Tages nach einer langen Wanderung erschöpft in ein Dorf kommt, wo sein Verbrechen nicht bekannt ist.

Das junge Mädchen schnitt mit einer kleinen glänzenden Hippe Binsen ab. Zwei lange schwarze Zöpfe hingen von ihrem Kopf herab bis ins Gras. Ihr Kleid von einem verblichenen Rot hob sich vom dunklen Grün des Flusses ab wie eine buntleuchtende Frucht von Blätterwerk. Sie ähnelte einer romantischen jungen Person, die, von Träumen umgetrieben, in der Dämmerung hinausgegangen ist. Als sie den jungen Mann erblickte, veränderte sich das Bild. Sie stand auf, straffte ihren Körper und sprach ihn an, vertraulich und mit leicht vulgärer Selbstsicherheit. Er konnte ihr Gesicht nicht gut sehen, dessen Züge der Schatten verbarg, aber er erkannte den ruhigen und unbewußt fröhlichen Ausdruck: ein Wesen, das keine Angst hat und es gewohnt ist, jedermann anzusprechen, so wie die Landstreicher, die alle Passanten zu Freunden haben.

Was Jean einen Augenblick lang empfand, war denkwürdig. Es war, als öffnete er sich der außerordentlichen Schönheit der Liebe.

Natürlich antwortete er mit irgendeiner Albernheit. Das junge Mädchen sah ihn etwas fassungslos an, dann machte sie sich wieder an die Arbeit.

Jean entfernte sich, doch bei jedem Schritt drehte er sich rasch um, wie jemand, der Angst hat, verfolgt zu werden. Er setzte sich auf einen Erlenstumpf und beobachtete sie weiter mit scheinbar stupidem Blick, in dem aber alle menschlichen Gefühle miteinander rangen, ohne daß eines die Oberhand gewann.

Erschrocken und erregt zugleich, war er unfähig, sich zu rühren. Irgendwann begann sie zu singen. Er traute seinen Ohren nicht. Das Lied schien ihm ins Blut zu gehen wie Gift. Jede musikalische Phrase, ob schrill oder verschnörkelt, überraschte seinen Körper und machte ihn zu einer Materie von schmerzlicher Empfindsamkeit.

Wie ein Kind, das gerade erwacht, verstand er nicht recht, was vor sich ging. Das Schauspiel seines Lebens streifte seinen Geist, rätselhaft; doch er fühlte wohl, daß er sich einem unbekannten Zustand öffnete. Mit Grauen dachte er an seine Keuschheit. Sie lähmte ihn, und er wankte unter ihrem Gewicht.

Niemand ging vorüber. Nur der von Rauchschwaden gefolgte Zug aus Bordeaux erschütterte die Stille; seine erleuchteten Fenster zogen rötliche Streifen durch die Nacht.

Das junge Mädchen entfernte sich, ein Bündel Binsen auf dem Rücken, die kleine Hippe in der Hand. Sie ging in Richtung Semoic. Jean fand sich allein am Ufer des Dior wieder und blieb dort, bis die Nacht vollends hereingebrochen war.

Am nächsten Abend war er wieder dort, auf dem Erlenstumpf. Er fühlte sich schwach vor Müdigkeit und Hunger, denn er hatte seit dem Vortag weder gegessen noch geschlafen.

Noch hielten ihn seine Nerven wie Zügel davor zurück, diese verschlungene Annäherung des Mannes an die Frau zu vollenden.

Als sie wieder singend und friedlich auf dem Weg nach Semoic war, bekam er Angst. Vielleicht würde sie nicht mehr wiederkommen. Unversehens aus seinem Traum, aus seiner Furcht herausgerissen, sprang er auf, verzweifelt, jäh. Er holte sie ein, sie erkannte ihn und lächelte ihm zu. Er aber war außerstande, ihr ins Gesicht zu sehen, als er ihr mit harter und unsicherer Stimme verkündete, sie habe keineswegs das Recht, in seinen Wiesen am Dior Binsen zu schneiden. Er empörte sich, aber seine feurigen Worte brannten nur ihn. Wer die beiden Silhouetten auf der Straße gesehen hätte, die ihre, gebeugt unter dem Bündel, und die des wild mit den Armen fuchtelnden jungen Mannes, der hätte sie für Herr und Sklavin gehalten. Und das wurde sie dann in seinen Händen.

Am nächsten Tag erschien sie wieder, und nach einer Woche gab sie sich ihm hin, genau da, wo sie sich kennengelernt hatten, an der Biegung des Dior, am Rand des Erlengehölzes.

Am Anfang war ihre Liebe, zumindest für ihn, von einem romantischen und enttäuschten Gefühl begleitet. Sie ließ sich, nachdem ihre Familie abgereist war, in Semoic nieder. Ihr früheres Umherstreunen bereute sie nicht. Sie hatte ihr Auskommen, indem sie sich von Hof zu Hof zum Waschen, zur Ernte, zur Weinlese verdingte.

Die Sache dauerte schon drei Jahre. Jean betrog jetzt seine Geliebte, wenn sich eine Gelegenheit bot, insbesondere mit seiner Magd. Er fand, sie käme ihn teuer zu stehen, dachte aber nicht im Ernst daran, sie zu verlassen. In vieler Hinsicht fühlte er sich wohl mit ihr. Doch er hatte zu sehr auf die Liebe gewartet und blieb enttäuscht. Er wurde fett und verblödete.

*

Am Abend der Ankunft der Tanerans fühlte sich Jean unsicher. Ein solches Ereignis hatte es noch nie gegeben, denn die Pecresses empfingen sonst nie jemanden.

Er verlangte, sie sollten im Speisezimmer dinieren und nicht in der Küche, wie sie es als echte Bauern gewohnt waren; das machte zwar Umstände, aber seine Mutter fand nichts daran auszusetzen.

Weil die junge Magd sich auch an diesem Abend ihrer gewohnten Trägheit überließ, redete Jean hart mit ihr, und sie fing an zu weinen. Er zog seinen Jagdanzug an, den er sonst nur sonntags trug.

Als alles seinen Wünschen gemäß hergerichtet war, wartete er, daß die Tanerans von ihrem Spaziergang nach Uderan zurückkämen. Am Vormittag hatte er sie kaum gesehen. Sie hatten ihn durch ihr einfaches und natürliches Auftreten überrascht, und es war ihm angenehm gewesen, mit ihnen zu reden. Sie sollten bei den Deddes, ihren Pächtern, zu Mittag essen, und der Tag kam Jean Percesse lang vor. Je weiter er fortschritt, um so größer wurde Jeans Unruhe, ohne daß er so recht wußte warum.

Sie kamen nacheinander herein, zuerst die beiden Brüder, dann Madame Taneran und Maud, vom Licht geblendet, auf ihren Gesichtern wie eine Familienähnlichkeit ein müder und herablassender Ausdruck. Sie glichen nicht mehr den Reisenden vom Vormittag, die glücklich waren anzukommen und fröhlich ihre Koffer trugen, redselig und jung. Die Pecresses waren sehr aufgeregt. Die Grants trugen nichts zur Unterhaltung bei. Sie nahmen auf den an der Wand des Speisezimmers aufgereihten Stühlen Platz.

Kein Geräusch drang in diesen Raum, es sei denn aus der Küche, die weiter unten, beim Stall, im alten Haus, sein mußte.

Sie hatten Hunger. Jacques gähnte vor Langeweile und Wohlbehagen.

Dem Kamin gegenüber stand eine herrliche Anrichte im Schmuck ihrer Zierleisten und ihres Porzellans. Der makellose Tisch glänzte in unwirklichem Weiß. Ein süßer und säuerlicher Geruch lag in der Luft, der des Weins aus der Gegend und des feuchten, ausgeschwefelten Holzfasses, der ein wenig an menschlichen Schweißgeruch erinnert.

Es verging eine Zeit, bis die Pecresse zum Essen rief. Sie kam, um sich bei ihren Gästen dafür zu entschuldigen, daß sie noch nicht ganz fertig war, und lief wieder in die Küche. Vater Pecresse mußte im Stall sein; er war unauffällig verschwunden wie ein Bediensteter. Jean wagte noch nicht zu erscheinen. Schon hatten alle Pecresses den gleichen Gedanken, ohne daß sie sich darüber verständigt hätten. Die Grants ihrerseits fanden den Ort angenehm und warm, wenn auch weit entfernt von den Dörfern. Sie dachten aber an nichts Bestimmtes.

Maud trat einen Augenblick vor die Tür und sah zu, wie es dunkel wurde.

Auf dem Gipfel der Anhöhe, in deren Mitte Uderan und der Alte Pachthof lagen, blinkten ein paar Frauen von Le Pardal mit ihren Petroleumfunzeln. Es war mild; nur ab und zu wehte ein böiger kleiner Wind. Bis dahin hatte sich Maud schlecht an die Landschaft erinnert, jetzt erkannte sie sie ganz und gar wieder. Rings um sich her spürte sie das stufenförmig ansteigende Land, die Felder, die Höfe, die Dörfer, den Dior, als gehörten sie einer harmonischen und dauerhaften Ordnung an, und diese Ordnung würde die auf diesem Fleckchen Erde ein- und ausgehenden Menschen überleben. Das unaufhörliche Kommen und Gehen der sie bevölkernden Geschöpfe machte diese Ewigkeit der Seele zugänglich. Man spürte, wie sie sich langsam, warm, sinnlich dahinzog wie ein Weg, der immer erwärmt ist von den Schritten der zuletzt Gekommenen und dessen Stille erfüllt ist vom Geräusch der kommenden Schritte und der gehenden Körper.

Die Straße durchschnitt den dunklen Hang. Unbeweglich, von milchigem Weiß, durchquerte sie das Land, sonderbar abwesend, wie ein Bote, der von weither kommt und nur an sein Ziel denkt.

Man konnte beinahe nichts mehr sehen, doch man wußte ja, daß das Leben der Dinge in der Nacht ruhiger, gedämpfter weiterging, vielleicht aber machtvoller als am Tag, weil das Tageslicht sie nicht mehr zerstreute. So erschien Maud das oben auf der Anhöhe liegende Pardal und unten am kühl und weich plätschernden Dior der Weiler Semoic.

Vereinzelt erklangen Schreie, Lärm, Hundegebell, Rufe junger Leute, vertraut und den Ohren schmeichelnd wie das Rauschen des Meeres.

Die Bauern aßen früh zu Abend, und ihr Schweigen dabei bestand aus Müdigkeit und Frieden. Bald würden sie schlafen gehen, erschöpft von der Anstrengung des vergangenen Tages und der zähen und bedrückenden Mühsal, in der ihr Leben jeden Tag unmerklich ein bißchen mehr versank. Und alle Müdigkeiten des zu Ende gehenden Tages hinterließen ihre Düfte in der Luft, den Duft der Erde und des Steines, der nicht vergeht, den Duft der Herden und den süßen und erregenden Duft des Menschen.

Jean Pecresse dachte sich, daß Maud vor der Tür des Speisezimmers sei. Er ging hinaus zu ihr und lehnte sich wortlos auf der anderen Seite der Tür an die Wand. Maud erkannte ihn jetzt kaum, eingezwängt, wie er war, in seinen Jagdanzug, groß und ein bißchen dick, wie ein Mann, der alt wird. Sie dachte an sein Leben in diesem Haus, auf diesem Land, das ihm gehörte und wo er bequem, ohne rechnen zu müssen, lebte. Er ärgerte sie, weil sie spürte, daß er immer äußerst angespannt und besorgt um seine Wirkung war und sich verzweifelt zwang, nicht als er selbst zu erscheinen.

Jean war unruhig: ›Wie wirkt das auf sie, hier bei mir zu sein, vor dem Haus, von dem man einen weiten Blick hat, mindestens über die Hälfte meiner Ländereien bei Uderan und am Dior?‹ dachte er. Er machte sich das Schweigen des jungen Mädchens zum Vorwurf; schon bedrückte ihn das Gefühl einer ungeheuren Leere in ihrer Gegenwart. Die Geliebten, die er zufällig gehabt hatte, fanden ihn immer unerträglich sentimental, aber sie nahmen es nicht so ernst, weil sie vom Land waren und voll gesunden Menschenverstands; sie ließen ihn nach Herzenslust reden und Briefe schreiben.

Vater Pecresse kam aus dem Stall und ließ seine Griffons los, die wie Pfeile in die dunkle Nacht schnellten. Die Hunde

kläfften eine Zeitlang, außer sich vor Freude, ungeduldig wie Kinder. Man konnte ihr absurdes, wildes Hin und Her verfolgen, ohne sie zu sehen. Madame Taneran, Jacques, Henri und die Pecresse traten vor dem Essen auch noch vor die Tür. Madame Taneran wollte sich liebenswürdig zeigen und etwas zur Pecresse sagen:
»Das Wetter ist gut, besser als in Paris. Wie leicht die Luft ist!«
Glücklich antwortete Madame Pecresse mit einer entsprechenden Beteuerung. Dann sagte keiner mehr ein Wort. Nur Vater Pecresse redete mit seinen Hunden, damit sie beim Haus blieben.
Maud hörte Jacques nervös hinter sich gähnen. Jacques! Sie dachte plötzlich mit solcher Gleichgültigkeit an ihn, als wäre er schon jahrelang tot oder abwesend. Zum ersten Mal seit langem befand er sich nicht mehr in dem vertrauten Rahmen ihrer Wohnung. Man hätte glauben können, er habe für ein paar Tage aufgehört zu leben. Er verlor jedes Profil und glich, untätig und leicht, einem Schauspieler am Tag nach der Vorstellung.
Die Aussicht auf die Ferien langweilte Jacques. Wenn man sich im Boot von Uderan bis hinunter zur Mühle von Mirasme hat treiben lassen, was kann man dann noch tun in einer Gegend, wo es so wenig Wild gibt wie Mädchen? Seit zehn Jahren währte sein trügerisches Leben, in dem sich jeden Tag neue Wege zum Vergnügen auftaten. Hier entzog sich alles. Die Stille machte ihm angst. Er kannte die Pläne seiner Mutter in bezug auf ihn, und er hatte sich eine Entscheidung abringen lassen, die er jetzt bereute, doch er fühlte sich nicht im mindesten an sie gebunden.
Die Langeweile lag über Jacques' Leben wie ein Nebel, in dem ihm die Wirklichkeit verschwamm und ungreifbar wurde. Er war sehr intelligent, ohne je die Freuden des Geistes kennengelernt zu haben. Sein Denken, träge wie es war, ging nie über die unmittelbaren Sorgen hinaus. Es führte

ihn vor sein Vergnügen, und da verließ es ihn wie eine Kupplerin, die ihre Aufgabe erfüllt hat. Ein Jahr lang hatte er sich einen Lebensinhalt gegeben: vor seiner Frau die Wahrheit über die Verwendung des Geldes zu verbergen, das sie ihm anvertraut hatte. Er hatte es ihr übelgenommen, daß sie, ohne es zu wissen, die Ursache seines Ärgers war, und das hatte dazu beigetragen, das Ende seiner Liebe zu beschleunigen; jetzt verdarb es ihm die Erinnerung daran. Diese Erinnerung setzte sich im Grunde in Gestalt der fälligen Zahlungen an die Tavarès Bank fort, die um jeden Preis geleistet werden mußten. Zweifellos liebte er die Verstorbene nicht mehr genug, um lange zu leiden. Ihr Tod enttäuschte ihn, weil er ihm nichts mehr zu hoffen erlaubte. Er fühlte sich verlassen. Ihm blieben nur sein leeres Herz und die Briefe der Bank.

Vater Pecresse pfiff seinen Griffons, die widerwillig ins Haus zurückkehrten. Die Tanerans und ihre Gastgeber begaben sich später zu Tisch als gewöhnlich. Das gute Essen trug dazu bei, daß sich die Unterhaltung ein wenig belebte, dennoch blieben die Pecresses in Gegenwart der Tanerans irgendwie unsicher und verwirrt.

Die Pecresse war eine eigenartige Frau. In Le Pardal galt sie als jemand, der weiß, was er will, und man achtete sie. Sie hatte nur wenige Freundinnen, doch sie sorgte sich um die Meinung der Leute. Sie wußte, daß man sie bezüglich ihres Sohnes kritisierte, und obwohl sie auch wußte, daß Eifersucht die üble Nachrede der Dorfbewohner diktierte, war sie darüber zutiefst beunruhigt.
Mit der Ankunft der Tanerans wuchs ihre Besorgnis. Die Idee einer Heirat war schon frühzeitig in ihr gekeimt, die Gefühle ihres Sohnes für Maud Grant bestätigten sie nun. Sie hatte nie daran gedacht, daß zwischen der Heirat und der endgültigen Erwerbung von Uderan ein Zusammenhang bestehen könnte. Jetzt zeichnete sich diese Möglichkeit so deutlich ab, daß sie glaubte, es schon immer vorausgesehen zu haben.
Die Grants mochten bourgeois sein ohne höhere Ansprüche, Uderan, ihr Landbesitz, verlieh ihnen eine Art Adel. Und gerade weil das Gut verwahrlost war, wollte es die Pecresse mit aller Macht haben. Die Aussicht, tätig zu werden, berauschte die Frau. Sie platzte vor überschüssiger Energie. Sie hatte den Drang, zu handeln und ihren Sohn Jean zu dem Abenteuer zu verleiten. Was gibt es Schöneres, als sich mit dem Wesen, das einem teuer ist, in gemeinsamem Tun zu vereinen? Niemand erfuhr jemals, wie weit diese Hoffnung trug und in welchen Genüssen sie die Pecresse schon im voraus schwelgen ließ.
Doch sie verstand ihre Phantasie zu zügeln, die sie noch nie blind gemacht hatte. Ihre Leidenschaft gab sich von Natur aus besonnen und drückte sich gewandt aus.
Das einzige, was sie nicht durchschaute, war, daß sie den Wert und den Reiz des Landes, das Maud Grant besaß, auf das junge Mädchen übertrug. Ohne daß sie es genauer

überlegt hätte, erschien ihr diese von einem Tag auf den anderen ihrer Begierde würdig.
Dem Gerede der Dorfbewohner zufolge war Maud zwar nicht besonders hübsch, aber war sie nicht von ganz anderer Wesensart als sie selbst? Aufrecht, langsam, ohne sich je zu beeilen, ging sie die Obstbaumallee hinunter, als wartete nichts und niemand auf sie; keine Pflicht beugte sie, es sei denn die, in den Tag hinein zu leben. Und Mutter Pecresse, die so vielen Geschäften nachging, daß sie gar nicht gewußt hätte, was sie mit einem Augenblick der Muße hätte anfangen sollen, sah darin das Zeichen einer grundlegenden Andersartigkeit. Der Umstand, daß sie Maud für etwas Besseres hielt als sich selbst, schmeichelte ihrer Demut und verstärkte noch ihren Wunsch, sie mit ihrem Sohn verheiratet zu sehen.
Bald stellte ganz Le Pardal die unvermeidliche Verbindung her: die Tochter Grant, von morgens bis abends untätig, suchte bestimmt einen Mann. Es sollte schließlich ein Einheimischer sein, der dieses Brachland wieder in Schuß brachte, um so mehr als von den beiden Söhnen Grant-Taneran der eine zu jung und der andere unfähig war ...
Madame Taneran ahnte diese Überlegungen oder vielmehr Hoffnungen. Sie wollte weder die Pecresse noch die Bauern der Gemeinde verärgern. Wenn sie zufällig mit ihrer Tochter allein war, hütete sie sich, ihr ein Wort davon zu sagen. Mit Jacques aber hatte sie darüber gesprochen, wie immer, wenn es um eine Frage ging, die die Familie betraf.
»Mit wem willst du sie denn verheiraten?« fragte er. »Ich wäre großzügig, ich würde gehen; die Sache mit dem Land, das uns übrigens nichts einbringt und von Jahr zu Jahr weniger wert ist, könnte ich hinnehmen; Pecresse würde mir etwas zahlen ...«
Vielleicht dachte er, eine solche Lösung würde seine Angelegenheiten regeln. Doch seine sonst so schwache, so nachgiebige Mutter wurde halsstarrig. Lieber sähe sie Maud eine

alte Jungfer werden, als sie mit einem Pecresse zu verheiraten, behauptete sie. Im übrigen war sie seit ihrer Ankunft leicht reizbar. Gezwungen, ihr Kind zu beschützen, wunderte sie sich, daß sie so leidenschaftlich an Maud hing, die nie zärtlich zu ihr war. Im Gegensatz zur Weichlichkeit ihrer Söhne war diese Zurückhaltung tröstlich für sie, vor allem seit einiger Zeit, seit sie nämlich bemerkte, daß auch Henri verdorben war. Deshalb erschien ihr Maud angesichts der entdeckten Gefahr so hilflos und so unschuldig, daß sie ihre ganze Energie aufbieten zu müssen glaubte, um sie zu retten.

Bald war das Gerede nicht mehr aufzuhalten. Die Leute wurden kühner, da die Grants aus Inkonsequenz und weil sie sich da wohl fühlten, das Haus der Pecresses nicht verließen, um in das ihre zu ziehen. Wollten sie damit die allgemeine Meinung endgültig bestätigen? Die Pecresse schlug den Grants vor, in Uderan ein Essen zu geben und alle Dorfbewohner einzuladen.

Im Grunde fürchtete sie, ihre Idee sei verrückt.

›Wenn sie es ist‹, sagte sie sich, ›werde ich es an jenem Abend an ihrem Verhalten sehen ...‹

An diese Dorfbewohner, zu denen sie Abstand hielt und deren Töchter ihr eine viel zu schlechte Partie für ihren Erben schienen, klammerte sie sich jetzt, weil sie ahnte, daß ihre Idee nicht nur die Phantasie einer irrenden Frau war. Ihr Traum machte ihr angst, wenn sie daran dachte, daß er Wirklichkeit werden konnte und wenn sie auf dem Hof oder bei Tisch Jean neben Maud sah. Sie hegte diesen Traum, ließ sich von ihm bezaubern wie ein junges Mädchen, das noch nicht begonnen hatte, in der Realität zu leben. ›Die Dinge geschehen nicht von selbst‹, ermahnte sie sich, ›man muß etwas tun.‹

Doch nichts schien vorzufallen, was entscheidend gewesen wäre oder der Anfang einer Verwirklichung hätte sein können. Naiv hoffte sie also auf dieses Essen ...

Obwohl es schon Mai war, heizte man zwei Tage vorher in allen Räumen des Erdgeschosses ein. Das Haus verlor etwas von seinem tristen Modergeruch. Es gab ein noch einigermaßen bewohnbares Schlafzimmer, ausgestattet mit einem Himmelbett, das zu sperrig war, als daß man es hätte hinaustragen können. Neben dem großen Bett stand ein weiteres, ein ausrangiertes, weil unbenutzbares Kinderbett, in dem Maud als kleines Mädchen und dann Henri geschlafen hatten. Dieses Zimmer befand sich am Rand des Parks, am Ende einer Lindenallee. Eine Wand grenzte an ein altes Gewächshaus, das seit Menschengedenken außer Gebrauch war und in dem Schwalben die Nacht zu verbringen pflegten, wenn sie hier durchzogen.

Maud beschloß, in Uderan zu schlafen. Die Dedde richtete ihr das Zimmer her.

Madame Taneran fand Mauds Idee zwar etwas ausgefallen, machte indes keine Bemerkung.

Sie zeigte ihr gegenüber eine recht ungewöhnliche Nachsicht und ließ sie gewähren.

Es wurde beschlossen, daß der junge Pecresse Maud noch am gleichen Abend nach Uderan begleiten solle. Plötzlich von äußerster Zuvorkommenheit, wies er ihr, mit einer Sturmlaterne ausgerüstet, den schmalen Weg, und sie ging im Lichtstrahl der Lampe voraus. Sie hätte sich gern bedankt, aber ihr fiel nichts ein, was sie ihm sagen konnte.

Sie waren fast angekommen, als Jean Pecresse sich dazu durchrang zu fragen:

»Hat meine Mutter Ihnen nichts gesagt, Maud Grant?«

Maud wußte nichts von den Ränken, die um sie herum geschmiedet wurden. Als sie sich umdrehte, sah sie seine Augen unruhig flackern.

»Nein, nichts! Was hätte sie mir auch sagen sollen. Auf Wiedersehen. Kommen Sie nicht weiter mit. Hier kenne ich den Weg, von der Hecke an sind wir in Uderan. Als ich klein war, ging ich nie weiter. Ich danke Ihnen trotzdem ...«

Sie entfernte sich. Er blieb einen Augenblick blöde stehen, dann rannte er zurück. Seine Mutter, die wohl den Schein der Lampe verfolgt hatte, schloß darauf so energisch den Fensterladen ihres Zimmers, daß der Lärm bis zu Maud drang. Sicherlich hatte Madame Pecresse von diesem Spaziergang viel erhofft. Das war nun ihre erste Enttäuschung, und die Nervosität hinderte sie lange am Einschlafen ...

Sobald Maud den Park erreicht hatte, fühlte sie sich sicher. Sie ging eine Weile die Wege hinunter und langsam wieder hinauf. Die Stille, so kompakt und geheimnisvoll, wie sie war, hätte jeden anderen fliehen lassen, Maud dagegen entzückte sie. Um sie herum ragten Buchsbaummassive auf, die Tannen nahmen gigantische Ausmaße an, und ihre Wipfel weinten leise, ohne daß ihre Klage Traurigkeit verbreitete.

Irgendwann hörte Maud ihr Herz merkwürdig pochen, als befände es sich außerhalb ihrer Brust. Sie horchte und unterschied ein anderes, ferneres Geräusch, das sich unter ihr Herzklopfen mischte und bald sehr gut vernehmbar war, bald, je nach der Laune des Windes, sich in der Nacht verlor. Mit der Hand auf der Brust hielt sie den Atem an. Das Geräusch drang in den Hohlweg ein und umspülte die dunkle, hohe Klippe, die der Park auf dieser Seite bildete.

›Das ist ein Pferd ...‹, sagte sie sich. ›Ich kenne hier niemanden, der eines hat; die Bauern von Uderan können nicht reiten ...‹

Als der Reiter ganz nah bei ihr war, rührte sie sich immer noch nicht, als hätte die bloße Ahnung ihrer Anwesenheit den Unbekannten beunruhigen können. Sie wußte nichts von ihm, beschloß aber, er sei mutig, da er auf dem stockdunklen und vom dichten Gezweig der Bäume überragten Weg nicht schneller ritt als da oben. Einen Augenblick lang war Maud wie gefesselt von diesem Getrappel, das dem Dorf zustrebte. Als es die Straße erreicht hatte, wurde es

deutlicher. Danach störte kein anderes Geräusch mehr die Stille, in der es so etwas wie eine Tonspur hinterlassen hatte, die nur schwer wieder zu vergehen schien.
Maud betrat das Haus. In ihrem Zimmer öffnete sie die große Tür zum Park, der im Mondlicht lag. Der Wind aber, der ihr zuvor den unbekannten Reiter angekündigt hatte, hinderte sie lange am Einschlafen. Maud schlummerte ein, als auch der Wind, gleichsam am Ende seiner Kraft, sich legte, doch sie erwachte jäh, als die frische Brise, mit allen Düften beladen, sich wieder erhob und die Vorhänge bauschte. Der Wind war über den Talgrund gestrichen und roch nach bitteren Algen und verfaultem Laub.

Die Tür des großen Speisezimmers in Uderan stand offen. Die Tagelöhner und die Pächter aßen in der Küche; ihre Frauen und Töchter bedienten bei Tisch: sie fanden kaum eine Minute, um selbst zu essen. Mit vollem Mund trugen sie die Schüsseln auf, Schweiß auf der Stirn, errötet und glücklich in ihrer Erschöpfung, die nicht die alltägliche war.
Im Speisezimmer saßen würdig zu beiden Seiten des langen Tisches aufgereiht die Honoratioren und die Bauern. Diese, Grundbesitzer in Le Pardal, waren größtenteils dort geboren und würden wahrscheinlich dort sterben; in ihren Augen waren die Halbpächter von niedrigerem Stand als sie und vergleichbar mit Freibeutern der Erde. Daher waren sie empfänglich für die der Unvergänglichkeit und Beständigkeit ihres eigenen Standes erwiesene Ehre und saßen stolz und linkisch in ihren schönen Kleidern da. Sie waren geschlossen erschienen, gut dreißig an der Zahl. Ihr spöttischer Blick unter den gesenkten Lidern verriet, daß diese Einladung für sie vor allem das Glück eines guten Essens bedeutete. Oh, gewiß, sie wären nicht auf diesen Gedanken gekommen! Wenn man in Le Pardal während der Weinlese bei dem einen oder anderen zu Mittag ißt, so ist das immer mit einer Gegenleistung verbunden, meistens in Form von Arbeitstagen; aber man lädt die Leute nicht einfach so ein, wegen nichts, nur um des Vergnügens willen …
Zu Beginn der Mahlzeit fühlten sie sich unbehaglich, und ein paar Mutigere, die Scherze machten, bemühten sich umsonst. Das Geräusch des Suppeschlürfens konnte kaum das Schweigen übertönen, das anzudauern drohte.
In den Anblick dieser Leute versunken, fühlte sich Maud in eine Vergangenheit versetzt, die ebenso beständig und unwandelbar war wie die Züge ihrer zumeist unveränderten

Gesichter. Trotz der Bemühungen des neben ihr sitzenden jungen Pecresse, Mauds Interesse zu wecken, blieb sie abgelenkt.
Zwei große Petroleumlampen an den beiden Tischenden beleuchteten die Gäste, die die Ehrenplätze einnahmen. Madame Taneran unterhielt sich mit dem Apotheker von Le Pardal, einem dicken Mann, dessen Hände neben den geröteten Händen der Bauern blaß schienen. Am anderen Ende befand sich, seiner Stellung entsprechend, der Lehrer von Le Pardal. Sein ehemaliger Schüler Henri Taneran, der links von ihm saß, begegnete ihm mit der gleichen vorgetäuschten oder naiven Sanftmut wie das Kind, das er einst gewesen war.
Bald begann jeder mit seinem Nebenmann zu plaudern, niemand aber wagte es noch, sich an die ganze Versammlung zugleich zu wenden. Aus dem lauter werdenden Stimmengewirr waren einzelne Bemerkungen im breiten Dialekt der Dordogne herauszuhören.
Mutter Pecresse, die rechts von Maud saß, rutschte nervös auf ihrem Stuhl herum. Ab und zu flüsterte sie ihrem Sohn etwas zu, und dieser begann sogleich, sich mit gespreizter Höflichkeit Maud zuzuwenden. Doch seine näselnde Stimme, die von den anderen übertönt wurde, konnte Mauds Aufmerksamkeit nicht auf sich ziehen.
Der Lärm schwoll an. Als er die höchste Stufe erreicht hatte und alle mit voller Lautstärke redeten, wurde er ohrenbetäubend und eintönig, doch Maud war davon nicht benommener als am Vortag von der großen Ruhe des Parks.
Alle saßen sie da um den Tisch, geizig, arm und im Grunde unzivilisiert, der große, angeberische Pellegrain, dessen hünenhafte Gestalt die Versammlung überragte, ebenso wie der kleine Dedde, der Halbpächter. Immerhin wußten sie, wie man sich über eine Anspielung oder eine Geschichte amüsiert. Der Wein von Uderan wirkte Wunder, indem er ihre Zunge löste, die sie sonst im Zaum hielten (als wäre es

eine Sünde, unter der Woche zu reden), ein etwas trockener Weißwein, der den mineralischen Geschmack der Hochebene angenommen hatte. Der Dedde hütete ihn anscheinend seit zehn Jahren im Hinblick auf die Rückkehr der Grants; mit der Zeit hatte der Rebensaft eine verräterische und tiefe Süße entwickelt. Die Bauern, so derb sie auch waren, kosteten den Wein mit Verstand; sie schlürften bei jedem Zug und behaupteten, sie hätten ihn unter allen wiedererkannt; sie verglichen ihn mit diesem oder jenem anderen und gaben Dedde Ratschläge:

»Paß auf, laß ihn nicht älter werden als fünf Jahre; er ist empfindlich, danach könnte er schlecht werden ...«

Am Anfang war es ein Wettstreit, bei dem jeder sich eine Autorität anmaßte, die die anderen nicht besaßen, und sich in Feinheiten erging, die Laien unerheblich erschienen wären.

Nach einer Stunde jedoch trat eine Ruhepause ein, denn die Gesprächsthemen gingen aus.

›Jetzt reden sie über Uderan‹, sagte sich Maud. Sie würden Geschichten erzählen, die sie Wort für Wort kannte, und die Geschichten würden dazu dienen, die Szenen zu verbinden, die sie in ihrer rituell wachsenden Begeisterung nacheinander abriefen.

»Erinnerst du dich, Maud? Maud, man spricht mit dir! Erinnerst du dich an deinen großen Schrecken damals, vor zehn Jahren ...?«

Sie fuhr auf.

Was war los? Alle sahen sie an. Die Pecresse zu ihrer Rechten und Jean Pecresse freuten sich, die Blicke aller Gäste auf sie gelenkt zu haben. Alle schwiegen, plötzlich beschämt, gegen den Anstand verstoßen zu haben, weil sie an diesem Abend vergessen hatten, das Gespräch auf Mademoiselle Grant zu bringen. Madame Taneran ärgerte sich über die Verblüffung, die in den Augen ihrer Tochter zu lesen war. Ihre Brüder dagegen zuckten die Schultern auf eine kaum merkliche Art, deren Sinn nur sie erriet: ›Was für eine dumme Gans!‹ bedeutete ihre Geste. ›Was ich aber darüber denke, bleibt in der Familie!‹

Als sie endlich antwortete, war aus jedem ihrer Worte der Trotz herauszuhören.

»Und ob ich mich erinnere! Aber ihr wißt so vieles nicht: Es war an einem Tag, als ich die Kühe von der Wiese am Dior heimtrieb und der Zug mitten durch die Herde fuhr. Die ›Braune‹ hatte ein großes rotes Loch, wo einmal ein Horn gewesen war, und sie schiß und brüllte. Ich klapperte vor Angst mit den Zähnen. Ihr fandet mich sehr mutig. Aber in der Nacht nach dem Unfall habe ich bis zum Morgen geweint, weil das Tier geschlachtet werden sollte. Du, Alexis, hast es mir gesagt an jenem Abend. Du warst betrunken, aber ich habe dir trotzdem geglaubt.«

Alexis, ein typischer Gaskogner mit dünnem Schnurrbart, war vor Freude errötet, als er seinen Namen hörte, doch bei der Erinnerung an seine Besäufnisse machten sich alle über ihn lustig. Unbarmherzig griff Maud ihn mehrmals an und hatte ihren grausamen Spaß dabei. Warum war sie so erbittert?

Hartnäckig fuhr sie fort:

»Und erinnerst du dich an den Weihnachtsabend, Alexis? Das war im Wald der Paulins. Du lagst im Dreck, an dein Gewehr geklammert, als sollte es verhindern, daß du in einen Abgrund stürzt. Wir haben dich mit dem Fuß angestoßen, und du hast aufgeheult wie ein Wahnsinniger. War das die Kälte, die dich so blau gemacht hat, hm, Alexis?«

»Ja, Mademoiselle Grant«, antwortete er mit einem flehenden Blick.

Die anderen aber schlugen sich jetzt instinktiv auf Alexis' Seite. Sie fühlten sich alle der Ironie dieses Mädchens ausgesetzt, das bisher geschwiegen hatte und sich plötzlich so aggressiv zeigte. Was Maud sagte, verwirrte sie, und zugleich war es ihnen peinlich. Maud legte dann den unnötig gewordenen Ton ab und mischte sich nur noch in die Unterhaltung ein, um sie zu beleben, um ein Lob, eine Anerkennung auszusprechen, die für ihren Gesprächspartner sofort zur Folge hatten, daß man ihm zuhörte. Sie kannte bereits das Gewicht ihres Lächelns, ihres aufmerksamen Blicks, und sogleich war man ihr dankbar für das Wohlwollen, das sie einem entgegenbrachte.

*

Dann verschwand die Heiterkeit unmerklich, wie sie gekommen war. Jeder rückte seinen Stuhl vom Tisch. Das halb erloschene Feuer sirrte, und um die Geister zu bannen, erstickte die Dedde-Tochter es vollends mit dem Schürhaken …

Das geblümte Cretonnekleid, das Maud trug und das im Schein der Lampen ein wenig verblichen wirkte, unterschied sie von den Bäuerinnen, die noch in Wollsachen steckten. Das junge Mädchen dachte, wenn das Kaminfeuer erst einmal erloschen wäre, griffe die Kälte aus den anderen Zimmern nach und nach auf das große Speisezimmer über. Die Gäste würden bald gehen, auch wenn sie viel getrunken hätten. Daher warf sie einen letzten Armvoll Rebholz in den Kamin, und das Feuer flammte noch einmal auf und verzehrte knisternd die trockenen Zweiglein.

Plötzlich horchte sie auf. Scheinbar lag Stille über dem Park und dem ganzen Gut Uderan. Doch sie wußte vor allen anderen, daß etwas die Stille unterbrochen hatte. Das gleiche Pferdegetrappel wie am Vortag drang deutlich und aus derselben Richtung zu ihr. Bald war das Geräusch so laut, daß alle zu reden aufhörten und lauschten.

»Das ist Georges Durieux«, meinte der junge Pecresse. »Der wird ein Gesicht machen, wenn er sieht, daß die Fenster erleuchtet sind. Das ist ja seit Jahren das erste Mal.«

»Wohin reitet er denn?« fragte Maud.

»Wer weiß? Das kommt auf die Derzeitige an. Im Moment ist es Semoic.«
»Ach, deshalb«, sagte die Pecresse kopfschüttelnd.
Und ihr Junge wiederholte sogleich diese vielsagende Geste.
Madame Taneran wollte Näheres über Georges Durieux wissen.
»Ein Kerl aus Bordeaux. Er hat einen Landsitz bei Semoic gekauft und kommt in den Ferien hierher. Wissen Sie, das Haus, das man von der Straße aus nicht sehen kann. Eine große Zypressenallee führt hin. Er wollte etwas in der Gegend haben, weil sein Vater lange hier war, er hat sogar erwogen, Uderan zu kaufen.«
»Hallo, Monsieur Durieux!«
Der Pfarrer hatte das Fenster geöffnet, und alle sahen erstaunt, daß der Reiter schon im Hof stand und sein Pferd am Zügel hielt.
»Ich dachte, ich träume«, rief er. »Seit der Weggabelung sehe ich Licht in Uderan.«
Er band sein Tier an und betrat das Zimmer. Er war ein großer, dunkelhaariger junger Mann, der Maud nicht sonderlich schön vorkam. Seine saloppe Kleidung unterstrich noch eine angeborene Eleganz, die sofort durch ihre Ungezwungenheit auffiel und sich in Gebärden von animalischer Geschmeidigkeit äußerte. Er schien ein wenig verwundert, sein Gesichtsausdruck schwankte zwischen Gleichgültigkeit und kindlicher Neugier. Er betrachtete die Leute aufmerksam, sprach freundlich mit ihnen, hörte ihnen aber kaum zu und schien sie nach kurzer Zeit gar nicht mehr wahrzunehmen. Auf den ersten Blick hatte er die Anwesenden im Kopf und konnte die Gutsbesitzer mühelos einordnen, obwohl er in Le Pardal längst nicht alle kannte. Seine mit Verachtung gepaarte Höflichkeit gab den Leuten wieder ein Gefühl für ihre Stellung; Madame Taneran, die für diesen Charme empfänglich war, hatte bei seinem Eintritt ein typisch weibliches Lächeln aufgesetzt und wirkte

ganz verjüngt. Seit Georges Durieux aufgetaucht war, schien Maud der Sinn der Versammlung übrigens auf unerträgliche Weise offensichtlich.

›Das ist die, über die man im Dorf spricht und die vielleicht in Uderan bleiben soll‹, dachte dieser Unbekannte wohl. ›An einem der nächsten Abende wird dieser Bauernlümmel sie mit zu sich nehmen. Madame Taneran, ihre Mutter, wird es vorgezogen haben zu fliehen. Sie müssen ernstlich in Geldnot sein ...‹

Sie blickte auf. Ihre Augen waren von sehr hellem Grau. Ihr Blick begegnete dem des jungen Mannes, der ebenso hell war wie der ihre, gehärtet von einem gleich starken, allerdings geübteren Willen. Der junge Mann hörte nicht auf, sie anzusehen, während er sprach. Als er gewahr wurde, daß man es merkte, wandte er sich ein paar Minuten ab, begann dann aber von neuem.

Währenddessen redete Georges ununterbrochen:

»Ich reite jeden Tag an Ihrem Anwesen vorbei, Madame (er betonte seine Worte, als machte er sich über sie lustig), und ich kenne es sehr gut. Ihre Weinberge drüben bei den Pellegrains, vor allem der große, der sich über die beiden Hänge des Plateaus hinzieht, sind leider nicht mehr viel wert. Unnötig, sie zu düngen. Man kann die Reben nur noch ausreißen!«

»Ich dachte«, wandte der große Pellegrain ein, »wenn man sie veredelt ...«

Bald kamen sie alle zu Hilfe, die Leute von Le Pardal. Die Pecresses murmelten in ihrer Ecke und wollten auch mitreden. Was Georges Durieux sagte, schadete nicht direkt ihren Interessen, dennoch spürten sie, wie ihr gemeinsamer Glaube an den Wert von Uderan erschüttert wurde.

»Nein, glauben Sie mir«, fuhr der junge Mann fort, »wenn man nicht das ganze Plateau abbrennt und dann neu bepflanzt ... Aber wozu sollte das gut sein, nicht wahr, Madame? Sie kommen nie hierher. Schon als Sie Uderan gekauft haben, war es völlig heruntergekommen. So ist es seit Jahrzehnten. Man kann es nur so lassen, wie es ist. Wehe dem, der versuchen wollte, etwas daran zu ändern. Die Gegend ist verseucht von ruinierten ehemaligen Besitzern Ihres Guts. Nur Sie hier, die Bauern von Le Pardal, Sie setzen noch ein wenig Hoffnung in dieses trostlose Land ...«

Madame Grant lächelte immer noch selig ohne ersichtlichen Grund ...

»Sehen Sie«, schloß er, »dieser Boden ist so ausgelaugt, daß man ein Vermögen hineinstecken müßte, um die verlorene Zeit wettzumachen. In gewisser Weise kann man übrigens in Uderan sehr gut leben, vorausgesetzt, man verlangt von ihm nur, was es geben kann: Holz, Obst, Futter.«

Wahrscheinlich wollte er den Leuten im Dorf die Lust nehmen, das Anwesen zu erwerben. Log er? Er sprach mit sanfter Gleichgültigkeit, auf die auch der Gewiefteste hereingefallen wäre, die aber im Gegensatz stand zu seinem eigenartig stechenden Blick. Als er merkte, daß die Enttäuschung ihre Stimmen brüchig werden ließ, redete er von etwas anderem. Im übrigen hatte er heute das Spiel beinahe gewonnen. Gewiß, wenn sie morgen bei Tagesanbruch wieder durch das in Nebel gehüllte Land zurückgehen würden, überkäme sie erneut der Wunsch, es zu besitzen. Georges wußte es wohl, doch für diesen Abend genügte es ihm offenbar, sie in ihrer Begehrlichkeit enttäuscht zu haben.

Jean Pecresse hatte sich wenig darum gekümmert, was Georges Durieux sagte. Er glaubte, Maud zu lieben, und war ihr in Wirklichkeit ebenso fremd, wie Georges Durieux ihr vertraut zu sein schien. In der Tat folgte Maud dessen Worten mit leidenschaftlicher Aufmerksamkeit. Der tanzende Feuerschein ließ Schattenhöhlen unter ihren ein wenig mageren Schultern entstehen, und ihr Gesicht war von einer Schönheit, die sich Pecresse, wie er undeutlich fühlte, entzog. Diese Entdeckung tötete seine Begierde, aber sie entmutigte ihn auch. Unbewußt verübelte er seiner Mutter, daß sie so vulgär verteidigte, was sie ihre Interessen nannte. Von diesem Abend an wußte er, daß er keine Chance hatte, begriff aber, wie gefährlich es wäre, Maud dies zu zeigen, denn sie war zwar nicht grausam, doch sowie er versuchte, über sich selbst zu sprechen, betrachtete sie ihn mit leeren Augen, als wäre sie von unüberwindlichem Stumpfsinn geschlagen. Er spürte, daß er die Gegenwart Durieux' nicht länger ertragen konnte, und stand auf.

Er ging. Seine Mutter folgte ihm automatisch, auch sie von einer unbestimmten Sorge bedrückt. Ganz Le Pardal kam hinterher, scheinbar aus Protest. Im Grunde aber waren die Leute einfach müde, wie es nach einem langen Abend eben vorkommt.

Während der zwei Wochen, die dem Essen folgten, erschien Georges Durieux fast täglich in Uderan. Diese scheinbar immer gleichen Tage waren für Maud von quälendem Warten geprägt.

Nachmittags kam Madame Taneran nach Uderan, um Dinge zu ordnen, die sie dort zurückgelassen hatte und nun nach Paris mitnehmen wollte. Sie, die in der Stadt immer auf den Beinen war, gab vor, »mit den Nerven fertig zu sein«, und ließ sich meistens, schon beim Gedanken an die kleinste Arbeit ermüdet, in einem Lehnsessel auf dem Vorplatz nieder, der den Park vom Gemüsegarten trennte. Dort, im Schutz einer Laube, kam es vor, daß sie einschlief. Maud lauerte an diesen Nachmittagen auf Georges Durieux. Nach wenigen Tagen merkte sie etwas, das sie keineswegs erstaunte: Jacques, der sich langweilte, wartete ebenfalls auf den jungen Mann.

So verschieden in der Tat die Grants und die Tanerans waren, so unterschiedliche Formen ihre Leidenschaften annahmen, in einer Neigung ihrer Natur waren sie sich ähnlich: Der Freund eines Familienmitglieds wurde, sofern er sich nicht sträubte, die Rolle zu spielen (und in diesem Fall verlor man schnell die Lust, ihm zuzuhören und mit ihm zu sprechen), schon bald, nachdem er bei den Grants eingeführt war, zum Vertrauten der ganzen Familie. Jedesmal, wenn eine Person, von dem einen oder anderen ins Haus gebracht, auftauchte, bewirkte eine Art ansteckende Leidenschaft, daß jeder sich auf seine Weise in sie verliebte und versuchte, sie in Beschlag zu nehmen. Der Neuankömmling, der merkte, daß zwischen den Grants in Wirklichkeit unauflösbare Gegensätze herrschten, mußte jedoch bald wählen. Wenn er für den einen oder anderen Partei ergriff, konnte er einzigartige Augenblicke erleben, und die Illu-

sion, in einer ausnehmend ungerechten und interessanten Situation den Schiedsrichter zu spielen, berauschte ihn, ließ ihn eine Zeitlang in heroischen Gefühlen schwelgen. Dann merkte er sehr schnell, daß niemand willens war, sich zu versöhnen. Während er glaubte, alles arrangiert zu haben, entwischte man ihm aus Gründen, die er nicht klären konnte. Dann mußte er sich mühsam wieder auf den Rhythmus, auf das eintönige Ziel dieses Perpetuum mobile von Zwietracht und Zerrissenheit einstellen. Meistens wurde er es leid. Daher hatten die Grants keine wirklichen Freunde und blieben letztlich immer allein zurück.
Durieux wußte nicht, daß man ihn in Uderan so sehr erwartete. Wenn er auch scheinbar kein Interesse an Maud hatte, hielt er doch recht oft auf dem Gut an.
Maud saß auf dem Ast einer bankförmig geschnittenen und leicht zu erreichenden Tanne und las zerstreut. Am Ende des Gartens legte Jacques in Hemdsärmeln ein Blumenbeet an, das die Straße überragte. (Er hatte beschlossen, in Uderan zu bleiben. Die Freundschaft Durieux' war für diese unverhoffte Entscheidung zweifellos von großer Bedeutung.) Madame Taneran, glücklich, ihren Sohn mit etwas beschäftigt zu sehen, und sei es Kinderkram, schloß großzügig daraus, »daß er im Grunde immer eine Liebe zum Boden hatte«.
Abgesehen von einigen kleinen Reibereien mit der Pecresse konnte Maud feststellen, daß die Dinge sich für die Ihren, seit sie in Uderan waren, besser entwickelten, als sie gedacht hatte.
Jacques schien nur beim Frühstück bei den Pecresses besorgt, wenn der Briefträger kam. Als er von Paris abgereist war, hatte er die Concierge gebeten, die Tavarès-Briefe zurückzuschicken, aus Angst, man könnte sie entdecken und ihn von neuem bedrängen. Doch nach vierzehn Tagen trafen natürlich haufenweise Briefe ein, gerichtliche Zahlungsaufforderungen. Madame Taneran streckte ihrem

Sohn eine beträchtliche Summe vor. Seitdem war Stille eingetreten, was Jacques hätte beunruhigen müssen; er glaubte aber, man habe ihn vergessen. Zufrieden mit dieser Ruhe und in besserer Stimmung, bedachte er alle mit einer Liebenswürdigkeit, die man in Paris an ihm nicht kannte.

Er hackte, ohne aufzublicken, während Henri mit Freunden am Ufer des Dior angelte. Ab und zu hörte man ihn mit fröhlicher Stimme verkünden, was einer von ihnen gefangen hatte. Jacques unterbrach sein Hacken nur, um ihm zu antworten. Und Madame Taneran, die fürchtete, man könnte meinen, sie schliefe, rief dann mit schlaftrunkener Stimme:

»Bleibt nicht im Schatten! Er ist kühl und ungesund. Hörst du, Maud ...?«

Die Durchfahrt der beiden Züge aus Bordeaux war das große Ereignis des Tages. Georges zeigte sich nach dem ersten, und seit vierzehn Tagen gab es kein Beispiel, daß er nach dem zweiten gekommen wäre. Zwischen den beiden verging die Zeit, eine Zeit von unschätzbarer Dauer. Man wartete auf Georges. In der trockenen Luft drangen die Geräusche mit ihren Echos aus den Wäldern und Tälern bis in den Park, und im feuchten Schatten der Tannen glaubte man die Magie des Sommers mitzuerleben.

Manchmal enttäuschte ein Bummelzug grausam Mauds Erwartung und erinnerte sie an die stets drohende Gefahr, daß Georges ausbleiben könnte.

Bevor der zweite Zug durchfuhr, kam Jean Pecresse ganz außer Atem vom Dior zu Maud unter die Tanne gelaufen.

Als guter Bauer hielt er die Grant-Tanerans für unbeständig und oberflächlich, er bemühte sich jedoch, auf ihre Art zu leben, um Mauds Vertrauen zu gewinnen. Seit der Ankunft der Nachbarn arbeitete er nicht mehr so hart auf den Feldern und trieb sich im Gefolge Henris herum; der hatte eine Gruppe von Freunden um sich geschart, die viel jünger waren als Jean.

»Kommen Sie, wir gehen alle zur Mühle, dann machen wir eine Spazierfahrt mit Terrys Auto, beeilen Sie sich!«
»Hat dich Henri geschickt?« fragte Maud mißtrauisch.
»Nein, aber er wird nichts dagegen haben. Ich rede leise wegen Jacques ... Wenn er kommt, ist alles kaputt. Los, beeilen Sie sich ... Ich flehe Sie an ...«
Manchmal zog Jean sie in seiner Ungeduld an den Füßen, während unten im Tal Henri seine Leute versammelte und besorgt nach dem jungen Mann rief.
»Das interessiert mich nicht! Laß mich, oder du wirst es bereuen.«
Sie schüttelte ihn unsanft ab. Einmal war sie in ein so unerwartetes nervöses Lachen ausgebrochen, daß Jacques gedroht hatte, sich einzumischen. Jean kannte Maud seit seiner Kindheit und hatte ihr gegenüber noch eine kindliche Art, die ihm erlaubte, leichter an sie heranzukommen, als er es sonst vermocht hätte. Ihr Umgang mit ihm war zugleich so roh und so vertraulich, daß er ihr nicht böse sein konnte, vielmehr von Tag zu Tag eifriger und heftiger ihr gegenüber wurde.
Georges kam je nach Laune zu Fuß oder zu Pferde. Sobald er in den Weg einbog, rief Jacques ihm zu:
»Kommen Sie einen Augenblick? Ich mache Schluß, wir könnten zusammen gehen.«
Bevor er mit seinem Freund nach Semoic hinunterging, stieg Georges die Treppe hoch, stieß das kleine Tor auf und begab sich zur Tanne. Dort hob er den Kopf, die Hände in den Taschen, aber ohne je stehenzubleiben.
Dann ging er durch den Park zurück zum Vorplatz. Ehe er zu Madame Taneran kam, pfiff oder hustete er taktvoll, damit sie aufwachte und nicht in Verlegenheit geriet, weil er sie beim Schlafen überraschte.
Maud, die seit Stunden auf ihn wartete, zwang sich mit einer so großen Willensanstrengung zur Ruhe, daß die Freude, die sie hätte empfinden müssen, verflog. Sie sprang von

ihrer Bank und schlenderte zum Vorplatz. Eine Art innerer Zwang trieb sie dazu, sich jeden Tag wieder vergebens um Georges zu bemühen.

»Können Sie sich das vorstellen, Monsieur Durieux? Sie sitzt immer dort im Schatten unter der Tanne. Als gäbe es nicht tausend Dinge zu tun auf dem Land!«

Jacques zuckte die Schultern, und ungewollt zerstreute er den Verdacht, der Georges hätte kommen können:

»Das ist eine Attitüde bei ihr, sie ist sentimental, sie will bemerkt werden.«

Mauds Lider zitterten kaum in der Unbeweglichkeit ihres Gesichts. Sie setzte sich etwas abseits von der Gruppe auf die Bank, die an der Außenwand der Küche stand. Georges Durieux, den Madame Taneran zum Verweilen einlud, nahm auf dem Sessel Platz, den diese nun die Gewohnheit hatte herbeizuholen.

Er vermied es offensichtlich, das junge Mädchen anzusprechen, und sie begriff, daß er es gern getan hätte. Er zögerte, sie anzusehen, als gäbe es ein formelles Hindernis dafür, und jedesmal, wenn seine Blicke denen Mauds begegneten, wandte er sich verwirrt ab. Um sich gelassen zu geben, spielte er mit den ersten noch grünen Kirschen, die vom Baum gefallen waren. Er legte sie zwei und zwei, drei und drei nebeneinander, musterte sie aufmerksam, ohne sie zu sehen, so schien es, und zerteilte sie dann eine nach der andern mit den Nägeln. Seine glänzend schwarzen Haare teilten sich in dicke Strähnen, ähnlich den schweren Gräsern, die der Wind umlegt und zusammendrückt und die noch lange danach die Spur des Gewitters tragen. Die Farbe und die Form seiner langen, dürren Arme und seiner nervigen Fesseln, wo das Spiel der Sehnen unter der Haut sichtbar war, ließen trotz Hemd und Hose seinen ganzen langen Körper ahnen.

Er schien jung und behend in der Bewegung, aber immer bereit, sich der Faulheit oder dem Vergnügen hinzugeben.

Seine ungezwungene Haltung und sein trefflicher Körper faszinierten die Leute und zogen sie an. Die Augen in seinem kindliche Sanftmut ausstrahlenden Gesicht blieben wachsam, neugierig auf alles, was Madame Taneran erzählte. Daß er intelligent war, merkte man, wenn er sich die Mühe machte zu sprechen; er wollte nie gefallen, daher gelang es ihm ganz von selbst, und man suchte seine Freundschaft.

Er liebte es, im Dior zu baden und vor allem zu jagen und sich ganze Nächte hindurch in Semoic zu amüsieren.

»Ich habe heute morgen einen Hasen angeschossen, hinter Ihrem Wald«, sagte er. »Deddes Hund wird ihn gekriegt haben. Übrigens, ich habe das Mädchen gesehen, und es hat mir erzählt, was ich noch nicht wußte: Sie haben vor, nach Uderan zu ziehen?«

Er hatte sich zu Jacques gewandt, der ungeduldig war, mit ihm wegzugehen, und immerzu von seiner Bank aufsprang.

»Eine Idee meiner Mutter, mein Lieber. Ich lasse mir alles gefallen.«

Er lachte, doch im Grunde ärgerte ihn das Staunen der Leute über ihn. Sein bissiger Ton bedeutete: Man täuschte sich gewaltig, wenn man erwartete, daß er vernünftig würde. Doch die einfache und natürliche Art Georges' besänftigte seinen Argwohn. Weltläufig fuhr er fort:

»Der Pachthof ist eigenartig mit seinen Stufen von Zimmer zu Zimmer! Das ist lustiger als hier, daher werde ich dorthin ziehen. Wir werden näher beieinander sein.«

»Ja, das ist viel angenehmer«, stimmte Madame Taneran zu, »um so mehr, als die Deddes sich um ihn kümmern werden, wenn wir weg sind. Haben Sie schon vom Pachthof gehört, Monsieur Durieux?«

»Er soll sehr alt sein und allein mehr Jahre zählen als alle Häuser von Le Pardal zusammen. Lange nach seiner Erbauung ist er Uderan zugeordnet worden. Mein Vater könnte Ihnen alles darüber sagen. Übrigens ...«

Jacques stand auf.
»Gehen Sie nach Semoic, Durieux?«
Jacques war nicht so groß wie Georges und dadurch und dank der Wohlproportioniertheit seiner Gliedmaßen vielleicht von harmonischerer Gestalt, obwohl ihm die schöne braune Patina mehrerer Sommer noch fehlte.
In Semoic mußte sich unweigerlich eine Art Hof um sie bilden, dachte Maud. Sie gingen jetzt beide jeden Abend dorthin, und obwohl Jacques den Ausflug in gleichgültigem Ton vorgeschlagen hatte, spürte man, daß ihn nichts hätte abhalten können, daran teilzunehmen ...
Es bestand eine Verwandtschaft zwischen ihm und Georges, Maud konnte es an Kleinigkeiten, an diesem stillschweigenden Einverständnis ablesen.
»Gehen Sie nach Semoic?«
Georges erhob sich von seinem Sessel, während er weiter mit Madame Taneran sprach:
»Ich hoffe, Sie tun es nicht wegen des Aberglaubens, der umgeht, wenn Sie beschließen, sich in Unkosten zu stürzen und Ihren Pachthof herzurichten? Ich jedenfalls bin entzückt. Ich bin jedes Jahr bis Oktober hier, und manchmal komme ich an Weihnachten zum Jagen wieder.«
Schließlich stand auch Madame Taneran auf und strich mit dem Handrücken ihr Kleid glatt.
Maud verspürte keine Freude, Georges zu sehen, da er derart gleichgültig blieb. In ihren stummen Widerstand legte sie den ganzen Willen einer Frau, die entschlossen war, koste es, was es wolle, eine Ablehnung zu besiegen, von der sie nicht einmal den Grund kannte. Sie tat es ohne Stolz. Wenn sie Georges einige Augenblicke aufhielt, seine Qual verlängerte, so band sie ihn damit noch mehr an sich, ohne daß er es merkte.
Sie machte einen letzten Versuch, die Unterhaltung wieder in Gang zu bringen:
»Glauben Sie nicht, was die Bauern erzählen?«

Alle drehten sich um. Madame Taneran lächelte. Georges antwortete mit spöttischem Ton:
»Nein, warum auch? Glauben Sie denn daran? Man sagt doch im Dorf, daß Sie keine Angst haben.«
Jacques ergriff Georges am Arm:
»Das kommt, weil sie hier allein schläft, ebenfalls, um aufzufallen. Es ist um so anerkennenswerter, als furchtbare Geschichten in Umlauf sind. Verstehen Sie?«
Georges sah zu Boden mit einer Miene, als fiele ihm etwas ein, und brach in Gelächter aus:
»Das erinnert mich an eine lächerliche Geschichte, die ich Ihnen einmal erzählen werde ...«
Maud versuchte noch ein letztes Mal, die Aufmerksamkeit der jungen Leute zu wecken:
»Aber wer sagt Ihnen, wer sagt Ihnen denn, daß ich keine Angst habe?«
»Lassen Sie sie, Monsieur Durieux. Sie ist ebenso nervös wie schüchtern ...«
Die beiden Frauen begleiteten die Besucher bis zum Tor.
Der zweite Zug pfiff. Terrys Auto, auf dem Weg nach Semoic, fuhr mit hoher Geschwindigkeit am Anwesen vorbei. Da man sich wunderte und fragte, wer »diese Verrückten« seien, verriet Maud, um wen es sich handelte. Jacques, der sich aus Rücksicht auf Georges, den er noch nicht genug kannte, beherrscht hatte, um kein Schimpfwort auszustoßen, bemerkte, daß der Wagen hätte anhalten können, um sie mitzunehmen, da man ja wußte, daß sie nach Semoic wollten.
Sie gingen. Während Madame Taneran das Haus abschloß, streckte sich Maud auf dem Rasen neben einer Gruppe wilder Rosen aus, plötzlich am Ende ihrer Kraft, ermüdet vom so langen Warten.
Der Nachmittag ging dem Ende zu. Kein Laut drang mehr aus dem Tal herauf, außer hin und wieder die schrillen Rufe der Dedde-Tochter, die die Kühe zum Trinken an die Weiher

der Dior-Wiesen führte, wenn die auf der Hochebene ausgetrocknet waren.
Die Vögel gingen schlafen; sie erfüllten den Park mit ihrem vor Müdigkeit ganz zarten Gezwitscher. Madame Taneran erschien wieder:
»Du sagst, Maud, dein Bruder sei mit Terry gefahren? Ich habe Angst vor einem Unfall. Weißt du, warum sie alle nach Semoic wollen?«
Maud wußte es nicht. Madame Taneran schob den Augenblick des Aufbruchs noch hinaus und machte einen Rundgang um den Park, entlang den breiten, kurzen Alleen, die ihn einfaßten.
Abends in Uderan beeindruckte sie das geringste Geräusch, sei es ein Schritt auf der Straße oder das Echo eines Ruders auf dem Dior.
»Was ist das? Horch, Maud ...«
Wenn man horchte, bevölkerte sich alles mit Geräuschen, vor allem das leere Haus.
Bald wurden die Rosen violett, und um die Büsche herum flammte es rot.
»Komisch, sobald es Abend wird, möchte ich nicht um alles in der Welt hier bleiben«, sagte die Mutter. »Du bist wirklich mutig, Maud!«
Ach, was bedeutete das schon, da Georges nun nicht mehr da war ...
Maud spürte, daß Georges sich mit ihrem Bruder so gut verstand, weil sie sich in einem bestimmten Charakterzug ähnlich waren. Die gleiche grundlegende Faulheit und ihre Vergnügungssucht verbanden sie.
Schließlich kam Madame Taneran zu Maud auf den Rasen.
»Was hast du? Bist du krank? Gehen wir. Ich sage nicht, daß es mir Spaß macht, zu den Pecresses zurückzukehren; wir hätten uns dort nie einquartieren sollen. Aber jetzt ist es zu spät, um wegzugehen, und zu früh, um heimzufahren. Deinen Brüdern bekommt das Land sehr gut.«

Sie legte Wert darauf, das Opfer mit ihrer Tochter gemeinsam zu bringen und ihr damit ihre Zuneigung zu zeigen. Seit das Familienleben sie nicht mehr so sehr in Anspruch nahm, litt sie darunter, von ihren Kindern derart vernachlässigt zu werden ...

Eines Abends ließ lautes Klopfen an der Eingangstür beim Gemüsegarten sie hochschrecken. Bald wurden die Schläge so heftig, daß sie Angst bekamen und, ohne zu antworten, den Hügel hinunter zum Tor liefen. Doch als sie es gerade aufmachten, beruhigte sie die honigsüße und vertraute Stimme der Pecresse:
»Ich dachte mir, daß Sie im Pachthof sind. Ich wollte Sie abholen, um auf dem Heimweg ein bißchen zu plaudern.«
Madame Taneran erholte sich in wenigen Sekunden von der Aufregung, und zu ihrer Tochter gewandt befahl sie mit der gewohnten Autorität:
»Geh auf der Straße zurück, und vor allem ängstige dich nicht.«

*

In Uderan herrschte zähe, bedrückende Langeweile. Um ihre Ankunft bei Barque nicht noch zu verzögern, traf sich Jacques Grant mit Georges Durieux lieber auf halber Strecke zwischen Dorf und Gut. Daher kam dieser immer seltener nach Uderan. Das letzte Mal vor vierzehn Tagen, und da schien er sich für Maud interessiert zu haben.
»Ich veranstalte jeden Sommer ein Krebsefangen. Ich möchte Sie alle drei dabeihaben, Sie werden von mir hören«, hatte er gesagt.
Sein höflicher Ton deutete darauf hin, daß er den Tanerans eine Aufmerksamkeit schuldete und sich einfach dieser Schuld entledigte. Seitdem war er nicht mehr auf dem Gut erschienen; er nahm die »Schleife« von Le Pardal, um auf

die Straße nach Semoic zu kommen, und mied auch die Abkürzung, die durch das Anwesen führte. Offensichtlich zog er sich zurück, und zwar so vollständig, daß es unvorstellbar schien, ihn eines Tages wiederzusehen. Madame Taneran, der er sehr fehlte, machte sich Sorgen:
»Wie kommt es, daß man Durieux nicht mehr sieht? Geht es immer noch zu Barque?«
Und als sie merkte, daß Jacques jetzt nach Semoic aufbrach, ohne auf seinen Freund zu warten, machte sie ihm heftige Vorwürfe.
»Deine Schwester und ich sterben hier vor Langeweile. Du entziehst uns noch die geringste Gesellschaft, wie immer. Wenn ich Durieux begegne, werde ich ihm sagen, was ich davon halte.«
Madame Taneran tat nichts in Uderan. Die Untätigkeit war ihr um so unerträglicher, als nicht nur die Pecresse, sondern alle Dorfbewohner sie herablassend übergingen, und zwar wegen ihrer und auch ihrer Söhne Haltung den Nachbarn gegenüber. Jacques aber hatte über ihre Vorwürfe gelacht:
»Glaubst du vielleicht, daß ihm das Spaß gemacht hat …? Er kam aus Höflichkeit, der arme Durieux. Du täuschst dich in den Leuten, du weiß nicht, was Durieux für ein Mensch ist …«
Maud war am Ende ihrer Geduld und verbrachte schließlich ihre Nachmittage nicht mehr im Park. Um etwas zu unternehmen, ging sie zur Dedde, die am Riotor die Kühe hütete. Doch die Tochter des Halbpächters, die sie durch die Blume ausfragte, konnte ihr wenig über Georges berichten. Auch sie verkehrte bei Barque.
»Sie sollten einmal kommen, Mademoiselle Grant. Das Gute dort ist, daß man nicht beachtet wird. Ich nütze es aus, bevor der Winter kommt.«
Maud aber dachte so wenig daran, zu Barque zu gehen, wie daran, ihre gewohnte Einsamkeit aufzugeben …

Man begann, die drei Zimmer des Pachthofs herzurichten, wo Jacques wohnen sollte, und Maud half ihrer Mutter ein wenig, obwohl sie nicht gern mit Madame Taneran zusammen war, deren unerklärliche neue Zärtlichkeit sie verlegen machte (sie wußte nicht, was die Pecresse ihr gesagt haben mochte, kehrte aber erst abends zur Essenszeit zur Nachbarin zurück, um sie nicht allein anzutreffen). Bald fand sie es noch sinnloser, sich um ihren Bruder zu kümmern, als zu faulenzen, und tat gar nichts mehr.

*

Mitte Juni regnete es eine Woche lang. Die Dedde-Tochter brachte die Kühe nicht mehr auf die Weide. Jacques' Möbel kamen aus Bordeaux, aber es war unmöglich, sie am Bahnhof von Semoic abzuholen, so schlecht war das Wetter. Der anhaltende Regen verwandelte die Wege in Morast und prasselte schwer hernieder. Auf dem abfallenden Parkgelände gruben sich unzählige Rinnsale ins Gras, zerdrückten es, überschwemmten es. Maud verzichtete darauf, dort spazierenzugehen.

Man wußte nicht, wo sich Henri befand, während Jacques in seiner neuen Behausung, wo er es bequemer fand, schlief, bis es Zeit war, nach Semoic aufzubrechen.

Die Bauern waren verdrossen:

»Das ist schlecht für die Pflaumen«, seufzten sie, »es nimmt ihnen den Geschmack ...«

Bei Barque indessen lief alles gut, nach dem, was die Dedde-Tochter sagte. Das schlechte Wetter kam dem Müller zugute und lockte immer mehr Leute zu ihm.

Mit einer Pelerine bekleidet, die sie von der Tochter des Halbpächters ausgeliehen hatte, lief Maud Landstraßen und Wege ab, um Georges zu treffen. Diese unablässige Suche beschäftigte sie ganze Tage bis in die Nacht und

wurde bald wie eine Pflicht für sie, ohne daß sie klar erkannte, daß sie nicht mehr viel davon erwartete.
Sie verübelte es ihrem Bruder keinen Augenblick, daß er den Mann, den sie liebte, in Beschlag nahm. Das Schicksal hatte es so beschlossen. Was vermochte sie in der Tat gegen eine Faszination, die sie immer noch selbst erstaunte? In der Umgebung ihres Bruders entstanden und vergingen ständig Leidenschaften, und immer war jemand darin verstrickt. Sie ahnte die Gründe, aus denen ihr Bruder sich an Georges hängte, denn es war dasselbe, was sie anzog: zuallererst dessen schamloser Wunsch zu leben, wie auch er es wollte, halb als Bauer, halb als Nichtsnutz. Georges gab einem das Gefühl, einen Sieg errungen zu haben, wenn es einem gelang, ihm zu gefallen. Weder der eine noch der andere arbeitete, aber Maud dachte, es wäre bedauerlich, Georges von irgendeiner Arbeit in Anspruch genommen zu sehen. Wenn er sie eines Tages liebte, würde er ihr all seine Stunden, all seine Zeit widmen …
Eines Nachmittags sah sie ihn. Er ging an ihr vorbei, gekleidet wie ein Bauer, im Samtanzug, den Blick gesenkt, die Hände in den Taschen, ein abgespannter und müder Mann, der nicht wußte, daß Maud ihn hinter dem Weißdorn beobachtete. War ihm ihre Vorstellung, er sei mit ihr beschäftigt, nicht ebenso fremd? In dem unaufhörlichen Regen ängstigte er sich wohl eher vor seinem eigenen Leben, und so verschieden er auch von Jacques war, in diesem Augenblick verband die beiden der Ausdruck ihrer Gesichter, die der gleiche Ekel verzerrte.
Anstatt sie zu freuen, erfüllte diese Erscheinung Maud mit Unruhe, und sie machte keinen Schritt, um ihm gegenüberzutreten. Sobald er aber auf der Straße verschwand, bedauerte sie, feige gewesen zu sein. Sie lief Hals über Kopf davon, durch die Wiesen, wo ihre Schuhe mit einem saugenden Geräusch einsanken, und am Riotor entlang, der randvoll mit schlammigem Wasser war. Der gebieterische

Wunsch, der elenden Komödie ihrer Liebe ein Ende zu machen, hielt sie in Atem.

Im Pachthof fand sie ihre Mutter ganz allein in einem leeren Zimmer sitzend, untätig und jammernd.

»Ich verliere noch meinen armen Verstand, Maud. Die Möbel kommen nicht, und Jacques kümmert sich darum so wenig wie um uns!«

Sie bemerkte, daß Maud nervös vor sich hin weinte, wie jemand, der sich beherrscht, um nicht laut zu schluchzen; sie war aber nicht übermäßig erstaunt darüber.

»Das ist das Wetter, und wer weiß, was man hier spürt; auch ich ängstige mich, als sollte etwas geschehen ...«

Dann überlegte sie:

»Wenn du dich zu sehr langweilst, sage ich Henri, daß er dich mitnehmen soll ...«

Der Regen fiel dicht wie Hagel ums Haus. Auf den dunkelgrünen Weiher, dessen Oberfläche er durchlöcherte, warfen die beiden schon zur Neige gehenden Heuhaufen ihren Schatten. Der Regen unterstrich noch die Unbekümmertheit des Sommers, zeigte seine Üppigkeit im gequollenen Laub, der trüben, schweren Hitze, dem Fallobst, von dessen frischer Fäulnis die Wege bedeckt waren. Unter dem Vordach mischte sich der zarte Duft des Geißblatts mit dem Geruch des nassen Sandsteins und dem leicht salzigen und feinen Aroma des Regens. In der Ferne reckte Uderan seine zahlreichen Kamine, und die majestätischen Wipfel des Tannenwalds rahmten es ein.

Allmählich aber verlor das Unwetter seine Kraft. Es gab bald nur noch leichte Schauer. Der Himmel hellte auf; die Bewegung der Wolken, die sich noch bildeten, wurde ruhiger. Stellenweise zeigte sich ein intensives, leuchtendes Blau, das aussah, als wäre es feucht.

Am Spätnachmittag zog ein weißer Dunst von den Eichenwäldern und dem Plateau von Pellegrain langsam den Riotor hinunter; er strömte ins Tal des Dior, wo er sich mit einem dicken, undurchdringlichen Nebel vermischen würde. Die Dedde kam mit einem Korb am Arm aus der Scheune und ging zum westlich, Richtung Le Pardal, gelegenen Feld, um Gemüse zu holen.

»Wenn es so runterzieht, hört das schlechte Wetter auf. Schauen Sie, wie schön das ist, man sieht kaum auf die andere Seite«, sagte sie zu Maud.

Die großen Pappeln des Riotor, über die sich der Nebelschleier legte, standen reglos da. Das Gut war abgeschnitten von der Umgebung, die im Nebel aufzugehen schien.

Madame Taneran trat aus dem Haus, ging zum Weiher und stellte sich vor dem Hohlweg auf, der noch der einzige freie Zugang zur Straße war. Sie war nervös und seufzte:

»Wer weiß, wo deine Brüder sind. In einer Stunde wird man nichts mehr sehen bei diesem Nebel, und Henri treibt sich in Terrys Auto auf den Straßen herum. Lieber wüßte ich es gar nicht.«

Maud fühlte nach dieser Ruhepause das Bedürfnis, sich die Beine zu vertreten.

»Ich gehe bis zur Straße, um zu sehen, ob er nicht am Dior angelt.«

Sie zog wieder ihre Pelerine über und bog mit raschen Schritten in den Weg ein. Sie vergaß sogar den Grund für ihre Nervosität von vorher. Mit zunehmender Wetterberuhigung verblaßte die Erinnerung an Georges und verlor ein wenig von ihrer Eindringlichkeit.

Vielleicht schien ihr die Gleichgültigkeit des Mannes so schwer zu besiegen, daß sie die Hoffnung aufgegeben hatte. Warum hatte sie sich seit dem Essen in Uderan so grundlos eingeredet, daß er sich um sie bemühte? Er hatte sie zwar einige Augenblicke angesehen, aber sie mußte verrückt sein, um daraus zu schließen, daß er sie liebte. Und vielleicht hatte sie sich während seiner Besuche auch ungeschickt verhalten …

Als sie die Straße erreicht hatte, war sie überrascht von der

Stille, die dem Krachen des Gewitters im Diortal folgte. Man hätte meinen können, auf dem Grund einer feuchten Höhle zu sein.

»Henri!«

Ihre Stimme wurde von einem kurzen Echo zurückgeworfen, und sie erkannte sie nicht wieder.

Gar nicht ungeduldig, in den Pachthof zurückzukehren, setzte sie sich auf einen Grenzstein an der Ecke des Parks.

›Er ist auch bei Barque‹, dachte sie.

Neben ihr schüttelten die Bäume das Wasser ab, das ihre Zweige schwer machte, doch keinerlei Bewegung schien dieses jähe Erzittern auszulösen. Ein ganz leises Plätschern lag bald über der Stille. Die Rinnsale ergossen sich vom Hügel auf die Straße, die sie zu Mauds Füßen in Schlangenlinien überquerten.

Maud spürte plötzlich, daß sie nicht mehr an Georges dachte. Erschrocken über das, was sie für ihre Unbeständigkeit hielt, beschloß sie, noch am selben Abend zu Barque zu gehen, und diese Entscheidung richtete sie auf.

Nach einer Weile rief sie erneut nach ihrem Bruder. Eine Stille, so schwer zu durchbrechen wie eine Mauer, antwortete ihrem Ruf, während im Park noch immer dasselbe Zauberspiel des Wassers stattfand. Lauschend glaubte Maud einschmeichelnde, melodiöse Stimmen zu unterscheiden.

›Ich gehe bis zum Dior‹, sagte sie sich, ›aber es wird jetzt sehr schnell dunkel.‹

Sie ließ sich nicht unterkriegen von der Angst.

Bei den Ulmen an der Ecke des Feldes, das ihren Besitz begrenzte, hatte Maud früher gespielt. Plötzlich erinnerte sie sich deutlich: Sie war zehn Jahre alt und vergnügte sich jeden Donnerstag mit Henri und Louise Rivière. Taneran kam und betrachtete verliebt seinen kleinen Sohn. Er trug eine schlechte Khakijacke und Jagdgamaschen und wirkte damals schon alt. Wenn Jacques kam, schlug er seinen Stiefvater in die Flucht wie eine Vogelscheuche und befahl dann, im Gras liegend, die Spiele, heiter und charmant wie ein Prinz, der nur tut, was ihm beliebt. Die Kinder, geschmeichelt durch sein Eingreifen, nahmen seine Anschnauzer brav hin. Es war ein friedlicher Augenblick; mit Taneran hatte man überhaupt kein Mitleid; Jacques war König.

Der Nebel war nun überall eingedrungen, schneidend und kalt. Maud war so gut wie sicher, daß ihr jüngerer Bruder nicht am Dior angelte; dennoch verspürte sie das Bedürfnis, bis zum Fluß hinunterzugehen.

Sie klammerte sich an die Stämme der Akazien, um nicht auszurutschen; so erreichte sie die Bahngleise. Am Fuß des Hügels, den das Anwesen einnahm, sprudelte lebhaft eine Quelle. Als Maud durch die Wiese ging, rauschte der zweite Zug, den sie von Semoic her pfeifen hörte, im Nebel vorüber.

Zwischen den beiden Mühlen von Semoic und Ostel entdeckte Maud im Schilfsaum des Ufers, unscharf wie einen Schatten, aber erschreckend genau, den Leichnam einer Frau. Sie stieß einen Schrei aus und lief instinktiv zurück, so schnell sie konnte.

Auf halber Höhe blieb sie stehen, plötzlich wieder bei klarem Verstand, als spürte sie, daß die Angst sie jetzt nicht mehr erreichen konnte. Wer war diese Frau ...? Sie hatte das Gesicht im Halbdunkel nicht erkannt. Ganz bestimmt hatte sich die Unbekannte hier irgendwo ertränkt, bei der Mühle von Semoic, dort, wo die Wiesen das Gut Uderan bis ins Tal fortsetzten. Dieser Gedanke war ihr plötzlich unerträglich, und sie konnte sich nicht entschließen weiterzugehen.

Nach einer Weile begriff sie, daß ihr Schrei nicht gehört worden war. Ein Augenblick der Vorsicht veranlaßte sie, niemanden zu alarmieren. Wenn sie sich vergewisserte, ob die Ertrunkene sich nicht in den Binsen vor ihrem Anwe-

sen verfing? Und wenn sie dort war, was dann? Vor allem mußte man nachsehen.
Das schwierigste war, wieder die Wiese hinunterzugehen; sie tat es so ruhig, als wüßte sie sich beobachtet.
Am Ufer kniete sie auf den Boden nieder, um so weit wie möglich über den Fluß zu sehen.
Bald zögernd, bald fügsam, ließ sich die Ertrunkene von der Strömung forttragen. Maud sah ihr nach, bis der schwimmende Körper an den Wiesen vorbei war und langsam in den Erlenwäldern verschwand, die das Land der Pecresses von dem ihren trennten. Vor der Biegung, die der Fluß an dieser Stelle beschrieb, unterschied Maud im letzten Lichtschein die beiden schwarzen Zöpfe, die neben ihrem Körper im Wasser trieben ...

Als Maud in Höhe der Straße angelangt war, ließ eine Gestalt sie zurückweichen: ihre Mutter! Mehr denn je spürte sie, wie sehr Madame Taneran, die empfindlicher, erregbarer war als ihre Kinder, geschont werden mußte.
»Ich warte und rufe schon seit einer Weile. Woher kommst du?«
Die zitternde Stimme der alten Frau verriet ihre Schwäche.
»Vom Dior, ich wollte nachsehen, ob Henri dort ist. Er muß bei Barque sein.«
»Die Dedde hat uns beide eingeladen«, fügte Madame Taneran hinzu. »Ich muß gestehen, das ist mir eine angenehme Abwechslung von den Pecresses.«
Halbwegs beruhigt, kam sie auf das Gespäch, das sie neulich abends mit ihrer Nachbarin gehabt hatte.
»Stell dir vor, diese Närrin Pecresse wollte für ihren Sohn um deine Hand anhalten. Die Leute hier trauen sich was! Um so mehr als sie in doppelter Hinsicht ein gutes Geschäft machen würde. Jean hat hier in der Gegend ein Verhältnis, die Dedde-Tochter wird es dir wohl erzählt haben.«
Maud hörte kaum zu und ohne zu verstehen. Die Wörter

pfiffen in ihren Ohren, hämmerten in ihrem schwindelnden Kopf. Sie nahm sich zusammen, um sich den abscheulichen Ekel nicht anmerken zu lassen, den sie empfand und dessen Ursprung sie nicht erkannte.

»Was hast du, Maud? Es geht schon besser als vorhin, mein Kleines ...«

Ihre Mutter nahm ihren Arm, doch sie machte sich wütend los und schlug eine rasche Gangart ein.

Madame Taneran konnte ihr kaum folgen und wiederholte, ohne die Bedeutung ihrer Worte zu erfassen:

»Was für Ferien, mein Kleines! Wir sind zwei Unglückliche, weißt du, und manchmal sage ich mir, wenn du nicht da wärst, wäre es noch schlimmer ...«

Als sie im hellen Licht am Tisch saß, legte sich die Erschöpfung so schwer auf Maud, als hätte sie eine Arbeit vollbracht, die über ihre Kräfte ging. Da sie müde war, wurde alles einfacher. Ihre Angst hinderte sie nicht, zu plaudern und mit gutem Appetit zu essen. Beruhigt unterhielt Madame Taneran die Halbpächter.

Am Ende der Mahlzeit klopfte es an die Tür. Es war Alexis, Pellegrains Knecht. Er kam ein wenig betrunken, eine Sturmlaterne in der Hand, aus Semoic.

»Dem Pecresse seine Puppe hat sich wohl umgebracht. Sie wissen doch, die, die bei Barque Bedienung war.«

Maud verzog keine Miene. Als Alexis gegangen war, wandte die Dedde sich an sie:

»Alle wissen, daß Sie den jungen Mann abgewimmelt haben. Machen Sie sich nichts draus, Mademoiselle Grant. Im übrigen hat er nur auf einen Vorwand gewartet, um sie zu verlassen. Sie war ein armes Mädchen. Die Pecresse wird aufatmen, so wie ich sie kenne!«

Abends ging Maud, anstatt zurück nach Uderan, zu Barque, wie sie es beschlossen hatte.

Das Wirtshaus Barque befand sich am Eingang von Semoic, in einer alten Mühle. Man nannte es so nach dem Namen des neuen Besitzers. Das hohe Gebäude, von dem der Putz abfiel, war kaum verändert worden, seit die Mühle den Betrieb eingestellt hatte. Nur eine kleine Terrasse schmückte es, die auf den Dior hinausging, vor dem Stauwehr, an der breitesten Stelle des Flusses.
Abends kam man aus Le Pardal, aus Mirasmes, aus Ostel, um sich hier zu amüsieren; auf diese Weise konnte man Luft schnappen und einen Spaziergang am Dior machen.
Die Wirtsstube befand sich also über dem Wasser; man erreichte sie über eine kleine Holzbrücke. Barque hatte sie im bäuerlichen Geschmack eingerichtet: Tische mit Cretonnedecken umgaben die gekachelte Fläche, wo bei Gelegenheit getanzt wurde. Der Tür gegenüber, die auf den Balkon führte, erinnerten eine kleine Theke im modernen Stil, aus Aluminium, und Barhocker an Pariser Kneipen. Dahinter stand Barque, noch jung, in tadellosem kurzärmeligem Hemd. Er verbrachte aus Gesundheitsgründen die drei Sommermonate in Semoic, dann kehrte er nach Paris zurück, wo er eine Bar führte.

*

Von der Straße her hörte Maud die Rufe der Leute, die das Gestrüpp durchsuchten, und die der Ruderer, die sich hin und wieder durch den Nebel verständigten. Der Skandal, der die Leute an diesem Abend wach hielt, schien ihr ein guter Vorwand, um Georges wiederzutreffen.
Bei Barque tanzte man hinter der geschlossenen Tür. Dicker Qualm schuf so etwas wie eine anonyme Atmosphäre in der Wirtsstube. Unter den Tänzern erkannte sie ihre beiden

Brüder, und an einem Tisch gegenüber der Eingangstür Georges Durieux.
Er lehnte rauchend an der Wand und sah sie an. Seine nervösen Gesten und sein Gesichtsausdruck verrieten, daß er eine freudige Ungeduld nur mit Mühe zügelte. Ja, es schien, als habe auch er sie erwartet, obwohl er aus Gründen, die Maud immer noch unbekannt waren, nicht versuchte, sie wiederzusehen. Es war ihr nie so klar geworden wie an diesem Abend.
Da Neuankömmlinge von jedem angestarrt wurden, blieb der Auftritt des jungen Mädchens nicht unbeachtet, und Jacques warf ihr einen fragenden Blick zu, der sie zu anderen Zeiten hätte schaudern lassen.
Sobald sie ihn sah, bemerkte sie, unter welchem Druck ihr Bruder stand. Weder eine Frau noch der Tanz konnten ihm diesen Ausdruck verleihen, als lebe er ganz und gar im gegenwärtigen Augenblick. Er glich einem wilden Tier im Wald, das ständig auf Gefahren lauert. Was er auch tat, die Eingangstür zog ihn unwiderstehlich an; immerzu blickte er mit dem naiven Vertrauen eines Kindes, das Angst hat, zu Barque hin.
Das Grammophon hörte fast nie auf zu spielen, und die Tanzenden nahmen sich zwischen den Tänzen kaum Zeit auszuruhen.
In der ersten Pause jedoch kamen Jacques und Henri besorgt zu ihrer Schwester:
»Was ist los?«
»Nichts, ich habe mich gelangweilt, das ist alles.«
Die Brüder waren nicht zufrieden mit dieser Antwort. Henri zuckte die Schultern, und Jacques rief verlegen Barque zu:
»Kümmerst du dich um meine Schwester, Barque?«
Einen Moment lang schielte man sie neugierig und mißtrauisch an. Barque brachte ihr einen Schnaps und nahm dann wortlos wieder seinen Platz hinter der Theke ein.

Die Atmosphäre zwischen den Tänzen war sonderbar still und unheimlich, als würde die Musik eine allgemeine Beklommenheit übertönen.
Die Leute tanzten, ruhten sich aus und tranken im regelmäßigen Rhythmus einer Gymnastikübung.
Maud stellte fest, daß ihr älterer Bruder und Georges nie miteinander sprachen.

Georges war jünger als Jacques, schien aber gleich alt. Der Grant-Sohn besaß in der Tat jenes scheinbar jugendliche Aussehen der verkrachten Existenzen, der Genußmenschen, derjenigen, die keine wirkliche Verantwortung altern und keine Gewohnheit bürgerlich werden läßt. Seine Leidenschaft für die Frauen verleitete ihn dazu, immer das Abenteuer zu suchen, und hinderte ihn daran, in irgendeiner Verbindung zu erstarren.
Ihr Altersunterschied war um so weniger spürbar, als Durieux im Gegensatz zu Jacques schon ziemlich abgeklärt war. Er bezog weder Stolz noch Zynismus aus dem so träge machenden Leben, das er führte, während Jacques sich vor jedermann seines Müßiggangs brüstete. Jacques zog es angeblich vor, sich für keine seiner mannigfaltigen Möglichkeiten zu entscheiden aus Angst, die anderen zu behindern oder auszulöschen. Er liebte es, sich in jedem Augenblick seines Lebens jener jugendlichen Illusion hinzugeben, noch alles unternehmen zu können.
»Ich sollte schreiben, aber, weißt du, wenn man schreibt, ist man schon halb erledigt, man ist geschwächt, es zehrt an einem, das ist widerlich … Und wozu auch?«
Vielleicht war es nicht die Faulheit allein, die Jacques Grant diese Worte eingab. Die Sinnlosigkeit der menschlichen Existenz war ihm zum Credo geworden.
In Georges' Leben war zweifellos noch nichts Wesentliches vorgefallen. Er litt offensichtlich darunter und hatte die Gewohnheit, sich still hinter seiner Enttäuschung zu verschan-

zen. Er schien sich so wenig für das Leben und die Menschen zu interessieren, daß man ihn reich an Träumen wähnte und begabt mit einer Art inneren Glückseligkeit. All das wurde Maud an diesem Abend mit einem Mal klar, obwohl sie lange gedacht hatte, daß Durieux und Jacques sich zutiefst ähnlich seien.

Auf den Barhockern saßen junge Mädchen. Henri mußte sie kennen. Er redete sehr vertraulich mit ihnen, duzte sie, faßte sie um die Taille. Es waren keine Bäuerinnen, sondern junge Mädchen aus Bordeaux, die ihre Ferien in der Gegend verbrachten. Henri führte vielleicht ein lasterhaftes Leben, doch er flößte Vertrauen ein, er war sympathisch. Kein Zwang hatte ihn mißtrauisch werden lassen, sein Streben nach Lust gebremst. Obwohl er sehr jung war, spürte man, daß er schon echte Erfahrung mit der Liebe besaß; er liebte keusch und mit der Zärtlichkeit eines Kindes.

Jacques organisierte die ganze Veranstaltung, gab Runden aus, verlangte Musik. Irgendwann kam er zu Henri und sagte ihm etwas, während er mit gereizter Miene auf Maud zeigte. Doch sein jüngerer Bruder zuckte die Schultern und begann wieder zu tanzen.

Da stieg Jacques über eine kleine Treppe, die Maud bis dahin für eine von der Theke verdeckte Tür gehalten hatte, hinauf in den ersten Stock. Das war Barques Wohnung. Dort setzten sich die Leute in kleinerem Kreis zusammen, sei es, weil sie nicht tanzen wollten, sei es, weil die Musik sie beim Plaudern störte.

Doch bevor er hinaufging, sagte er noch barsch zu Maud, für die er sich bisher nicht interessiert zu haben schien:

»Du mußt jetzt verschwinden, hörst du? Ich habe für dich gezahlt ...«

Sie aber hatte genauso wenig Lust aufzubrechen, wie ihm zu gehorchen. Der Schnaps, den Barque ihr eingeschenkt hatte, verlieh ihr eine angenehme Unerschrockenheit. Ihr

Bruder ging weiter, ohne zu insistieren. In dem verqualmten Halbdunkel begann man wieder zu tanzen.
Als auch Georges sich erhob, glaubte Maud, er beabsichtige zu gehen. Entschlossen, ihm zu folgen, setzte sie sich über die unglückliche Wirkung, die das haben mochte, hinweg und schickte sich an aufzustehen. Vielleicht verstand er es; er schien es aber nicht zu merken.
Sie sagte ihm, sie sei gekommen, um ihn zu sehen. Manchmal hatte sie Augenblicke unglaublicher Kühnheit.
»Warum haben Sie von einem Tag auf den anderen aufgehört zu kommen? So etwas macht man nicht ...«
Er tat so, als hielte er ihre Bemerkung für eine dieser weltläufigen Übertreibungen, die man manchmal unbedingt anbringen muß. Nein, er wollte sich nicht setzen.
»Wenn Sie erlauben, werde ich Sie gleich begleiten.«
Sie sah seinen verwirrten Blick, der von einem so heftigen Wunsch nach ihrer Gegenwart erfüllt war, daß er seine übliche Sicherheit und Festigkeit verlor. Mit einem Mal löste sich auf dem Gesicht dieses Mannes eine lange Anspannung: Bisher hatte er sie beherrscht und sich leicht, luftig, auf dem Gipfel der mächtigen Woge seiner verdrängten Begierde gehalten. Maud begriff, daß er sich jetzt von dem, was er sich verboten hatte, überwältigen ließ, daß er plötzlich seine Unwirklichkeit verlor, sich ganz dieser bitteren, tiefen Woge seiner Begierde hingab. Das geschah mit einem Schlag, als sie sich ansahen, und war innerhalb einer Sekunde vorbei. Georges ging an seinen Platz zurück. Der Augenblick ließ einen hellen und warmen Glanz in ihr zurück. Sie hatte das Gefühl, glücklich zu sein, und glaubte, das Glück entspringe jenen magischen Momenten, da mitten in dem Durcheinander, das Katastrophen mit sich bringen, alle Schwierigkeiten sich verflüchtigen.
Er dachte eigentlich seit einiger Zeit weniger an Maud, weil der Mann, damit er sich erinnert, einen Anfang von Besitz, etwas Verbindliches braucht. Er war zwar bei dem Essen in

Uderan auf sie aufmerksam geworden, Jacques aber, der es nicht ertragen konnte, um einen Freund gebracht zu werden, war das nicht gleichgültig gewesen. Um Georges von ihr fernzuhalten, hatte er daher gelogen:
»Wußten Sie nicht, daß meine Schwester mit Jean Pecresse verlobt ist? Sie heiraten im Herbst.«
(Er wünschte es sich insgeheim. Pecresse hätte für Uderan eine Rente gezahlt, die seinen Geschäften zustatten gekommen wäre.)
Durieux hatte eine Weile gebraucht, bis er nicht mehr aufs Gut gekommen war. Jetzt mied er Uderan. Die Bauern bestätigten, was Jacques Grant sagte. Diese Heirat schien ihm widerwärtig; trotzdem hatte er Abstand genommen, weil Maud weder durch ein Wort noch durch einen Kuß mit ihm verbunden war.
Nun, da sie an diesem Abend da war, fühlte er sich von dem Verbot befreit, das er sich auferlegt hatte. Und plötzlich war er verdammt froh, daß diese Widrigkeiten bestanden, weil sie seinem Abenteuer eine unerwartete Tiefe gaben.

*

Jean Pecresse, den niemand erwartet hatte, betrat den Raum.
Barque beeilte sich, das Grammophon auszuschalten. Mit taktlosem Geschrei liefen die Leute herbei, allen voran die Frauen.
»Und? Nichts?«
»Mein armer Junge, setz dich ...«
Jean Pecresse sah sie verstört an.
»Nichts«, sagte er.
Als er Maud entdeckte, machte er sich zweifellos falsche Vorstellungen über ihre Anwesenheit und glaubte, sie sei seinetwegen gekommen ... Unhöflich, wie es unter gewissen Umständen erlaubt ist, setzte er sich ihr gegenüber. Er

hatte das verzerrte Gesicht desjenigen, den die Angst heimgesucht hat. (Die erstaunlichste Angst, nämlich die, einen Tod verursacht zu haben.)
Hinterrücks setzte die Musik wieder ein, und die Leute tanzten erneut. Es mußte fast Mitternacht sein. Georges Durieux rührte sich immer noch nicht, bestellte nur ab und zu ein neues Glas Schnaps.
Jean Pecresse sagte Maud, wie er sich freue, sie zu sehen. Dem jungen Mädchen mißfiel es, daß Jean die Situation so rücksichtslos ausnutzte und an ihren Tisch kam. Um so mehr, als er viel trank und der Alkohol bei seinen überreizten Nerven schnell wirkte.
»Wußten Sie nicht, daß sie hier bediente? Man sollte es nicht glauben, wenn man die Leute so tanzen sieht, wie? Ich war seit einiger Zeit nicht mehr hier; ich weiß nicht recht, was vorgefallen ist.«
Maud dachte: die verlegene Miene ihres Bruders, die Komplizenschaft des ganzen Saals und die mehr oder weniger deutliche Georges' ..., doch nein, sie glaubte, daß Jean Pecresse, erschrocken über den Tod seiner Geliebten, versuchte, eine schwere Verantwortung auf einen anderen abzuwälzen.
»Wenn ich Jacques zur Rede stelle«, fuhr der junge Mann fort, »fällt er über mich her. Aber das wird man erfahren; ich erzähle es im Dorf.«
Er trank gewaltig, Glas um Glas, wie ein Bursche vom Land, schnalzte nach jedem Schluck mit der Zunge und rief dauernd in wütendem, vulgärem Ton nach Barque. Doch niemand provozierte ihn, und man vermied es, ihn anzusprechen. Nur Maud blieb bei ihm, hin- und hergerissen zwischen dem Wunsch, zu verhindern, daß er etwas Schlechtes über ihre Familie sagte, und dem, Georges nicht wieder zu verpassen.
»Warum sagst du, es sei mein Bruder, der sie dazu getrieben hat? Es ist feige, nicht zuzugeben, daß du sie schon lange

hast sitzenlassen. Wenn mein Bruder sie hier untergebracht hat, dann gereicht ihm das zur Ehre.«
Jean Pecresse lacht gezwungen.
»Hörst du, Barque? Es gereicht Monsieur Jacques zur Ehre, daß er mir die Kleine vom Hals geschafft hat! Was für ein Familiensinn! Wenn man bedenkt, daß du sie sicher nicht einmal bezahlt hast, mein alter Dreckskerl von Barque. Komm, schenk uns beiden ein, du bist es mir schuldig!«
Barque kam der Aufforderung sofort nach, rasch, mit gesenktem Blick, entschlossen, alle Beleidigungen einzustecken.
Schon betrunken und von nervöser und zynischer Lustigkeit, die auch nur eine Form seines Entsetzens war, beugte sich Jean zu Maud und fügte hinzu:
»Wir könnten auf unsere Verlobung trinken! Wissen Sie denn nicht, daß ich sie aus Liebe zu Ihnen sitzengelassen habe?«
Er stand dauernd auf und setzte sich schwerfällig wieder hin. Maud stellte erleichtert fest, daß viele Gäste gingen. Barque an der Theke und Georges hinten im Saal schienen nichts zu bemerken. Die Musik hatte aufgehört.
»Sie werden verstehen, daß es schwierig wird, wenn Sie ablehnen. Ihre Mutter hat sogar schon das Geld für die Möbel Ihres Bruders von meiner Mutter geliehen. Das ist Hochmut! Man weiß, was Sie hier gelten ...«
Maud war dieses Detail unbekannt, aber es erstaunte sie nicht besonders.
Jean Pecresse ließ seinen Kopf auf die Arme sinken und atmete schwer. Maud hatte keine Zeit, über die Enthüllungen des jungen Mannes nachzudenken. Im ersten Stock hörte man Stimmengewirr, und mit donnerndem Lärm, gemessen an der Stille, die jetzt in der Wirtsstube herrschte, ging die Tür zur Treppe auf. Barque stürzte auf Jacques zu, um ihn zu warnen. Pecresse wachte auf und stieß mit belegter, drohender Stimme Beschimpfungen aus.

In diesem Augenblick stellte sich Georges der Treppe gegenüber auf, und Maud plazierte sich vor ihm. Die letzten Gäste versammelten sich ängstlich hinter ihnen. Maud sah ihren Bruder auf dem Treppenabsatz und begriff, daß die Leute ihm rieten, nicht hinunterzugehen.
Dann merkte Maud, daß Georges hinter ihr stand und sie fast berührte. Sie verspürte aber plötzlich so stark den Wunsch, ihr Bruder möge herunterkommen, daß sie das nicht erregen konnte. War Jacques imstande, sich angesichts von Pecresse aus dem Staub zu machen? Sie allein, über die er seit Jahren als ältester Bruder, als Ritter der Familie herrschte, fühlte sich in der Lage, ihn in seiner Eitelkeit zu treffen.
»Ich glaube, es ist Zeit, heimzugehen, Jacques.«
Er sagte ganz laut, mit tonloser Stimme:
»Meine Schwester hat recht, es ist Zeit heimzugehen, mein guter Barque ...«
Er kam herunter und erschien im Licht so blaß, daß er kaum wiederzuerkennen war. Langsam ging er auf Pecresse zu; er faßte sich schnell wieder, als er sah, daß der junge Mann betrunken war. Mit einer würdevollen Geste legte er ihm die Hand auf die Schulter:
»Es ist furchtbar, was dir widerfährt, Jean, und ich bemitleide dich aufrichtig in deinem Unglück. So ist es, wenn man einer Frau Mut macht! Dein Zorn ist unberechtigt, Pecresse. Du weißt, daß ich alles getan habe, um dir gefällig zu sein. Erinnere dich, was du mir vor vierzehn Tagen gesagt hast. Ich bin ein anständiger Kerl, das weißt du. Wir kennen uns seit vierzehn Jahren ...«
Die eiserne Faust auf seiner Schulter hinderte Pecresse daran aufzustehen; mit seiner fuchtelnden Hand schien er den Worten Jacques Grants auszuweichen, doch er erwiderte nichts. Jacques nützte mit bewundernswerter Kaltblütigkeit und Gewandtheit die Situation aus.

»Komm, trinken wir etwas zusammen, um diese üble Geschichte zu vergessen! Maud, stoß mit uns an! Mach dir keine Sorgen, Pecresse; ich kenne deine Meinung über meine Schwester, und ich kann dir mehr nützen, als du denkst.«
Niemand kam an ihren Tisch. Die Gäste standen um sie herum und hofierten Pecresse, der weitertrank.

Als Maud gehen wollte, hörte man draußen Lärm, und Männer traten ein. Einer von ihnen ging auf den Müller zu; er nahm seine Mütze ab; er schwitzte stark; seine Gamaschen waren durchnäßt, sein Anzug feucht. Er gehörte zu der Suchmannschaft. Mit einer Art Verachtung betrachtete er die Anwesenden und wandte sich an Barque:
»Wir haben sie hinter dem Wald gefunden, vor dem Feld der Pecresses, im Schilf, in der Biegung des Dior, da, wo keine Strömung ist.«
Mit einem Satz sprangen Pecresse und Jacques Grant auf. Pecresse sah einen nach dem anderen an. Er hüpfte ulkig von einem Bein aufs andere, schluchzte schließlich auf und sagte mehrmals mit solcher Schamlosigkeit, daß niemand Mitleid mit ihm hatte: »Genau dort, wo wir uns seit Jahren trafen, es werden vier Jahre sein seit meinem Militärdienst ...«
Bald kamen weitere Bauern herein. Sie ließen sich nicht herab, die Fragen der Gäste zu beantworten, sie kannten von den Anwesenden nur Pecresse. Ihm erklärten sie:
»Wir haben sie am Ufer liegenlassen. Morgen wird der Bürgermeister das Protokoll aufnehmen. Es gibt keinen Grund, sie war ja allein ...«
Maud glaubte, man habe sie in der Wiese am Dior gesehen; bald wurde ihr aber klar: niemand blickte sie an, und die Worte der Bauern hatten nichts Zweideutiges. Sie fand also ihre Ruhe wieder, eine Ruhe, die sie hinderte, auch nur das kleinste Gefühl zu verspüren.

Endlich wagte sie, ihren Bruder anzusehen: dieser verließ seine Freunde. Befriedigung spiegelte sich unauffällig, aber deutlich auf ihrem Gesicht.

*

Barque schloß zu. Es war noch finstere Nacht, als Maud sich allein auf der Straße wiederfand; sie war vor allen anderen gegangen.

Je mehr sie versuchte, das Drama der Nacht zu rekonstruieren, um so mehr erschrak sie über die Haltung ihres Bruders, der feige und heftig zugleich gewesen war. Wie sonderbar versöhnlich er sich gezeigt hatte! Sein Gesicht, als er die Treppe herunterkam und an ihr vorbeiging, spöttisch und voller Entsetzen, ohne daß sie sein Geheimnis ergründen konnte!

War sie Jacques nicht unwissentlich zu Hilfe gekommen, als sie verschwieg, daß das junge Mädchen sich ganz bestimmt nicht beim Feld der Pecressens umgebracht hatte? Sie bedauerte nicht, ihren Bruder dadurch ermutigt zu haben, Jean die Stirn zu bieten, dennoch begriff sie, daß sie keine Ruhe fände, bevor sie nicht irgendeine Gewißheit hätte. Maud erging sich in unsinnigen Vermutungen, und manchmal führte sie der Zweifel sehr weit weg; das Böse nahm dann eine Gestalt an, die so anders war als das, was sie bisher kannte, daß sie die Vorstellung schlecht aushielt.

Dort, wo die Landstraße nach Bordeaux den Weg nach Semoic kreuzte, holte Georges sie ein. Sie war weder glücklich noch überrascht. Georges ging sie rüde an:

»Es stimmt, was Jean Pecresse gesagt hat; Ihr Bruder hat diesem armen Mädchen das Leben unmöglich gemacht. Er hat angefangen, sie zu hassen, nachdem er sie schändlich besessen hatte; ich weiß jetzt zu viel darüber, um zu schweigen. Es gibt Dinge, die einen niederschmettern, selbst wenn sie einen nicht betreffen. Ich habe aus Rücksicht

auf Sie und Ihre Mutter alles getan, um ihn davon abzuhalten, so zu handeln, aber er ist ein gemeiner Kerl ...«
Maud wußte sehr wohl, welche Art Qual Jacques einer Frau bereiten konnte, die ihm zu mißfallen begann. Dennoch fragte sie sich, warum Georges unter diesen Umständen die nächtliche Szene hatte miterleben wollen.
Automatisch versuchte sie noch, ihren Bruder zu verteidigen.
»Warum belasten Sie Jacques? Ich dachte, Sie wären sein Freund. Wenn er übrigens so schuldig wäre, wie Sie sagen, wäre er Pecresse vorhin nicht so stolz gegenübergetreten.«
Georges' Stimme verlor plötzlich ihre gewohnte Gleichgültigkeit. Sie bekam einen Klang, den Maud an ihr nicht kannte und in dem sich kaum merklicher Zorn äußerte.
»Er war nicht stolz, das wissen Sie selbst sehr gut, Maud. Die Kleine war auch Barques Freundin und erwartete ein Kind von ihm. Sie haben ihr nie etwas bezahlt, und Ihr Bruder hat sich alle Mühe gegeben, sie zum Äußersten zu treiben ... Ich bestreite übrigens nicht, daß Jean Pecresse eine üble Rolle dabei gespielt hat, im Gegenteil. Aber ich kenne ihn seit langem. Er hätte sie nicht so leiden lassen, ihm fehlt der Einfallsreichtum, das Temperament Jacques' ...«
Maud wünschte, Georges würde aufhören, über ihren Bruder zu sprechen.
»Übrigens müssen Sie selbst aufpassen, Maud«, fuhr er fort. »Weiß Gott, was er anstellen wird, um das Vertrauen von Jean Pecresse zurückzugewinnen! Ich kenne Sie nicht, aber als ich heute abend sah, wie Sie ihn unterstützt haben, begriff ich, wie sehr er Ihnen am Herzen liegt und wie einträchtig Ihre Familie um ihn geschart ist.«
Er wollte mit ihr nach Uderan zurückgehen. Er redete jetzt, ohne daß sie ihn durch ein Wort oder eine Geste ermutigte. Als sie im Speisezimmer von Uderan waren, wußte sie eine Zeitlang nicht, was sie ihm sagen sollte. Sie hatte den Eindruck, er sei nur aus Schwäche da, um nach dieser Nacht

nicht allein heimzugehen. Sie wartete seit vielen Tagen auf diesen Augenblick, doch sie verspürte kein Glück, bei ihm zu sein, als wäre es nun zu spät, um sich noch zu lieben. Sie glaubte wieder, sie könne nichts mehr für Georges empfinden und alles sei zerstört, ihre Illusionen, ihr Wille, glücklich zu sein, ihre Kraft, ohne daß sie den Grund dafür wußte.

Georges rauchte, an den Kamin gelehnt; ab und zu sprach er wieder von diesem jungen Mädchen und wurde nicht müde, seine Ansicht darzulegen. Beider Gesicht spiegelte die Situation; unwillkürlich setzten sie die betretene und düstere Miene von Menschen auf, die sich im Unglück befinden.

Maud glaubte, der Augenblick zu gestehen, was sie wußte, käme nicht mehr wieder. Sie mußte es Georges sagen. Ein so unerwartetes Geständnis würde einen Schock bewirken, den bösen Zauber lösen, der seit heute Nacht auf ihnen lag, und ihr vielleicht Georges zurückgeben. Sie murmelte:

»Gestern abend nach dem Gewitter habe ich sie bei unserer Wiese, unterhalb der Bahnlinie, gefunden. Ganz sicher ist sie dort ins Wasser gegangen. Wohlgemerkt, man hätte glauben können, sie sei dort angetrieben worden, aber das wäre nach der Mühle sehr unwahrscheinlich gewesen.«

Georges antwortete nicht gleich.

»Es wundert mich nicht, daß Sie geschwiegen haben. Zum Glück werden Sie ihm nicht immer aus der Patsche helfen können ...«

Sie dachte, er fände sie stolz, und war verstimmt. Der grauenhafte Augenblick seines Aufbruchs näherte sich nun, und sie spürte, daß sie ihn trotz ihres Charmes nicht mehr halten konnte ...

Plötzlich klopfte es mehrmals an den Fensterladen. Nach einer Weile ließ sich die dumpfe und beklommene Stimme Jacques Grants vernehmen.

»Maud, mach auf ...!«

Eine flehende, kindlich sanfte Stimme. Maud ging einen Schritt auf die Tür zu. Georges hielt sie zurück, und um zu verhindern, daß sie antwortete, verschloß er ihr den Mund mit der Hand. So warteten sie eine Weile, und obwohl es nun unnötig war, lockerte Georges seinen Griff nicht; Tränen liefen auf seine Hand, und er näherte sich Maud mit seinem Körper, zog sie an sich. Das junge Mädchen begriff, daß er die gleiche Erleichterung verspürte wie sie: sie waren zusammen einer finsteren, furchtbaren Nacht entronnen. Georges beugte sich zu ihr und sagte ganz leise:
»Ich liebe Sie schon lange, Maud. Stellen Sie sich vor, Jacques behauptete, Sie seien mit Pecresse verlobt. Deshalb bin ich geflohen ...«
Jacques ging ums Haus: sie hörten ihn vorsichtig, ohne Ungeduld, an die Fensterläden der Zimmer klopfen. Vor dem Speisezimmer fing er wieder an, nach seiner Schwester zu rufen. Unter leisem Gemurmel schrieb er etwas gegen den Fensterladen. Einen Moment lang unterbrach das dünne Kratzen eines Stifts die Stille, dann schob Jacques einen Zettel durch den Türspalt und entfernte sich.
Sie stürzten sich darauf, und Maud las laut die schwer zu entziffernde, winzige Schrift ihres Bruders:
»Meine kleine Maud, ich rate Dir, für Dich zu behalten, was Du heute nacht gehört und gesehen hast. Du bist alt genug zu verstehen, daß unsere Mutter nichts davon erfahren soll. – Jacques.«
Georges sagte besänftigt:
»Ich weiß, daß er Ihre Mutter innig liebt, auf seine Weise ...«
Er war überrascht von dem schwärmerischen Ausdruck, der auf die Züge des jungen Mädchen trat, als sie antwortete:
»Wir lieben ihn alle, so ungewöhnlich das scheinen mag, selbst Taneran, der am meisten unter ihm zu leiden hat. Wenn er die Leute unglücklich macht, dann tut es ihm manchmal leid, und er bedauert, nicht besser zu sein. Wahrscheinlich wandert er die ganze Nacht umher wie ein

Wahnsinniger; er ist gekommen, um mit mir zu reden. Wenn er so ist, hat er Angst vor sich selbst.«
Einen Moment lang hatte sie Lust, ihren Bruder zurückzurufen, doch Georges hielt sie davon ab.

Wie früher verbrachten die Grants ihren Sonntag bei ihrem alten Freund, dem pensionierten Lehrer, der in Le Pardal wohnte, Monsieur Briol. Zum vierten Mal seit ihrer Ankunft durchmaßen sie an diesem Morgen ihren großen Besitz.

In der sonntäglichen Ruhe hörte man kaum den Riotor unterhalb des Plateaus murmeln, der seit der großen Trockenheit, die der Gewitterwoche gefolgt war, nur noch ein dünnes Rinnsal darstellte. Die Grants gingen durch die alten Pflaumengärten und die Weinberge, wo einige Rebstöcke in einer Art pflanzlichem Irrsinn nach allen Seiten lange Ranken ausstreckten.

Bevor sie den Eichenwald durchquerten, der ihr Land im Süden begrenzte, kamen sie am Pachthof des Gutes vorbei. Die Dedde-Tochter stand vor der Haustür, bereit, zur Messe zu gehen. Sie tänzelte herum und lächelte Henri auf eine Weise zu, die so ordinär eine neue Vertraulichkeit verriet, daß der jüngste Taneran den Kopf abwandte.

Als sie auf der Straße waren, nahm er einen Vogelschwarm, der in sehr großer Höhe durch den sonnigen Himmel flog, zum Vorwand, um seine Verlegenheit zu verbergen:

»Sieh mal, Maud!«

In den schrägen, dunklen Augen ihres jüngeren Bruders sah Maud den Schatten der Ringeltauben sich spiegeln. Den Kopf im Nacken, verfolgte er den Schwarm, bis er im Blau des Himmels verschwand.

Als sie den steinigen Weg erreichten, der sich zwischen den Weinstöcken hindurchschlängelte, kam Madame Taneran nur noch mit Mühe vorwärts. Sie hatte in diesen müßiggängerischen Ferien zugenommen und fühlte sich trotz der morgendlichen Kühle ermattet; bald mußte sie sich eingestehen, daß sie außer Atem war.

»Ich bin nichts mehr gewohnt, ich werde schwerfällig«, seufzte sie und wischte sich die Stirn.
Ihr klagender Ton erregte kein Mitleid bei ihren Kindern. Die Söhne gingen voraus: Henri trödelte und schlenderte bald auf die eine, bald auf die andere Seite des Wegs, wie ein kleiner Junge; Jacques, der über die Freuden des Landlebens schon hinaus war, blieb ab und zu stehen, um seine Mutter ungeduldig anzutreiben:
»Nun komm schon!«
Sobald er eine Beleidigung dachte, kam sie ihm auch schon über die Lippen. Das war seine Ehrlichkeit. Und wenn er Mauds Getue haßte, so eben deshalb, weil sie ihre Gefühle nie so spontan ausdrückte wie er. Er wußte nie, wie seine Beleidigungen und seine Haltung auf die Schwester wirkten; denn seine Vorwürfe verloren sich bei ihr in einem dunklen Geheimnis wie in einem See ohne Strömung. Seine Mutter sagte über ihren Sohn immer, er sei nicht so schlecht, wie man behaupte, da er ja aufrichtig sei. Zweifellos stimmte das insofern, als Jacques nicht härter war, als er schien.
Er hatte gerade einen langen Brief der Tavarès Bank erhalten, sich aber geweigert, ihn seiner Mutter zu zeigen. Er gab sich sehr besorgt und sprach von Rückkehr. Mußte man darin einen Vorwand sehen, um Uderan zu verlassen, wo man ihn seit einiger Zeit merklich vernachlässigte?
Seit dem Selbstmord des Mädchens sah Maud ihn nur bei den Mahlzeiten. Er redete nicht mehr mit ihr. Es war ihm sicher nicht entgangen, daß Georges seine Abende mit ihr verbrachte. Der Freund fehlte bei Barque und entzog sich ihm, was ihn insgeheim demütigte. Maud ahnte, daß er sich in Semoic nicht mehr so gut amüsierte und seit dieser Geschichte Gewissensqualen litt. Sie wußte von der Dedde-Tochter, daß die Leute nicht mehr so zahlreich wie früher ins Wirtshaus kamen.
Ohne es sich einzugestehen, fürchtete er seine Schwester,

weil er sie verdächtigte, seine unnachgiebigste Feindin zu sein. Er war nicht sicher, ob sie nicht ihrer Mutter etwas verriete, wenn er ihr vorzuwerfen wagte, daß sie Georges Durieux in Beschlag nahm, um so mehr, als er keine Gewißheit darüber hatte, ob sie seine Geliebte war.

Seine Mutter betrachtete ihn im sanften Morgenlicht mit trauriger Zärtlichkeit, und man sah an ihrem Blick, daß sie sich in bezug auf ihn die ewigen quälenden Fragen stellte. Zum ersten Mal zweifelte sie daran, daß er sich immer noch in Uderan niederlassen wollte, und sie sagte es ihm. Manchmal gab sie unglaubliche Dummheiten von sich, die ihr übrigens bewußt waren, die sie sich aber nicht verkneifen konnte, da sie glaubte, es entspräche ihrer Mutterrolle, sie zu äußern.

»In der ersten Zeit würden wir dir helfen«, sagte sie sanft. »Ich bin sicher, daß Taneran dir helfen würde. Dieses alte Anwesen hat sein Gutes in diesen Zeiten, das garantiere ich dir ...«

Von seinem Schweigen ermutigt, fuhr sie fort:

»Später werdet ihr finden, daß ich gut daran getan habe, es nicht zu verkaufen. Ich möchte mich auf dich verlassen können, Jacques. Dein Einzug hat mir schon enorme Unkosten verursacht.«

Verächtlich schrie er, sie solle Uderan doch behalten, wenn sie dort sterben wolle, er aber habe in diesem Fall etwas anderes vor. Eine wüste Diskussion begann und war schnell wieder beendet, denn jeder hielt es für nutzlos, sie gründlich zu führen. Durch ihre absurde Opferbereitschaft zerstörte Madame Taneran bei ihrem Sohn auch noch die kleinste Fluchttendenz. Ihre ständige Innigkeit reizte Jacques. Manchmal hätte man glauben können, er mache seiner Mutter ihre Zärtlichkeit selbst zum Vorwurf und sei sich bewußt, daß er in diesem weichen Samt allmählich erschlaffen würde. Trotzdem verließ er seine Familie nicht, denn die Szenen, so skandalös sie auch waren, zeugten bei Madame Taneran und ihrem Sohn immer nur vom Zustand ihrer Nerven.

Sie nahmen eine Abkürzung durch die Ländereien der Pellegrains. Die Pellegrain erspähte sie und gesellte sich zu ihnen. Sie war die Cousine der Pecresse. Zu ihrer sonntäglichen »Verwandlung« gehörte eine Hochfrisur, deren fahlgelbe Farbe von ihrem hochroten Teint und ihren zerknitterten Zügen abstach, ihr ein zweifelhaftes ewigjugendliches Aussehen gab und dieser echten Bäuerin Ähnlichkeit mit einem Freudenmädchen verlieh. Man wechselte ein paar Worte:

»Und der Taube? Immer tüchtig?«

Der »Taube« war ihr Bruder, ein Taubstummer, den sie trotz der natürlichen Abneigung, die sie für den Unglücklichen hegte, bei sich aufgenommen hatte. Er galt als der beste Arbeiter der Gegend. Angeblich war er imstande, die Arbeit von zwei Männern allein zu erledigen. Sein Schwager zögerte nicht, ihn anzustellen. Die Pellegrain tat zwar so, als brächte sie ihm Zärtlichkeit entgegen, doch jeder im Dorf wußte, daß der »Taube« nie am Familientisch aß und in einem Verschlag schlief.

Maud ließ ihre Mutter mit der Bäuerin stehen und wollte sich entfernen. Diese aber sagte mit einem starken südlichen Akzent:

»Na, Mademoiselle, schläft sich's gut in Uderan?«

Maud fühlte sich erröten wie unter einem Peitschenhieb, antwortete aber beherzt, daß sie sich in der Tat sehr wohl fühle auf dem Gut. Sie merkte, daß Jacques stehengeblieben war und sie spöttisch und herablassend ansah.

Der Taube kam zu ihnen; er trug das saubere, aber kragenlose Hemd, das seine Schwester ihn sonntags anziehen ließ aus Angst, jemand könnte ihn an diesem Tag schmutzig sehen. Als er die Grants erblickte, überzog ein breites Lächeln sein ganzes Gesicht mit Fältchen und entblößte seine riesigen Zähne. Ein erstickter, trauriger Ton kam aus seiner Kehle, der zweifellos seine Zufriedenheit ausdrücken sollte. Er verweilte aber nicht, sondern entfernte sich schnell mit offenem Mund.

Sie gingen am Hof Gros-Chêne vorbei, dann kamen sie nach Le Pardal. Obwohl das Dorf viel weiter von Uderan entfernt war als Semoic, pflegten die Grants wegen des Pfarrers, den sie kannten, die Messe in Le Pardal zu besuchen.

Während des Gottesdienstes bemerkte Maud, daß ihre Brüder ebenso wütend wie verlegen waren, weil sie sich an einen solchen Ort verirrt hatten. Der Sonntag endete stets mit einer Szene; für die Grant-Söhne war die Messe eine Falle, in die ihre Mutter sie jedesmal wieder zu locken verstand. Und der junge Henri machte ihr schon die gleichen Vorwürfe wie sein älterer Bruder. Dieses unbedeutende Detail veranschaulichte sehr gut einen der Charakterzüge der Grants: ihre wunderbare Fähigkeit zu vergessen! Was erwarteten sie von diesen tödlich langweiligen Sonntagen, daß sie sich über deren unveränderlichen Ablauf jedesmal wieder Illusionen machten? Darin zeigte sich ihre unverbesserliche Schwäche. Sobald sie den Weg nach Le Pardal einschlugen, zweifelten sie schon nicht mehr an der Langeweile, die sie erdulden würden. Dennoch kehrten sie nie um, vielmehr bemühten sie sich nun aus Trotz, den Tag unerträglich zu machen. Dabei wußten sie eine scheinbare Würde zu wahren, denn so kühn sie gegenüber ihrer unterwürfigen Mutter auftraten, so feige vermieden sie den Skandal. Während der Messe saßen sie mit leicht demütiger und verzückter Miene in der ersten Reihe des Chors, um das Vertrauen der Dorfbewohner zu würdigen, die ihnen in der Kirche den ersten Platz überließen. Und es schien, als wichen diese noch mehr zurück, um den gesellschaftlichen Rang der Grants zu betonen.

Madame Taneran ihrerseits betete nur hin und wieder, denn

sie ließ sich gern von den Leuten ablenken, die sie kannte und denen sie zulächelte. Die Aussicht auf den Tag beunruhigte sie keineswegs.
Maud ermaß einmal mehr den Unterschied zwischen dieser Frau mit dem entspannten und zerstreuten Ausdruck und der bedrückten Kreatur, die ihre Mutter nachher werden würde, wenn ihre Söhne sie wie einen Packesel mit ihrer schlechten Laune beluden. Madame Taneran besaß eine außerordentliche Energie, die sie in diesen kurzen Minuten tiefer Zerstreutheit speicherte. Sie bezog diese Kraft aus der Gewohnheit eines Lebens, dessen Schläge sie jeden Tag abwehrte.
Alle Bauern von Le Pardal nahmen am Hochamt teil: die Frauen, auf der rechten Seite im Chor, meist in schwarzen Satin gekleidet, der über ihren runden Arbeiterinnenrücken spannte; die Männer, weniger zahlreich, auf der linken Seite. Obwohl es schön war, drang die Sonne nur bleich durch die Scheiben. Auf einem Podium um ein altes Harmonium geschart sang der Chor, der aus der Mutter des Pfarrers, der seit zwanzig Jahren in Le Pardal ansässigen Schneiderin und der neu zugezogenen Kindergärtnerin bestand.
Maud dachte an Georges Durieux. Seit der Nacht bei Barque kam er jeden Abend heimlich nach Uderan, wo er sich bei geschlossenen Türen im Speisezimmer aufhielt. Es fiel ihr schwer, Georges die Angst vor ihrem Bruder abzunehmen, und auch seine Haltung ihr gegenüber war für sie schwer zu verstehen. Sie hätte ihn lieber so gesehen, wie sie ihn sich vorgestellt hatte: heftig und skrupellos, so daß er in ihrem von ihm beherrschten Leben den Platz einnehmen würde, den ihr Bruder innehatte. Es war ihre erste Liebe, und sie zweifelte nicht daran, daß es die einzige sein sollte, denn sie konnte die Gegenwart dieses Mannes nicht mehr entbehren. Als er jedoch von Heirat sprach, fand sie die Idee naiv. Etwas schien ihr bei Georges unerschütter-

lich, ein Vertrauen in sie, das er sich zusammenphantasierte und das sie ganz unbegründet fand; dieser Mangel an Scharfblick schockierte und ärgerte sie zugleich.

*

Das Haus von Monsieur Briol, dem pensionierten Lehrer von Le Pardal, stand auf einem terrassierten Gelände, dessen unteren Teil die Kirche einnahm; ganz oben befand sich das Pfarrhaus. Die befestigte und in einen Gemüsegarten verwandelte Terrasse setzte einen aufgelassenen Friedhof fort, der den Hintergrund bildete. Von dort dehnte sich der Blick weit, denn die Landschaft hatte ein leichtes Gefälle, ohne daß ein Hindernis ihr Profil störte, abgesehen von einem erlengesäumten kleinen Fluß in der Mitte. Eine sehr weiße Straße, zunächst teilweise von Le Pardal verdeckt, schlängelte sich durchs Land.

Es war sehr heiß in dem geschützten, schattenlosen Garten. Während Jacques und Henri auf dem kleinen Rundweg entlang der Terrasse auf und ab gingen, lehnten sich Madame Taneran und Maud über die kleine Mauer, die das Tal überragte. Als Jacques auf die Höhe seiner Mutter kam, zischte er:

»Das ist das letzte Mal, hörst du, das letzte!«

Madame Taneran antwortete nicht. Sie versuchte bloß, ihn mit einem gezwungenen Lächeln zu besänftigen. Die arme Frau hatte nie gemerkt, daß dieses Gebaren ihren Sohn nur um so mehr erboste. Maud, ein wenig geblendet von der Mittagssonne, schien sorgenvoll. Warum drangen die Worte ihres Bruders so tief in sie ein? Er ging nervös auf dem Weg hin und her wie ein Tier im Käfig, das keinen Ausgang findet.

Mehr noch als an jenem Abend fällte sie innerlich ein unbarmherziges Urteil, das Jacques, hätte er es geahnt, niedergeschmettert hätte. Er selbst hielt sich für einen höchst liebenswerten Menschen, ein höchst würdiges Familienoberhaupt. Noch nie hatte Maud so deutlich empfunden, welche Verachtung er verdiente. Seit sie Georges Durieux kannte, begriff sie das tiefere Wesen ihres Bruders, erstens weil sie oft miteinander darüber sprachen und zweitens weil es ihr jetzt unwichtig schien, ob Jacques verachtenswert war oder nicht. Ihre Liebe zu Georges befreite ihren Geist von einem letzten schwachen Zwang und zeigte ihr den Schlüssel zu diesem Geheimnis.

Sie verstand jetzt die Natur dessen, was sie bisher als unbestreitbare Realität dumpf ertrug. Dieser Sieg des Lichts berauschte sie. Die erdrückenden Argumente nahmen in ihrem Kopf Gestalt an, und sie dachte, sie werde sie Georges so schnell wie möglich mitteilen, noch am selben Abend, denn seine Liebe würde angesichts solcher Enthüllungen wer weiß welche neue Tiefe gewinnen ...

Der Zorn ließ ihr das Blut in den Schläfen pochen, doch im Grunde hielt ihre freudige Begeisterung an. Aus der Kraft, die sie in sich spürte, erwuchs plötzlich Mitleid mit ihrer Mutter, die immer noch genauso blind unter dieser doch so leicht abzuwehrenden Tyrannei litt. Sie ergriff ihre Hand. Madame Taneran verstand die genaue Bedeutung dieser Geste nicht, doch als sie sich umwandte, begegnete sie dem Blick ihrer Tochter und zog ihre Hand zurück ...

Die Schwester des Lehrers kam. Sie war fast blind und ging mit schwerem Schritt; ihre Kleider waren bei Licht besehen von abstoßender Schmutzigkeit. In jeder Runzel ihres alten Gesichts verbarg sich eine feine schwarze Linie, die sie noch tiefer erscheinen ließ.

»Schauen Sie den Garten an? Ach, er ist ganz häßlich geworden, seit der Kleine tot ist! Seit dem Herbst habe ich ihn nicht angerührt ...«

Der Kleine, das war ihr jüngster Bruder, der im vergangenen Jahr gestorben war, auch er Lehrer in einem Nachbardorf. Sie wirkte verdrossen. Jeden Sonntag machte das Kommen der Tanerans ihr zusätzliche Arbeit. Maud war die einzige, der es, allerdings erst viel später, aufging: die Alte hätte sie lieber nicht empfangen, denn die Heftigkeit und Fürsorge Madame Tanerans hatten ihr nie behagt. Ihre Vorliebe galt Henri, der als Kind bei ihrem Sohn Lateinunterricht genommen hatte.

Monsieur Briol war alt geworden. Er kam trällernd herein und wandte sich freundlich seiner Mutter zu, um sie aufzumuntern. Die gute Frau brummelte etwas, und man begab sich zu Tisch.

Das Mahl verlief in trüber Stimmung. Normalerweise hielt man sich nicht in diesem Eßzimmer auf, wo die Möbel mit einem dünnen Staubschleier bedeckt schienen. Sonnetrunkene Fliegen prallten gegen die Decke …

Maud starrte, ohne hinzusehen, auf den Garten, in dem sich fröhliche Vogelscharen tummelten, während Madame Taneran redete. Einmal versuchte der alte Briol, Henri mit gemeinsamen Erinnerungen zu unterhalten, aber er begriff schnell, daß, was seinen Schüler früher amüsiert hatte, nun nicht einmal mehr seine Aufmerksamkeit wecken konnte. Wie Jacques war Henri gegen alles gleichgültig geworden, was ihm kein unmittelbares Vergnügen bedeutete.

Nach dem Vespergottesdient gingen sie müde nach Hause. Endlich neigte sich der Tag. Sobald Le Pardal nicht mehr zu sehen war, sagte Madame Taneran, um der rituellen Szene vorzubeugen:

»Ich denke, wenn alles gutgeht, reisen wir Ende der Woche ab …«

Sie schwiegen. Madame Taneran hatte ausgesprochen, was ihre Söhne dunkel erhofften. Nichts hätte sie jetzt noch in Uderan halten können. Maud fühlte eine Bitterkeit in sich aufsteigen, die allerdings von einem so mächtigen Gefühl der Gleichgültigkeit gemildert wurde, daß sie glaubte, ihre Brüder nie geliebt zu haben.

Der Weg dehnte sich unter ihren Schritten. Die stumme Masse Uderans tauchte auf. Sie machten einen Bogen darum und näherten sich der feindlichen Behausung von Madame Pecresse.

Beim Essen kündigte Madame Taneran mit fast peinlicher Eindringlichkeit den Aufbruch an. Die Pecresse war nicht darauf gefaßt. Sie ahnte sofort die Katastrophe, die über die Familie hereinbrechen würde. Was sollte aus ihrem Sohn werden, wenn Maud erst einmal weg war?

Nicht nur Maud entfernte sich von ihm; seit dem Selbstmord seiner Freundin galt er in Le Pardal als unredlicher Bursche, dem man seine Tochter nur ungern zur Frau gegeben hätte.

In der Vorstellung der Pecresse hatte ihr Sohn sich aus Liebe zu Maud von seiner Geliebten losgesagt. Sie wußte nicht, daß auch Jacques sie verlassen und schlecht behandelt hatte. Sie hielt sich immer noch an den Beginn des Dramas und glaubte an die Schuld ihres Sohnes. Zum Glück für die Grants verzehrte sie sich vor Kummer und versuchte nicht, die Wahrheit zu erfahren.

Die Pecresse kannte die Schwäche ihres Kindes, das sich wie sie darauf versteifte zu bekommen, was es wünschte. Daher fürchtete sie seit der tragischen Nacht das Schlimmste: daß er sie im Stich lassen könnte, beispielsweise. Die Verachtung, die ihr Sohn ihr seit einiger Zeit entgegenbrachte, war für die Pecresse so entsetzlich wie die Aussicht auf den eigenen Tod. War nicht die einzige Möglichkeit, noch alles zu retten, Maud in Uderan zu behalten? Selbst wenn sich Mademoiselle Grant als ein junges Mädchen erwies, das nicht mehr unbescholten war, selbst wenn sie im Mittelpunkt eines öffentlichen Skandals stand, blieb sie natürlich anziehend und Jean begehrte sie immer mehr.

Doch während des Essens ließ sich die Pecresse nichts von ihrer Besorgnis anmerken. Sie zeigte sich so liebenswert wie möglich und versuchte, ihre Irrtümer den Grants gegenüber vergessen zu machen. Ganz mit ihrem eigenen

Werk befaßt, fragte sie sich nicht, ob ihre Pläne nicht geradezu die Existenz der ohnehin so uneins wirkenden Familie Taneran gefährdeten. Hätte sie es gemerkt, hätte sie ihre Absicht aber trotzdem weiter verfolgt, denn ihre Leidenschaft war zum obersten Gesetz ihres Verhaltens geworden.

An diesem Abend ging Maud Grant sehr früh nach Uderan zurück.
Sie lief, ohne anzuhalten, bis zur Mispelhecke, wo sie vierzehn Tage zuvor Jean Pecresse weggeschickt hatte. Dort blieb sie einen Augenblick stehen, um zu verschnaufen.
Es war hell, obwohl der Mond noch nicht aufgegangen war. Zu ihrer Rechten, im Tal des Dior, sammelte sich der Nebel, leicht wie Gischt. Auf der anderen Seite des Weges dehnte sich, soweit das Auge reichte, das Plateau von Uderan, regungslos und nackt.
Was für ein scheußlicher Sonntag! Seit dem Morgen hatte etwas in ihnen gegärt: der Entschluß, Uderan zu verlassen. Ein solcher Tag konnte nicht anders enden. Wie leicht hatten sie sich dann gefühlt, als sie zu den Pecresses zurückkehrten!
Sobald sie aber allein war, fühlte Maud sich so wach, als hätte sie den ganzen Tag geschlafen. Auf einmal lag der Sonntag weit hinter ihr, und sie atmete den Duft ihrer wiedergefundenen Einsamkeit, der sich mit dem herben Geruch der Nacht mischte.
›Was für ein mieser Tag! Wie sie mich anwidern‹, sagte sie sich, ›jeder wäre von ihnen angewidert ...‹
Doch da empfand sie die Realität ihrer Worte schon nicht mehr. In Wirklichkeit war sie bei Georges, nach dem sie sich heftig sehnte. Der junge Mann sollte sie in Uderan, unter den Linden, erwarten. Er wäre sicher zu Fuß gekommen und würde rauchen, während er auf sie wartete. Sie würde nur die Glut seiner Zigarette unter den Bäumen erkennen.

Er wäre nervös und feindselig, aber sie freute sich darauf, weil er sich mit ihr immer weniger verstellte.
Sie ging schnell weiter, aus Angst, er könnte davonlaufen, bevor sie Uderan erreicht hatte.
Unter den Linden war noch niemand.
Kein Laut außer dem Rauschen des Windes im Tannenwald, das, rauh und monoton, dem des brandenden Meeres auf den Kieseln glich. So sehr sie auch suchte, es war niemand da.
Sie betrat ihr Zimmer, wußte nicht, was sie tun sollte, und setzte sich schließlich an den kleinen Tisch.
›Er sollte doch eigentlich kommen um diese Zeit ...‹
Schon oben auf dem Weg würde sie ihn hören. Noch bevor sie ihn hörte, würde sie das Geräusch seiner Schritte ahnen, so glaubte sie.
Ihre Ungeduld wurde sofort grenzenlos. Erschiene er zu Fuß oder zu Pferde? Von überallher vernahm sie Pferdegetrappel, das ihren Geist ermüdete, ihre Aufmerksamkeit ablenkte. Der Mann kam von überall, von allen Punkten des Horizonts, von allen nachterfüllten Wegen, und sie wußte nicht, woher sie ihn tatsächlich zu erhoffen hatte. Was für eine Qual war dieses vielfache Herannahen, das sich wie ein immer engerer und bedrohlicherer Ring um sie schloß!
Kam er sonst nicht früher? Mein Gott, was hatte das bloß zu bedeuten? Wenn sie an ihre Begegnung vom Vortag dachte, glaubte sie zu erraten, daß er unter der Strenge litt, die er sich so naiv selbst auferlegte.
»Wenn Sie erlauben«, hatte er zu ihr gesagt, »werde ich nicht mehr so oft kommen, es ist mühsam, sich unter diesen Umständen zu sehen ... Ich glaube, es wäre angemessener, wenn ich mit Ihrer Mutter sprechen würde ...«
Sie hatte über die Hindernisse gelacht, die er sich schuf, und mit Befriedigung beobachtet, wie die Versuchung, sich darüber hinwegzusetzen, ihn jeden Tag mehr quälte.

Obwohl sie tief atmete, verlor sich die eingeatmete Luft in ihrem Körper, als würde sie durch eine undichte Stelle in der Tiefe der Brust entweichen, und Maud erstickte fast. Sie starrte aus dem vergitterten Fenster und suchte die Lindenallee ab, wo der böige Wind die Blätter aufwirbelte.

»Es macht ihm Spaß, mich warten zu lassen, ich kenne ihn ...«

Sie redete laut, denn sie konnte ihre Ungeduld nicht mehr zügeln. Der Klang ihrer Stimme überraschte sie, und es war, als würfen alle Dinge um sie her sogleich ein Echo zurück.

»Es macht ihm Spaß, es macht ihm Spaß, mich warten zu lassen, ich kenne ihn, es macht ihm Spaß ...«

Das konnte man auf hunderterlei Art verstehen. Es machte ihm Spaß. Es machte ihm sicher diebischen Spaß, wie den Kindern vom Dorf, wenn sie barfuß in den Bächen den Fisch unterm Felsen schnappen (vielleicht befand er sich im Gewächshaus und belauerte sie). Vielleicht spielte er auch das abscheuliche Spiel des Mannes, der durch nervtötendes Warten seine Lust steigert.

Bei diesem Gedanken wurde ihre Ungeduld zur Raserei. Ein deutliches Zeichen für die Attraktivität Georges', der sich ihr seit einigen Tagen, seit er sich wieder in der Gewalt hatte, entzog.

Sie stand auf, löschte das Licht und trat aus dem Haus. Der Mond stand jetzt hoch am Himmel, und Mauds gedrungener Schatten tanzte neben ihr wie ein kleines Tier, glücklich, ihr zu folgen.

Auf dem Plateau wehte kaum ein Wind, und über den Weiden am Dior lag der Geruch des Heus. Immer noch kein Mensch auf den Wegen.

Maud ging sehr schnell. Ihre Freiheit berauschte sie, um so mehr, als sie nur scheinbar war. Ihre eigene Unvernunft amüsierte sie. Wie überrascht würde er sein, wenn er sie sähe! Sie würde ihn in die Falle locken, von sich zu Hause

würde er nicht fliehen können, wie er jeden Abend von Uderan floh.
Sie bog zum Dorf ab. Nur ein paar Fenster waren noch erhellt, bei geschlossenen Läden; manchmal drang schweres Atmen aus einem Haus und untermalte die Reglosigkeit der Sommernacht. Maud entfernte sich von den bewohnten Gebieten und ging an einem leerstehenden Gebäude vorbei: dem Haus eines Gehängten. Das Drama hatte sich ereignet, kurz nachdem sie in Uderan eingezogen waren, sie erinnerte sich gut daran. Wie gewöhnlich packte sie die Angst, als sie das Haus hinter sich hatte, doch etwas, das stärker war als Angst, zog sie immer weiter.
Als sie die Zypressenallee erreicht hatte, blieb sie stehen. Das Haus war erleuchtet; sie lief nicht mehr Gefahr, Georges zu verpassen. Sie schämte sich ein wenig, gekommen zu sein. Ihr Herz pochte so stark, daß sie es in den Schläfen und im ganzen Körper spürte.
Eine Minute lang trat ihr das Bild ihrer Mutter, die da drüben im großen Gästezimmer bei den Pecresses schlief, vor die Augen. Sie hatte Angst vor dem, was auf sie zukam, und empfand ein wenig Abscheu bei dem Gedanken, daß sie sich versteckte.
Morgen, was wäre morgen, wenn ihre Mutter etwas erführe? Regungslos versuchte sie, das vom Zorn übermannte, verzerrte und schreckliche Gesicht ihrer Mutter lebendig werden zu lassen. Doch es gelang ihr nicht, sich einen Schrecken einzujagen. Ihre Mutter schlief immer mit dem ergebenen und müden Gesicht des Verlierers, und sie konnte es sich nicht anders vorstellen, nicht von Zorn oder Leidenschaft erhitzt.
›Sie wird nicht erfahren, daß ich gekommen bin, wie sollte sie auch? Nur das zählt ...‹
Sie dachte an ihre Brüder, die sich wie sie herumtrieben. Taneran hatte recht, sie fühlte sich ihnen gleich. Heute bestätigte sich diese Ähnlichkeit, die sie bisher dunkel ahnte.

Sie glaubte, Georges keine Liebe mehr entgegenzubringen, sondern ein niedriges, ungehöriges Gefühl.
Die Landschaft dehnte sich weit und offen vor ihr aus, und nichts konnte sie aufhalten. Ihre so große Freiheit war gleichsam eine Ermunterung. Im übrigen, so stellte sie fest, fielen seit einiger Zeit alle Schranken in ihrer Gegenwart. Selbst Jacques wagte nichts mehr gegen sie, und hatte sie nicht Georges in ihrer Gewalt?
Am Pferdegetrappel im Hof hörte sie, daß Georges ausreiten wollte. Sie legte die Handfläche auf die rauhe Tür und stieß sie sanft auf. Ein Schritt hallte im Raum, und Georges erschien.
»Wollten Sie nach Semoic hinunter?«
»Nein, ich war im Begriff, Sie zu besuchen. Wie konnten Sie ...«
Sie antwortete nicht, und er begriff sofort den Grund für ihr spätes Kommen. Nachdem sie ihr Ziel erreicht hatte, interessierte sie sich nicht mehr für das, was folgen würde. Sie ging tief in den Raum bis zu dem leeren Kamin. Auf einem kleinen Tisch flackerte eine Lampe. Sie blickte um sich wie jemand, der nichts wiedererkennt und davonlaufen möchte. Da nahm er sie leicht am Arm und schubste sie in einen Sessel. Sie ließ ihn gewähren, ohne etwas zu sagen, dann musterte sie von neuem die Wohnung.
Zu ihrer Rechten befand sich ein schmales, abgeschabtes Sofa, auf das von einem Regal Bücher gerutscht waren, alte, zerfledderte Bücher, die sicherlich mehrmals gelesen worden waren. Eine Treppe ging, wie in den englischen Landhäusern, vom Wohnraum aus nach oben; dort mußte, wo die Decke niedriger war, das Schlafzimmer liegen. Einige Möbel, Einzelstücke, aber von schöner Qualität, gaben dieser Behausung einen überraschenden Anflug von Luxus. Jedes Ding schien um seiner eigenen Schönheit willen ausgesucht worden zu sein und nicht mit Rücksicht auf ein Gesamtbild.

Georges stand an der Eingangstür. Er sagte nichts, sondern betrachtete das junge Mädchen, das so natürlich zu ihm kam, als hätte er es ganz und gar in seinem Blick getragen. Der Schein der Lampe machte ihn noch größer. Sein Hemd klaffte; er atmete stoßweise, bemüht, ruhig zu bleiben. Seine ziemlich eng stehenden, dunklen Augen und seine große Stirn verliehen seinem Gesicht ein energisches Aussehen.
»Ich bringe das Pferd hinein, ich komme gleich wieder«, sagte er schließlich.
Sie antwortete sanft, er solle ihretwegen keine Umstände machen. An seiner Art, sie anzublicken, erkannte sie, daß er ihr eine Frist einräumte, damit sie noch entfliehen konnte, wenn sie es wollte. Doch sobald er draußen war, wurde sie von der gleichen Ungeduld, ihn wiederzusehen, ergriffen wie zuvor. Das Pferd trottete dicht am Haus vorüber. Während einen Augenblick tiefe Stille herrschte, rang Maud vor Nervosität die Hände und fragte sich mit gequälter Stimme: »Was macht er bloß, was macht er denn bloß?«
Als er zurückkam, beruhigte sie sich sofort. Er setzte sich aufs Sofa, die Hände hinter dem Rücken; sie fühlte, daß er ihr immer noch vollkommene Freiheit ließ, über ihr Schicksal zu entscheiden, und diese äußerste Rücksichtnahme reizte sie.
»Ich bin gekommen, weil es mir reicht«, sagte sie plötzlich. »Heute waren sie wieder unerträglich.«
»Es ist mir nicht entgangen.«
»Wir fahren nächste Woche ab, wissen Sie das nicht?«
Er zuckte nicht mit der Wimper. Nächste Woche? Er spürte plötzlich die Kraft in sich, den Lauf der Dinge zu ändern ...
»Ich bezweifle es«, murmelte er.
Was wußte er? Sie schielte ihn argwöhnisch an.
»Dieser arme Briol, wenn Sie gesehen hätten, wie er sich anstrengte, um sie zu unterhalten, es war peinlich. Das Erstaunliche ist, daß die Leute sich ein Bein ausreißen, um ihnen zu gefallen, während ...«

Wenn sie von den Ihren sprach, ließ sie sich immer von ihren eigenen Worten blenden.
»Während sie doch gar nicht zählen, es sind kleine Leute, wissen Sie, das, was man kleine Leute nennt ...«
Sie unterstrich ihre Worte mit übertriebenen Gesten. Er schien sich nicht zu wundern, daß sie von so weit her gekommen war, um ihm solche Dinge zu sagen.
Auch in Uderan hörten sie seit der Geschichte nicht auf, über Jacques zu sprechen, an diesem Abend aber hätte man glauben können, Maud sage eine schlecht gelernte Lektion auf. (Sie mochten Jacques böse sein, doch sie verrieten ihn nicht und unternahmen nichts gegen den ungerechten Verruf, in den die Pecresses im Dorf geraten waren.)
»Schweigen Sie, mein Kleines. Beruhigen Sie sich«, sagte Georges.
Seit sie eingetreten war, hatte sie begriffen: Georges' Gereiztheit, sein hartnäckiger Wunsch, sie zu verlassen, hatten auf geheimnisvolle Weise aufgehört. Ein Sturm war über diesen Mann hinweggegangen, jetzt aber stand er vollkommen ruhig vor ihr. Mit kleinen Sätzen versuchte er, sie zu beruhigen, obwohl er nicht glaubte, daß sie wirklich zornig war.
Er hatte gekämpft, damit es nicht so weit käme; doch da er sich besiegt fühlte, war er ihr dankbar für ihren Triumph; seine Augen ebenso wie seine müde Stimme und seine geschlossenen Hände verrieten eine Sanftmut voller Hingabe und Dankbarkeit.
»Ich habe dich nicht erwartet«, sagte Georges. »Jeden Abend und schon vom Morgen an gedulde ich mich, warte ich, bis ich endlich wieder zu dir kommen kann.«
Das Duzen, mit dem er plötzlich wieder anfing, band sie noch mehr an ihn. Jetzt verstanden sie einander vollkommen. Von der bloßen Andeutung ihrer Gesten, deren Ausführung unnötig wurde, bis hin zu den banalsten Worten, die sie nicht mehr das Bedürfnis verspürten, zu Ende zu

sprechen. Ein wunderbar volles Schweigen begann möglich zu werden. Sie hatten aufgehört, zwei zu sein.
Plötzlich stand er auf. Sie ahnte, daß er sich ihr nähern wollte. So kurz dieser Augenblick währte, sie konnte das Bevorstehen seiner Annäherung nicht ertragen. Für eine Sekunde war sie wieder von ihm unterschieden, kehrte ihre ganze Scham zurück, ein klarer Abwehrinstinkt, der sie erschreckte. Sie schloß die Augen. Sie hatte gerade noch Zeit zu hören, wie sie sich selbst innerlich anflehte, schwach zu sein, und sie gab dieser Stimme sehr schnell nach, es gelang ihr, sich von ihrem Willen zu lösen wie das Blatt im Wind, das sich vom Baum losreißt und davonsegelt und sich endlich seinen Wunsch zu sterben erfüllt.

*

Als sie erwachte, graute schwächlich, mühsam, der Morgen. Stimmt, sie hatten vergessen, die Läden zuzumachen.
Zunächst blieb sie eine ganze Weile wie erstarrt, außerstande eine Bewegung zu machen. Zwischen den Laken spürte sie ihren nackten Körper, dessen sie sich nicht mehr schämte, der wie ihr Gesicht eine lebendige Form wurde. Bisher, wenn sie unglücklich war, hatte sie gedacht, sie könne von ihrem Körper immer noch jede Anstrengung verlangen, beispielsweise, sie aus dem Haus zu tragen, zu lachen, sie zu trösten oder auch wohltuende Tränen zu weinen ...
An diesem Morgen aber blieb ihr Körper in tiefer Harmonie mit ihrem Geist, bewegungslos. Nichts war Anstrengung in diesem Einverständnis, sehr ruhig machte sie sich stürmische Gedanken.
Georges schlief neben ihr; sein Haarschopf quoll zwischen seinen nackten Armen hervor, die er um den Kopf gelegt hatte. Er war schön so, und seine braune Haut war an den Unterarmen vom Sonnenbrand und von allerhand Spuren und Narben gezeichnet, die das Baden, die Jagd und die

bestandenen Abenteuer dort hinterlassen hatten. Er schlief wie ein Kind, vertrauensvoll und ruhig.
Maud erschien er zugleich voller Kraft und Unschuld. Er hatte widerstanden. Und jetzt ruhte er entspannt an ihrer Seite.
Wie würden sie sich nach diesem Abenteuer wiederbegegnen? Sie vermied, ihn zu berühren; sie sah ihm beim Schlafen zu. Sie verspürte jedoch das Bedürfnis, sich an ihn zu schmiegen und wieder einzuschlafen, erneut neben ihm in Bewußtlosigkeit zu versinken, vorausgesetzt, er bewegte sich nicht, stellte ihr vorher keine Frage.
Unwillkürlich streckte sie die Hand aus und streichelte seine Schulter, um ihn ein wenig in die Wirklichkeit zurückzuholen. Aber da war es nur, als ob sie selbst wieder in den Traum entschwebe; er rührte sich nicht.
Liebte er sie noch? Sie hielt sich an der Oberfläche seines Schlafes, leicht und nervend, wie eine lästige Fliege. Er spürte schon, daß sie da neben ihm lag, denn er brummte, murmelte etwas Unverständliches, versank dann erneut im Schlaf.
Sie würde also allein ertragen müssen, was sie litt.
Es war jetzt fast hell. Sie stand auf und zog sich an. Sobald sie sich einmal überwunden hatte, konnte sie es kaum erwarten, fertig zu sein.
Sie hatte keine Schwierigkeiten hinauszukommen, denn in der Eile war am Vorabend alles offen geblieben. Der Weg kam ihr lang vor, sie schlotterte, und ein ziehender Schmerz in den Lenden hinderte sie daran zu laufen.
Als sie die Zypressenallee verließ, drehte sie sich um und betrachtete Georges' Haus, farblos in der Morgendämmerung. Träumte sie? Sie glaubte eine menschliche Gestalt zu sehen, die sich jäh vom Weg entfernte.
Sie schob den Verdacht, der ihr kam, beiseite, wie sie es mit einem bösen Vorzeichen getan hätte, das man tunlichst bannen sollte, indem man nicht mehr daran denkt.

Als sie Uderan erreichte, konnte sie ein sonderbares Lächeln nicht unterdrücken.
Im Spiegel sah sie ihren fahlen Teint, ihre müden Augen. Als sie sich entkleidet hatte, schien ihr nackter Körper von einer Schönheit, die ihr soeben erst bewußt geworden war und die sie zugleich traurig und stolz machte. Georges hatte ihr so viel darüber gesagt, und seine Sätze fielen ihr bruchstückhaft wieder ein. Sie in ihrem Feuer und ihrer Spontaneität lebendig werden zu lassen, versuchte sie vergeblich. Sie konnte nur schlecht ihre Gedanken ordnen. Bald dachte sie an gar nichts mehr, außer an ihre Mutter, die jeden Augenblick nach Uderan zu kommen drohte.
Sie machte sich allerdings keine Sorgen.
›Pah! Alles Dummheiten, nur Dummheiten ...‹
Ein Schmerz strahlte heiß von den Lenden aus wie die Erinnerung an ihre Lust.
Sie flüchtete unter die eisigen Laken und war sofort betäubt, versunken in einen tiefen Schlaf, der sie ohne Träume ließ.

Maud kam erst am nächsten Abend wieder zu den Pecresses. Gleich beim Eintreten fiel ihr auf, daß niemand im Raum sprach. Es schien, als hätte man ihre Anwesenheit nicht bemerkt und als wären alle mit ein und demselben Gedanken befaßt.

Auch der Nachbar selbst nahm, nachdem er ihr einen Stuhl hingeschoben hatte, wieder seine unbewegliche Position beim Feuer, zwischen seinen Hunden, ein.

Madame Taneran war nicht da. Die Abwesenheit ihrer Mutter überraschte Maud, denn die gewohnte Stunde des Abendessens war vorüber, ohne daß sich jemand darum kümmerte ...

Eine Art verhaltene Angst überkam Maud. Was wollte sie bei den Pecresses? Hätte sie nicht bei Georges Durieux bleiben sollen, anstatt gleich morgens davonzulaufen ...?

Sie setzt sich, scheinbar ruhig.

Die beiden neben dem leeren Kamin liegenden Griffons kratzten sich ab und zu kräftig die Flanken; Maud erinnerte sich, daß der Geruch der Hetzhunde ihrer Mutter zuwider war, die unveränderlich jeden Abend bat, man möge ein wenig die Fenster öffnen. (An diesem Abend waren die Fenster verschlossen.)

Durch die Scheiben sah man in der Ferne den Dior, der qualmte wie ein Buschfeuer und im ganzen Tal eine wohltuende Feuchtigkeit verbreitete, als wäre mit dem Abend sein sorgsam zurückgehaltener Dampf ausgeströmt.

Der Pecresse-Sohn, der am Fenster saß, schaute auf die Landschaft, ohne sie zu sehen, und blickte mit seinen großen Augen immer wieder zu Maud, um ihr zu bedeuten, daß ihre Gleichgültigkeit ihn quäle.

Jacques Grant und Henri Taneran saßen untätig da, dicht nebeneinander.

Nach einer Weile beugte sich Maud zu ihrem jüngeren Bruder:
»Was ist los? Kannst du mir sagen, wo Mama ist?«
Henri wandte ihr einen zornfunkelnden Blick zu und verzog den Mund in einem Ausdruck übertriebener Entrüstung, während Jacques zu warten schien, daß seine Schwester zu ihm kam. In seinen hohlen Wangen spielten Muskeln, rund und hart wie Murmeln. Seine Lippen waren blaß, weil er sie über den Zähnen zusammenpreßte, und aus seinen halb geschlossenen Augen drang der weiße Blick seiner schlechten Tage. Er hatte die Beine übereinandergeschlagen und klopfte mit einem Fuß wütend auf den Boden.
Die Pecresse frohlockte. An ihrer Miene, an ihrer Art, im Zimmer hin und her zu gehen, konnte man eine Befriedigung ablesen, die sie schlecht beherrschte. Sie zumindest fühlte sich wohl in diesem Raum, in dem ein trübseliges Schweigen anhielt; leichten Schrittes ging sie von einem zum andern und sprach sie nacheinander an. Ihr sonst so ungefälliger südlicher Akzent veränderte sich und verlieh ihrer Stimme unerwartete Sanftheit. Sie umschmeichelte die Anwesenden mit Gesten und Blicken. Bald wandte sie sich an ihren Sohn:
»Jean, mein Kleiner, lächle doch ein bißchen, du würdest deiner Mutter eine Freude machen.«
Bald an Henri Taneran:
»Nehmen Sie die Zeitung und sagen Sie uns, was los ist. Mein armer Jean ist zur Zeit nicht dafür zu haben. Ach, Jean. Ach, Jean ...«
Keiner ließ sich zu einer Antwort herab, weil ihre Falschheit ihnen trotz allem nicht entging und sie anwiderte.
Als Maud gesprochen hatte, blickte sie forschend in die Runde; dann fragte sie noch einmal eindringlich, wo ihre Mutter sei; die Zeit verstrich, ohne daß diese erschien, während sie doch sonst früh vom Pachthof kam.

Doch die Worte des jungen Mädchens wurden mit hartnäckigem Schweigen aufgenommen. Die anderen mußten offensichtlich an sich halten, um nicht mit ihr zu reden, und schauten bald so böse drein, daß sie Angst bekam. Plötzlich glaubte sie den Grund für diesen Zorn zu begreifen und fühlte eine vernichtende Scham in sich aufsteigen. Der Gedanke, ihre Befürchtungen könnten durchschaut werden, ließ sie zurückweichen wie vor einem mit schwindelerregender Schnelligkeit auf sie zukommenden Hindernis. Während sie zu verstehen glaubte, kamen ihr aber schon wieder Zweifel. Sie hätte gern eine Frage gestellt, die ihr Aufschluß gegeben hätte, doch ihr fiel nichts ein. Sie brüteten schon zu lange über ihrem Zorn, um ihr zuhören zu können. Sie verstand und hielt es für klüger zu schweigen.

Madame Pecresse indessen konnte ihre Ungeduld nicht mehr zügeln. Sie beugte sich zu Maud und flüsterte ihr ins Gesicht:

»Wo Ihre Mama ist? Aber die Arme sucht Sie doch! Sie wird schön müde sein. Schon in letzter Zeit hat sie sich nur noch dahingeschleppt. Sie sind ja den ganzen Tag nicht erschienen, Mademoiselle Grant ...«

Damit Scham und Gewissensbisse sich bei Maud anständig vermischten, fügte sie berechnend hinzu:

»Sie kommt übrigens lange nicht wieder ..., sie ist seit mittags fort ...«

Maud rückte von der Pecresse weg; abwehrend streckte sie ihre Arme aus, die Frau aber musterte sie, und so schloß das junge Mädchen die Augen ... Plötzlich sah sie wieder den Schatten vor sich, der die Zypressenallee durchquert hatte, als sie gerade von Georges gekommen war. War er nicht rund und grau wie die Pecresse selbst ...? War es vorstellbar, daß zwischen ihm und dem Alptraum, den sie jetzt erlebte, ein notwendiger Zusammenhang bestand? Sie rekapitulierte ihren mit Spazierengehen am Riotor verbrachten Tag. Wieso hatte sie nicht geahnt, daß die anderen währenddessen beieinander waren und ihr Wunsch sich verstärkte, sie bei einer Verfehlung zu ertappen? Ihre Mutter wußte sicherlich von nichts. Sie aber wußten, was sie taten. Und bei Jacques war es das Bedürfnis, sich die Langeweile zu vertreiben, sie für die Dreistigkeit büßen zu lassen, mit der sie neulich bei Barque aufgetreten war.

Daß die Pecresse mit Jacques gemeinsame Sache machte, um sie im Unrecht zu finden, das war zumindest unerwartet! Wie schamlos Jacques war! Er scheute sich nicht, sich mit der Pecresse zusammenzutun, die er doch doppelt betrogen hatte, indem er seinen Teil der Verantwortung für den Selbstmord des jungen Mädchens nicht übernahm und indem er seine Mutter dazu trieb, Uderan endgültig zu verlassen. Im Grunde ergriff er den ersten Vorwand, um Maud eins auszuwischen, nur allzu froh, daß sie ihm einen so geeigneten lieferte. Bisher zögerte er nämlich, gegen sie heikle Argumente vorzubringen, die auch ihn bloßgestellt hätten. Seit der Geschichte bei Barque trieb er sich herum und fühlte sich nirgends wohl. Er war allein und hatte es nötig, daß jemand anderes etwas Verwerfliches tat, um ihn von seiner eigenen fixen Idee abzulenken ...

Ihr Bruder wußte Bescheid. Maud fühlte sich verloren und hatte den Wunsch zu fliehen.

In diesem Augenblick geschah etwas Unvorhergesehenes, das jeglichen Zorn hinwegfegte. Auf der Anhöhe von Uderan ertönte eine erstickte und kraftlose Stimme, die zu fürchten schien, man könne sie hören, und die alle sofort verstummen ließ:

»Ma-dame Pecresse!«

Der Ernst dieses Rufs brachte sie zur Besinnung, und sie hatten das Gefühl, nicht mehr wichtig zu sein. Ihr Groll war plötzlich spurlos verschwunden.

»Ma-dame Pecresse!«

Nur die freute sich noch über ihr Werk. Doch auch sie erbleichte, und das Lächeln auf ihrem Gesicht erlosch allmählich.

Die Hunde hatten sich aufgerichtet und spitzten die Ohren. Als die Stimme schwieg, begnügte sich Jacques damit, linkisch die Achseln zu zucken. Er wagte niemanden mehr anzusehen, noch auf den Ruf zu antworten.
Die Stimme kam näher:
»Wo ist meine Kleine, wo ist sie, mein Gott?«
Nach jedem Ausruf kehrte die Stimme in die Nacht zurück wie eine Welle ins Meer zurückkehrt, indem sie genauso ihre Spur hinterließ, einen feuchten Streifen. Und man hätte meinen können, daß man sie immer noch hörte, wenn sie verstummt war.
Welche Niederlage für die Kinder! Sie schienen verblüfft, daß ihre Mutter sich um ihr Schicksal sorgte, obwohl sie sie hatten gehen lassen, ohne sie zu beruhigen. Sie waren sich ihrer Unbeholfenheit bewußt, und keiner von ihnen fühlte sich stark angesichts dieser Klage, in der sich keinerlei Empörung ausdrückte.
»Meine kleine Maud! Mein Kind!«
Plötzlich sperrte Henri Taneran den Mund auf wie ein Tauber, der besser hören will, und sagte schüchtern:
»Wir sollten ihr antworten. Man hätte ihr Bescheid sagen müssen ... Ich ...«
Er wagte aber nicht zu tun, wozu er riet, und blieb immer noch auf seinem Stuhl sitzen.
Maud rührte sich nicht. Sie begriff, daß ihre Mutter seit Stunden die Straßen abging, durch die Felder und am Dior entlang lief und nach ihr rief.
Bald war Maud es, die auf diesen Straßen ging, ins dichte, nasse Gras eintauchte, den Schienen folgte ... Hitze und Müdigkeit hatten Madame Taneran ans Ende ihrer Kraft gebracht, und dann der Abend, der Marsch am Fluß entlang, der vom Dior aufsteigende Nebel, der sie vollends in die Irre führte ... Da hatte sie angefangen, aufs Geratewohl zu rufen. Vielleicht waren sie einander begegnet. Ohne einander zu sehen? Ohne einander zu erkennen? Mit sonder-

barem Scharfblick ging Maud noch einmal den Leidensweg ihrer Mutter und konnte sich nicht von dem Schauspiel abwenden, das sie entdeckte.

Jetzt setzte die Stimme wieder ein, bald keuchend, bald von überströmender Zärtlichkeit erfüllt:

»Meine kleine Maud! Mein Kind!«

Maud war wie versteinert, sie fürchtete nichts anderes mehr, als zu spüren, daß sie lebte. Sie glaubte, ihrem eigenen Ende beizuwohnen.

Bald war sie immer noch da, gewiß, zwischen diesen weißen Wänden, diesen vier Gesichtern, aber auch anderswo, in der dunklen Nacht, bei ihrer Mutter. Warum nur schrie die immer noch? Warum, da sie doch bei ihr war? Maud küßte sie. Sie kam mit ihr zurück, an den Körper ihrer Mutter geschmiegt …

Plötzlich war die Stimme im Hof.

Maud hielt sich die Ohren zu, um sie nicht mehr zu hören, dann stieß sie einen Schrei aus. Im folgenden Moment war jedes Geräusch unterbrochen. Die Griffons begannen zu bellen. Maud stürzte. In der Ohnmacht hörte sie noch die beiden Hunde, aber von sehr weit weg, als wäre sie langsam in den Tod eingetaucht.

Als sie im Bett ihrer Mutter, oben in dem großen und schönen Zimmer der Pecresses, aufwachte, war es beinahe dunkel. Eine von einer Zeitung abgeschirmte kleine Lampe auf dem Nachttisch gab kaum Licht. Maud merkte, daß man sie vollständig bekleidet ins Bett gelegt und ihr nur die Schuhe ausgezogen hatte.

Sie fühlte sich ruhig, bemühte sich aber, an nichts zu denken, denn sie ahnte, daß mit dem klaren Bewußtsein der Lage, in der sie sich befand, auch ihre Erregung zurückkehren würde. Der Himmel im Fenster hob sich vom dunklen Hintergrund des Zimmers ab und schien von tiefem Blau. Graue Wolken zogen darüber hin, nach Osten, und der Horizont war so nackt wie auf hoher See. Ein recht starker Wind blies und zerrte an den Bäumen des Gartens, die ihre Wipfel schüttelten. Zweifellos zog ein Sommergewitter auf, das sich bald in einem warmen Regen entladen würde, morgen aber wäre der Tag so klar wie nie.

Beim Aufstehen mußte Maud sich mit weichen Knien und leerem Kopf ans Bett anlehnen. Sie zitterte am ganzen Körper und empfand eine große Schwäche.

Als sie die Tür öffnete, schlugen ihr die Stimmen der Pecresses ins Gesicht, und sie wich rasch zurück.

Zögernd ging sie von einem Fenster zum andern, scheinbar in Überlegungen vertieft, in Wirklichkeit aber dachte sie an nichts Bestimmtes und konnte die plötzliche schreckliche Verwirrung, die sie ergriffen hatte, nicht verstehen.

Bald war es vollkommen Nacht. Kein anderes Geräusch als das des Windes war zu hören. Unmerklich ging der Mond am Himmel auf, unbeteiligt an den Aufregungen der Erde, am Wüten des Gewitters im Tal.

Maud fühlte sich plötzlich außerstande, ihrer Not zu entkommen. Sie überließ sich ihr wie ein Ertrinkender der

Strömung. Stimmengewirr drang durch die halb offene Tür; sie verstand nur einzelne Wörter.
Keine Täuschung war möglich: Madame Taneran war jetzt über die Flucht ihrer Tochter unterrichtet.
Sobald sie in bezug auf Mauds Schicksal beruhigt worden war, mußte sie jedenfalls einen ihrer Zornausbrüche gehabt haben, der sie allen entfremdete.
Maud drehte sich um und betrachtete die Lampe, deren zu grelles Licht von einer Zeitung abgeschirmt wurde.
›Sie haben nicht gewagt, es ihr sofort zu sagen‹, dachte sie.
Ein Gefühl großer Einsamkeit ließ ihre Qual wieder aufflammen.
Auf einmal hörte sie Holzschuhe die Hauswand entlang klappern. Die Schritte hallten auf der harten Erde wider, und dieses Geräusch beruhigte sie ein wenig, weil es darauf hindeutete, daß das Leben mit seinen beschwichtigenden Banalitäten weiterging.
Die schwere Stalltür quietschte in den Angeln und fiel mit einer Wucht zu, die das ganze Haus erbeben ließ.
»Es muß neun Uhr sein, Vater Pecresse schließt seinen Stall ab«, murmelte sie.
Sie begriff plötzlich, daß sie nicht mehr länger zögern durfte, hinunterzugehen, sonst würden sie die Haustür verriegeln und sie wäre bis zum nächsten Morgen gefangen. Diese Vorstellung bereitete ihr neue Pein.
›Sie werden mich nicht von hier weglassen, weder heute nacht noch morgen, noch sonst irgendwann …‹
Ihre Qual wurde verdrängt von der animalischen Angst, hier mit den anderen eingesperrt zu werden. Sie begann zu stöhnen, mit geschlossenem, zusammengekniffenem Mund; ein Klagelaut, den sie nicht zurückhalten konnte, entschlüpfte ihr so leicht wie ein Singsang. Dabei stellte sie jetzt aber rasche Berechnungen an: die Haustür, daran war nicht zu denken. Und die Korridortür, wußte sie, war praktisch zugestellt. Das Fenster? Das

war ziemlich hoch. Sie beugte sich hinaus und wich zurück.

Obwohl ihr davor grauste, noch einmal unter den Ihren zu sein, behielt sie klaren Kopf. ›Ich kann nur noch hinuntergehen‹, sagte sie sich und faßte ruhig den Entschluß.

Gewiß, sie würde ihnen nicht mehr die Stirn bieten können, denn der Stolz war ihr vergangen. Doch sie wollte ihnen vor allem entfliehen, die nunmehr verhaßte Vertrautheit meiden, zu der sie sie, wenn ihr Zorn erst verraucht wäre, sicherlich wieder auffordern würden.

Als sie sich entschlossen hatte, stützte sie einen Augenblick die Ellbogen aufs Fensterbrett. Das Bild ihres Geliebten kam ihr in den Sinn, deutlich und starr. Sie wollte ihn nicht wiedersehen, denn sie ahnte, wie nutzlos das sein würde; die Abneigung, die sie gegen die Menschen verspürte, galt nun auch ihm. Seine vollkommene Unwissenheit bezüglich dessen, was sie in diesem Augenblick erduldete, setzte ihn in ihren Augen herab, ohne daß sie sich im geringsten bemühte, dieses ungerechte Gefühl zu bekämpfen.

Sie erinnerte sich nur schwach an die Lust, die ihr die Liebe verschafft hatte, denn ihr Körper sträubte sich gegen die Erinnerung. Wie hatte sie sich getäuscht!

Sie stellte sich vor, wie Durieux von der Sache erfuhr; sie sah sogar das Mienenspiel seiner Besorgnis vor sich. Wenn er auch die ersten Tage ehrlich war, würde es ihm doch bald lästig werden, sie zu verteidigen, und der Überdruß würde seine Liebe auffressen, bis nur noch der äußere Schein übrigbliebe.

Mechanisch schloß sie das Fenster, und im selben Augenblick erlosch das Bild ihres Geliebten, das sie sich vergeblich in Erinnerung gerufen hatte.

Sie tastete sich die Treppe hinunter und blieb hinter der Küchentür stehen. Um sich Mut zu machen, sagte sie sich: ›Das spielt alles gar keine Rolle ... In kurzer Zeit wird man nicht mehr darüber sprechen ...‹

Plötzlich stand sie im Raum. Sofort herrschte Schweigen, es legte sich auf sie und verwirrte sie. Das Licht war so grell, daß sie instinktiv die Hände vor die Augen hielt.
Sie saßen weggerückt vom Tisch und waren wohl mit dem Essen fertig. Ohne ihn anzusehen, gewahrte sie Jacques, der zwischen seinen Fingern eine Brotkugel knetete und sie ins Feuer warf. Madame Taneran neben ihm hatte sicher das ihren Kindern wohlbekannte »Aschermittwochsgesicht« aufgesetzt.
Die Pecresse sprach als erste:
»Essen Sie etwas, Mademoiselle Grant ...«
Die kleine Magd holte einen Teller, den sie auf die Tischkante stellte, dann legte sie Holz in den Herd.
Maud verdrückte sich zum Kamin, lehnte sich dem Feuer gegenüber an die Wand, um die anderen nicht anschauen zu müssen. Alle schwiegen, und das Schweigen wurde immer unerträglicher, je länger es dauerte, und es schwoll an, schwoll immer weiter an, wie das Wasser im sinkenden Schiff. Ein einziges Wort hätte genügt, um die Raserei zu entfesseln, um diese tödliche Reglosigkeit zum Explodieren zu bringen. Maud wäre gern im Schatten verschwunden, vergangen, bis sie wie der Schatten selbst zu nichts geworden wäre.
Automatisch versuchte sie den Griffon zu streicheln, der neben ihr lag, aber das Tier knurrte, und sie wurde so nervös, daß sie errötete und die Fassung verlor, als würde dieser Mißerfolg beim Tier sie in den Augen der anderen noch verächtlicher machen.
»Na, kommen Sie, es ist fertig«, sagte die Pecresse; »kommen Sie, Mademoiselle Grant ...«
Maud betrachtete regungslos das weiße Oval des Tisches, das unter dem hellen Licht der Hängelampe schimmerte, dann den leeren Stuhl und den dampfenden Teller. Zwei zitternde Hände trommelten auf den Tisch, zwei Hände, die sich im Knochenbau, in der Größe der Handfläche und

vor allem in der charakteristischen Biegung des Daumens glichen, einem Zeichen der Gewalttätigkeit, das auch sie trug. Die in den Schatten des Lampenschirms getauchten Gesichter sah sie nicht.

Die Pecresse schob sie zum Tisch, und dann saß sie vor ihrem Teller.

Die anderen starrten sie mit der Neugier, die jede skandalöse Handlung einflößt, erbarmungslos an. Sie verfolgten ihre Gesten, lauerten auf ihre Schwächen. Die simple Bewegung, die sie ausführen mußte, um zu essen, erforderte eine so große Anstrengung, daß sie manchmal ihren Arm nicht mehr beherrschte, der regelrecht gelähmt war.

Sie hätte alles darum gegeben, sie endlich reden zu hören, ein einziges Wort nur, das ihr die Richtung ihres Zorns verraten hätte. Sie kannte die dunklen Wege so gut, denen sie zu folgen beliebten, wo sie sich verirrten ...

Im Stall, der neben der Küche lag, hörte man die Tiere im Stroh rascheln und in ihrem leeren Futtertrog schnüffeln. Das Friedliche und Vertraute dieses Geräuschs überraschte Maud ein bißchen.

Plötzlich stand Jean Pecresse auf und ging hinaus. Scheinbar taktvoll, machte seine Mutter Anstalten, ihm hinterherzugehen, konnte sich aber doch nicht dazu entschließen.

»Sie können ruhig dableiben, Madame Pecresse ...«

Die Stimme Madame Tanerans. Sie hatte etwas Herablassendes, und es war deutlicher herauszuhören als die Müdigkeit, die tiefe, allumfassende Niedergeschlagenheit.

Maud konnte nur blöde auf ihren Teller schauen.

»Was machst du hier? Glaubst du, wir haben nichts anderes zu tun als wachen und auf dich warten?«

Diese gekonnt modulierte Stimme war diejenige Jacques'.

Maud rührte sich nicht.

Die Magd war schlafen gegangen, und Madame Pecresse schickte sich an, den Tisch abzudecken, womit sie würdevoll ihr Desinteresse an der Sache vortäuschte.

Der Zank brach übrigens so heftig aus, daß die Elende hocherfreut war und sich mühelos heraushalten konnte, nun, da sie ihn provoziert hatte.
»Bleiben Sie sitzen, Madame Pecresse. Maud, deckst du den Tisch ab?«
Eine große Hoffnung beseelte das junge Mädchen, als sie diesen Ton zärtlichen Grollens erkannte, den ihre Mutter manchmal ihr gegenüber gebrauchte.
Wortlos ging sie zum Spülbecken. Jacques folgte ihr, sie hörte seinen kurzen Atem dicht hinter ihrem Rücken. Welchen Vorwand würde er sich suchen? Den gemeinsten, banalsten, lächerlichsten, unwürdigsten ...
»Ach so, du willst deinen Teller spülen? Ich werde dich lehren, ständig abzuhauen. Du tust nichts und treibst dich auch noch herum ... Ich erlaube es dir nicht länger ...«
Maud hielt sich zurück und sagte nichts, rührte sich nicht. Den Teller, den sie mit beiden Händen hielt, sah sie plötzlich nicht mehr, wie er war, sondern zerbrochen und blutig, und zwischen den Scherben ein Gesicht wie ein Clownsgesicht, das durch ein Blatt Papier platzt.
»Jacques, laß sie in Ruhe, mehr verdient sie nicht.«
Doch er war in Fahrt und unmöglich aufzuhalten.
»Wir haben sie viel zu sehr in Ruhe gelassen! Wenn ich an unser aller Nachsicht, an unser Vertrauen denke ... Willst du etwas wissen, etwas, das ich dir verheimlicht habe, weil ich im Grunde Mitleid mit ihr hatte?«
Er streckte mit einer feierlichen Gebärde die Hände nach seiner Mutter aus.
»Es widert mich an, wohlgemerkt, daß es so weit kommen muß ... Erinnerst du dich? Das Geld, als Muriel gestorben ist?«
Er unterbrach sich, endlich dieser wenn auch geringen Pflicht gegenüber seiner Schwester enthoben. Madame Taneran schien wie versteinert. Maud überschlug rasch die Entfernung, die sie von der Tür trennte. Sie würde an der

Wand entlanggehen, die Klinke drücken ... Bevor sie sich davonmachte, nahm sie ihren restlichen Verstand zusammen:

»Glaub es nicht; ich hatte für dreihundertfünfzig Francs mein Armband versetzt. Siehst du, ich habe es nicht mehr ...«

Sie zeigte ihr nacktes Handgelenk und stahl sich zur Tür.

Jacques schrie wie ein Besessener:

»Das ist nicht wahr, Lügnerin!«

Maud aber war bereits draußen. Sie rannte so schnell den Weg hinunter, daß die Steine unter ihren Füßen davonspritzten. Als sie im Tal beim Dior angekommen war, blieb sie stehen. Oben brüllte man noch Beschimpfungen. Die offene Tür schnitt ein großes Rechteck aus Licht in die Landschaft. Mehrere Stimmen vermischten sich mit derjenigen Jacques'; die Stimme der Pecresse, die Mauds Namen mit dem schleppenden, sonoren Tonfall rief, mit dem sie auch abends ihre Hunde lockte; und die Stimme Henris.

»He! Maud! Komm! Los, komm schlafen! Mama tut kein Auge zu, wenn du nicht kommst. Das weißt du doch ...«

Trotzig biß sie sich auf die Lippen, um nicht zu antworten, und schüttelte stumm den Kopf. Endlich quollen ihr die ersten Tränen aus den Augen. Bald sah sie, daß das helle Rechteck oben erlosch.

Sie legte sich ans Flußufer. Mit einer Hand stützte sie ihren Kopf, die andere ließ sie ins Wasser hängen; es floß mit einer zarten, plätschernden Musik zwischen ihren Fingern hindurch.

Das Wasser war so kalt, daß Maud nach kurzer Zeit ihre Finger nicht mehr spürte. Sie zog ihre Hand zurück und legte sie ins dichte Gras, das ihr dagegen warm vorkam.
In der Stille, die am Fluß herrschte, hörte sie ihr Schluchzen. Nach einer Weile wollte sie ihre Beine anziehen, das schmerzte; desgleichen, als sie versuchte aufzustehen. Da rollte sie sich vorsichtig zusammen, um mit ihrem Körper eine Kuhle zu bilden, in der sie Geborgenheit fand, so, als hätte sie Mitleid mit sich selbst.
Obwohl es Mai war, fror man noch leicht in diesem feuchten Tal des Dior, wo die Erde nachts weich wurde wie ein nasser Schwamm. Kleid und Wäsche klebten Maud auf der Haut, doch erst als sie sich wieder bewegte, drang die Kälte plötzlich in sie ein und ließ sie frösteln. Sie war nicht traurig, sondern müde, eine Müdigkeit, die durch die Kälte schmerzhaft wurde.
Bald fielen die ersten Tropfen des Gewitterregens. Sie mußte zurück. Stumpfsinnig dachte sie an das Bett, in dem sie sich nach ihrer Ohnmacht wiedergefunden hatte.
War ihr Zimmer in Uderan offen? Könnte sie zu Georges Durieux gehen? Nein, alles, nur nicht zu ihm zurück, er würde es mißverstehen …
Sollte sie sich zum Pachthof begeben? Die Tochter der Halbpächter wecken, indem sie an die Fensterläden klopfte? Aber die Dienstboten würden aufstehen, um sie zu empfangen, und einen Vorwand zu erfinden ging über ihre Kraft.
So hatte sie keine andere Zuflucht als die Nacht, um bis zum Morgen auszuharren.
Nicht eine Minute lang dachte sie daran, zu den Pecresses zurückzukehren. Diese Möglichkeit schien ihr jetzt so ausgeschlossen, daß sie ihr gar nicht in den Sinn kam.

Neben ihr floß der Dior, männlich und jung, zwischen seinen treuen Ufern dahin. Sie hätte sich nur umzudrehen brauchen. Sofort wäre sie ergriffen, fortgerissen worden. Doch daran dachte sie gar nicht, und sie hätte sich sehr gewundert, wenn man sie auf Selbstmord angesprochen hätte, denn ihre Verzweiflung war von keinem Bemühen um Heldentum getrübt. Mühsam stand sie auf und erklomm die kleine Erhebung der Eisenbahngleise. Der Regen fiel und blendete sie. Mit großen Schritten stolperte sie vorwärts über die feuchten Erdschollen und überquerte die Schienen, dann die Straße. Das gleißende Licht eines Scheinwerfers erfaßte sie einen Augenblick und entfernte sich rasch mit dem Geräusch des Motors. Sie richtete sich nicht auf und schleppte sich weiter nach Uderan.

Als sie die Parkallee hinaufging, glaubte sie jemanden am Haus zu bemerken. Unbesorgt setzte sie ihren Weg fort. Vor der geschlossenen Tür blieb sie stehen: »Ich wußte es, sie haben sie heute nachmittag verriegelt, um mich auszusperren«, sagte sie.

Sie versuchte, den Knauf zu drehen, aber vergeblich. Da drehte sie sich mit dem Rücken zur Tür und begann sich mit dem ganzen Körper dagegenzuwerfen. Nach jedem Schlag wartete sie, obwohl sie wußte, wie dumm ihre Verbissenheit war und daß doch niemand antworten würde.

Plötzlich fiel ein Name, sie wußte nicht woher, eine Stimme, die darauf bedacht schien, sie nicht zu erschrecken.

Sie hielt inne und gab kaum überrascht Antwort. Eine unbestimmte Besorgnis trat auf ihr angespanntes Gesicht.

»Maud, was machst du da? Bist du verrückt? Ich habe den ganzen Tag auf dich gewartet. Du bist heute morgen davongeschlichen wie eine Diebin ...«

Georges Durieux. Er lachte, glücklich sie wiedergefunden zu haben, sie aber sah ihn ernst an und verstand nicht, warum er da war.

»Ach, du bist da. Ein Glück! Ich habe dich nicht erwartet, weißt du.«

Im Schein seiner Taschenlampe sah er ihr aschfahles Gesicht und ihren Blick, der äußerste Müdigkeit verriet. Sein Lachen erstarb.

Sie schmiegte sich an die Tür, als wollte sie durch ihre Haltung ausdrücken, was sie nicht mehr die Kraft fand zu sagen. Er war verlegen und erkannte ihr Verhalten nicht wieder.

»Was willst du denn? Sprich endlich?«

»Hör zu, Georges, ich möchte, daß du diese Tür öffnest. Morgen werde ich dir alles erklären, ich verspreche es dir, jetzt aber öffne diese Tür. Sie haben sie zugesperrt, und ich bin müde.«

Er rüttelte an der Tür, konnte sie aber nicht öffnen.

»Du siehst ja, daß es unmöglich ist«, sagte er kopfschüttelnd. »Hör zu, hör mir doch zu ...«

Sie lief davon, nachdem sie ihm bedeutet hatte zu warten.

Er hörte sie die Allee hinuntergehen, die zu dem verlassenen Gewächshaus beim Hauptgebäude führte, und in den großen Haufen von Holz und altem Eisen wühlen, die sich im Schuppen befanden. Er konnte sich ihrer Bitte nicht entziehen und blieb da.

Es war spät. Was machte sie noch draußen? War es nicht klar? Er glaubte, sie sei in angenehmer Gesellschaft unterwegs gewesen. Mit Jean vielleicht ...?

Auf einmal hatte er Lust, abzuhauen. Als er sich erinnerte, daß sie sich ihm am Vorabend so selbstverständlich angeboten hatte, überwältigte ihn die Enttäuschung.

Sie schien sich im übrigen wenig um ihn zu kümmern. Da sie nicht zurückkam, dachte er, sie taste wohl im Dunkeln umher, und plötzlich fiel ihm ein, daß der Halbpächter über dem Schrott Brennholz stapelte, und er fürchtete, der Haufen könnte auf sie herabgestürzt sein und sie zapple unter dem Holz. Er lief zur Treppe. Im schwachen Licht

seiner Lampe sah er sie mit einer Eisenstange in der Hand heraufkommen:
»Da, nimm das!«
Georges steckte die Stange in den Spalt zwischen den beiden Flügeln, und die Tür sprang mit einem Krachen auf, dessen Echo sich in den leeren Räumen fortpflanzte. Als er Maud im hellen Licht sah, bemerkte er ihre Aufgewühltheit und die Veränderung, die sich plötzlich in ihrem Ausdruck vollzogen hatte. Mauds graue Augen verschwanden fast unter den geschwollenen Lidern, und ihr Gesicht sah regelrecht zerstört aus. Ihr weißer, ausgetrockneter Mund, ihr strähniges, nasses Haar und der große Schmutzfleck auf ihrem feuchten Kleid machten sie vollends unkenntlich.
Sein Gefühl für sie konnte diese Schwierigkeit nicht überwinden. Er versuchte nicht einmal zu verstehen. Regungslos stand er vor ihr.
Sie ging zu Bett und zog sich die Decke bis ans Kinn, eine kindliche und egoistische Geste, die ihn endgültig von ihren Sorgen fernhielt. Mit halbgeschlossenen Augen bat sie ihn um etwas. Er zog die schweren Vorhänge zu, zündete dann auf dem Nachttisch eine kleine Petroleumlampe an, die das Zimmer in einen zitternden Lichtschein tauchte.
Schließlich setzte er sich an das Tischchen, und wie Maud es tags zuvor bei ihm getan hatte, musterte er den Raum, betrachtete mechanisch diese luxuriöse und triste Umgebung. Gewöhnlich empfing sie ihn im Speisezimmer. Überall lag dick der Staub, auf dem Betthimmel, auf den granatroten Vorhängen.
Sie sagte nichts mehr. Ihr Atem ging so regelmäßig, daß er glaubte, sie sei eingeschlafen, und mit einem Mal verkörperte dieser Schlaf für ihn die ganze menschliche Perversion. Sie entzog sich seinen Fragen.
»Maud, wirst du mir endlich etwas sagen?«
Sie räkelte sich stöhnend, lächelte aber, bereits erfrischt von diesem ersten Eintauchen in den Schlaf.

»Ich bin sicher, daß es die Pecresse war; ich habe sie heute morgen am Ende der Allee gesehen, als ich von dir weggegangen bin …«

Er sprang auf und drängte sie, seine Fragen zu beantworten, die er mit schroffer, klarer Stimme vorbrachte.

»Um wieviel Uhr bist du gegangen?«

»Wie haben sie dir zu verstehen gegeben, daß …?«

Er wartete die Antwort nicht ab, erriet schließlich nach und nach, was sie ihm verheimlichte, und fragte sanfter:

»Du bist geflüchtet, hm?«

Wortlos verbarg sie ihr Gesicht im Kopfkissen.

Am Fußende des Bettes stehend, sah er zu, wie sie schlief. Seine lange Silhouette beugte sich vor, um sie besser beobachten zu können. Sie schien ihn durch ihre dichten Wimpern, deren Schatten vom Schein der Nachttischlampe bis auf die Wangenknochen verlängert wurden, ironisch anzublicken. Nie hätte er gedacht, daß ein schlafendes Gesicht so ergreifend aussehen könnte. Der Gedanke, daß sie eine ganze Nacht an seiner Seite geschlafen hatte, hätte ihn nicht mehr verwirrt, wenn er sie nicht gekannt hätte.

Sie schlitterte seit Wochen in diese Katastrophe, er aber, was hatte er getan, daß sie nicht einmal mehr mit ihm sprach? So zog er sich natürlich zurück.

Manchmal kam ein Luftzug durch die nicht ganz geschlossene Tür und brachte Kühle ins Zimmer. Maud wälzte sich hin und her. Gelegentlich lächelte sie und murmelte undeutliche Worte.

Zum ersten Mal dachte Georges mit Überdruß an den nächsten Tag. Es war abzusehen, daß Maud in ein heftiges Kreuzfeuer der Pecresse und des Dorfes geraten würde, und er hätte sich dem gern entzogen.

Über dem Land und dem Park lag noch immer tiefe Stille. Georges brach auf; er fürchtete plötzlich, man könnte ihn am Morgen hier finden. Die eisige Luft war von Pflanzengerüchen erfüllt. Er atmete sie in vollen Zügen ein. Da

ergriff ihn wieder ein Freiheitsgefühl. War er nicht ein bißchen lächerlich? Er würde Ärger mit der Familie bekommen, in Jacques' Interesse lag es aber, ihn zu schonen ... Die Ereignisse würden ihm zu Hilfe kommen; die Tanerans würden bald abreisen. Uderan würde verkauft. Maud verschwände.
Einen Augenblick lang wünschte er jedoch, sie erschiene noch einmal vor ihrer Abreise.

Es war ein schöner Tag. Maud hatte ihre Kleidung in Ordnung gebracht, den Fleck im Kleid ausgewaschen, sich frisiert. Sobald sie aus dem Haus getreten war, durchdrang sie die Wärme und tat ihr gut.
Auf dem Weg zum Pachthof warfen die Bäume runde und schon kurze Schatten. Es mußte bald Mittag sein.
Zu beiden Seiten des Weges erstreckte sich eine Reihe von Hügeln, deren Kamm von der Obstbaumallee in der Mitte des Uderan-Plateaus gebildet wurde. Nach und nach entdeckte Maud diese Landschaft.
Das alte Haus von Uderan war durch die Biegung des Weges noch halb verdeckt. Zu groß, praktisch unbrauchbar, stellte es seine nackten Wände zur Schau, die nur in regelmäßigen Abständen von hohen Fenstern mit Klappläden unterbrochen waren. Wegen dieser nicht mehr sehr geraden Wände und des krummen Dachs hätte man glauben können, es wäre von innen einem Druck ausgesetzt gewesen, dem es immer noch standhielt. Im Grunde war es noch sehr solide. Es war von reichen Bauern aus Le Pardal erbaut worden und vereinigte die ganze bäuerliche Geduld und Sparsamkeit in sich. In Le Pardal erzählte man, daß Ende des siebzehnten Jahrhunderts fünf Brüder und Schwestern zu den Baukosten beigetragen hatten. Bald darauf hatte ein Bürgerlicher den Besitz gekauft und einen Park darum anlegen lassen.
Jetzt lachten die Bauern darüber, weil Uderan nie in gute Hände gefallen war. Was ihren Neid erregte, war das Land rundum, denn im Lauf der Jahrhunderte waren sie allmählich gegenüber jedem Reichtum, der keine Zinsen abwarf, gleichgültig geworden. »Wer möchte schon darin wohnen, frage ich Sie! Da würden zehn Familien hineinpassen; das Land mag noch angehen! Aber um für das Haus einen Käufer zu finden, wird man lange suchen müssen ...«

Allein die Pecresse wünschte ihren Sohn dort unterzubringen, denn in den Gemeinden von Semoic und Le Pardal fand sie nichts, was dieses Adlers würdig gewesen wäre. Die Frau des Halbpächters bemerkte Maud und kam eilfertig auf sie zu. Die Dedde war brünett und noch jung und hatte ein zartes, schimmerndes Gesicht mit Wangen, die kreuz und quer von dunklen Äderchen durchzogen waren. Sie war in den vergangenen zehn Jahren sehr gealtert und abgemagert, und das weiche Fleisch ihrer Arme glich dem einer zu reifen Frucht, während sich an ihrem Hals jetzt, wenn sie sprach, kleine seidenpapierfeine Fältchen bildeten. Sie wunderte sich ein bißchen, Maud zu einer so ungewohnten Zeit zu sehen, hütete sich aber, ihre Neugier zu zeigen ...

»Darf ich Ihnen etwas anbieten, Mademoiselle Maud?«

»Nichts lieber als das, Madame Dedde, geben Sie mir, was Sie haben.«

Maud errötete unwillkürlich. Die Frau bediente sie und war glücklich, sie mit solcher Befriedigung eine Tasse Milchkaffee trinken zu sehen. Sie betrachtete Maud verstohlen, während sie ihrer Arbeit nachging. Sie hatte Maud schon als Kind gekannt und mochte sie gern, ohne daß ihr das junge Mädchen vielleicht wirklich gefiel. Sie zog Henri vor, weil sie seine Geburt miterlebt und ihn gleichzeitig mit ihrer Tochter gestillt hatte.

»Was hört man da?« fragte Maud. »Sind das die Tiere?«

»Ja, die Kleine ist in der Messe, und sie wollen hinaus bei diesem schönen Wetter.«

Mit der natürlichsten Miene fügte sie hinzu:

»Ach, übrigens, ich glaube, Madame hat Sie gestern gesucht; sie schien sehr beunruhigt, die Arme; ganz zu Unrecht, wie ich ihr gesagt habe. Wie nervös Madame zur Zeit ist!«

»Das kommt, weil mein Bruder es sich anders überlegt hat«, sagte Maud schroff. »Er ist nicht mehr entschlossen zu bleiben. Wußten Sie das nicht? Sie werden verstehen, daß Mama das ärgert, nach den großen Ausgaben, die man in letzter Zeit noch hatte ... Ich finde, man sollte jetzt verkaufen.«

»Ich will ja nichts sagen, Mademoiselle, aber Madame fehlt die Autorität. Glauben Sie nicht, sie hätte es merken müssen? Und diese Möbel, die in Semoic warten? Uns tut es weh, was man erzählt ... Die Pecresse hat zu Dedde gesagt, sie habe sie bezahlt und wünsche nicht, daß sie geholt werden. Wenn sie es nur zu uns sagen würde ... Aber sie tut alles, um Ihnen zu schaden. Das wundert mich bei ihr, weil sie intelligent ist, und sie hat nichts davon, wenn Sie abreisen.«

Maud erhob sich nicht, obwohl sie mit Essen fertig war. Die Halbpächterin bemerkte, daß sie dauernd zu den Pecresses hinüberschaute. Das junge Mädchen hielt es für unnötig, ihr zu erklären, warum sie nicht in der Messe war. Sie fürchtete, ihre Familie auftauchen zu sehen, die hingehen würde.

Die Frau entfernte sich einen Augenblick und kam mit einem großen Eimer wieder, den sie in einen Topf leerte.

»Ach, da kommt ja die Kleine schon von der ersten Messe zurück!«

Sie schien zu überlegen und redete dann im frohgemuten Ton derjenigen, die für das, was sie ausdrücken will, genau die Worte gefunden hat.

»Ich vergaß, Ihnen zu sagen, Mademoiselle Maud, Ihre Freundin Louise Rivière ist in den Ferien hier. Sie könnten Sie vielleicht besuchen.«

Während Maud langsam zur Tür ging, murmelte die Dedde ihr leise zu:

»Wissen Sie, Mademoiselle, kommen Sie zum Essen, wann immer Sie möchten ...«

Maud drehte sich um und zwang sich zu lächeln. Die Halbpächterin hatte etwas erraten, und das junge Mädchen wurde verlegen.

Sie beschloß, Louise Rivière zu besuchen. In der Tat hatte sie seit ihrer Ankunft niemanden gesehen, und bis ihr etwas anderes einfiel, würde dieser Besuch ihren Nachmittag ausfüllen. Die Dedde hatte recht.
Sie kam an den Rand des Abhangs, den die Wiesen von Uderan über dem Riotor bildeten. Instinktiv begann sie zu laufen, fand es dann aber plötzlich unnötig und verlangsamte den Schritt.
Die kleine Villa von Madame Rivière, die sich auf der anderen Talseite an den Hang schmiegte, zog sie nicht sehr an.
Louise war die Tochter einer Kriegswitwe, die manches Opfer gebracht hatte, um sie ordentlich zu erziehen. So daß Louise früher das einzige Kind im Dorf war, das mit Maud Grant Umgang pflegte. Aber es machte ihr vielleicht gar nicht viel Spaß, jeden Donnerstag nach Uderan zu kommen. Maud hatte nur eine schwache Erinnerung an dieses so blasse Kind im Schulkittel. Louise vermißte die Felder und Wiesen der Umgebung, wo sie gern gespielt und sich unter die anderen Kinder des Dorfes gemischt hätte. Maud versuchte sie mit List bei sich zu halten, denn Louise ging in die Schule und hortete in ihrem kleinen Hirn endlose Klatschgeschichten. Maud dagegen lernte nur von ihrer Mutter und hatte noch nie eine Schule besucht. Die Kleine von Uderan machte Louise verschlossen und stumm; die Arme hinter dem Rücken verschränkt, wartete sie darauf, daß man sie unterhielt. Am Ende des Nachmittags willigte sie vielleicht einmal ein, die Puppe zu wiegen, aber nur hastig, aus reinem Nachahmungstrieb. Wenn die Stunde der Heimkehr gekommen war, stürzte sie davon. Maud begleitete ihre Freundin bis zum Riotor und bummelte dann auf dem Rückweg, bis es dunkel wurde.
Sie verspürte keine Neugier, Louise wiederzusehen, nur ein wenig Verlegenheit ...
Die beiden Frauen hatten gerade zu Mittag gegessen. Madame Rivière machte sich im Eßzimmer zu schaffen,

und Louise wippte trällernd auf ihrem Stuhl. Eine perfekte Ordnung, ein naiver Geschmack verrieten, daß das Haus nur von Frauen bewohnt war. Madame Rivière hielt inne und sagte ohne jede Überraschung in der Stimme:
»Ach, da ist Maud!«
Über den Tellerstapel in ihren Händen hinweg hielt sie ihr die blassen und etwas fettigen Wangen hin. Louise stieß Überraschungsschreie aus und mimte übertriebene Freude, während sie geräuschvoll aufstand. Trotz der Schminke, die sie zweifellos verschönerte, hätte Maud dieses kleine Gesicht mit dem ungesunden Teint, den kalten Augen und dem schmalen Mund, der sich verzerrte, wenn sie sprach, unter allen wiedererkannt.
»Die Dedde hat mir gesagt, du seist von Bordeaux zurück. Deshalb bin ich gekommen«, erklärte Maud.
Ohne daß man sie dazu aufgefordert hätte, ließ sie sich auf einen Stuhl fallen und wischte sich mit dem nackten, kühlen Arm über die Stirn.
»Wie nett von dir!« rief Louise aus. »Ich habe mir gerade vorgenommen, dich bei den Pecresses zu besuchen. Da wohnt ihr doch?«
Sie tauschten Banalitäten aus. Zwischen den rasch erschöpften Themen verging die Zeit, warm und schwer für Maud. Ab und zu flog eine verirrte Fliege herum und prallte betäubt gegen die Fensterscheibe. Rings ums Haus brütete regungslos und fahl vor Glut der Sommer. Man mußte warten, bis der härteste Moment des Tages, der Hitzestachel, vorbei war. Maud hatte nicht den Mut zu gehen. Und diese Ohnmacht, noch weiter weg zu laufen, brachte sie zur Verzweiflung.
Madame Rivière und ihre Tochter betrachteten sie ein wenig erstaunt, weil sie so schweigsam war. Sie warfen sich überraschte Blicke zu. Die Mutter erkundigte sich nach Madame Taneran. Maud sah die beiden an, um sich ihres Lächelns zu versichern: es war wie ein Barometer,

das auf »schön« steht. Sie antwortete, es gehe ihr ausgezeichnet.
Dann fing sie an, die gemeinsamen Erinnerungen wiederaufleben zu lassen. Erinnerte Louise sich an die Donnerstage in Uderan, die traurigen Donnerstage? Ja, sie hatte sich verändert, war sicher hübscher geworden ...
Die Sätze und das Lachen der beiden Frauen gingen über Maud hinweg, wie im Himmel die Vögel vorüberfliegen, die man nicht erkennt, die aber zur Landschaft gehören. Sie hatte Mühe, ihnen zuzuhören, und es gelang ihr nur ab und zu. Louise saß vor dem Fenster und wippte immer noch auf ihrem Stuhl. Die Hitze und die Sonne, die unter dem Rolladen hindurchzukriechen begannen, ließen ihre Wangen entflammen. Allerhand Schmuck glitzerte an ihr. Vielleicht bemerkte man sie nur dank dieser Klunker, vielleicht auch dank dieses festen Körpers, einer außerordentlichen Schlankheit und Geschmeidigkeit, einer biegsamen Taille, die sich der Hand geradezu darbot.
Als Maud festgestellt hatte, was an diesem Gesicht unvergänglich war, fand sie schließlich eine Veränderung bei Louise. Grundlos freundlich, hatte sie an Falschheit, an Koketterie gewonnen. Sie floß über vor honigsüßer Liebenswürdigkeit, die ihr schon so zur Gewohnheit geworden war wie einer gestandenen Frau. Sie wirkte reif durch ihre bei einem jungen Mädchen unübliche Fähigkeit zu Überlegung und Berechnung. Obwohl sie zwei Jahre älter war als Maud, das heißt zweiundzwanzig, war sie noch nicht verheiratet, weil auf Grund ihrer überlegenen Bildung und ihres geringen, ja, inexistenten Vermögens in den beiden Dörfern nur wenige Partien zu ihr gepaßt hätten. Jung, wie sie war, litt sie schon schrecklich darunter, alt zu werden. Sie war zerrissen zwischen einem maßlosen Ehrgeiz und der Verzweiflung darüber, ihm nicht zu entsprechen. Ihre extreme Nervosität machte dieses Dilemma zugleich tragisch und ärgerlich.

Sie wollte nach Le Pardal gehen und versuchte mit großem Geschick zu erreichen, daß Maud sie begleitete. Madame Rivière mißfiel dieser Spaziergang offensichtlich. Louise zog ihre Freundin nach draußen und erklärte ihr kurz:
»Ich muß dorthin. Es ist ein Mordsglück, daß du gekommen bist. Sei doch so gut ...«
Maud willigte ein. Louise lief ins Haus, und als sie zurückkam, legte sie sich der Länge nach ins Gras. Die Erlaubnis, die sie erwirkt hatte, erfüllte sie mit großer Befriedigung; glücklich und entspannt gab sie sich der Vorfreude hin.
Die heißesten Stunden waren vorüber, und der Wind erhob sich.
»Verstehst du, Maud, es ist am Ende der Vesper. Ich darf das Ende nicht verpassen ... Du ahnst nicht ...«
Maud drang nicht in sie, verlangte keine Erklärungen. Sie war ruhig und dachte an nichts. Ausgestreckt, die Arme unter dem Kopf, hörte sie zu:
»Weißt du, Maud, du wirst erstaunt sein und im Grunde gar nicht so froh. Dein Bruder Jacques ist es, der mich am Ende der Vesper erwartet ...«
Louises Gesicht wurde ernst, eine gewisse Wildheit erschien darauf.
»Das ist mir egal, Louise, was soll mir das ausmachen ...?«
»Stell dir vor, er ist gestern nachmittag vorbeigekommen. Ich habe gerade das Vieh gehütet. Er hat mich gefragt, ob ich dich gesehen hätte ...«
Sie machte eine Pause. Maud antwortete nicht, und sie fuhr in vertraulichem Ton fort:
»Wir haben geplaudert, er hat mich gebeten, am Ende der Vesper zu kommen. Wir werden spazierengehen.«
Bäuchlings im Gras überließ sie sich ihrer Freude.
Maud blickte in die Sonne, ohne mit der Wimper zu zucken. Der einheitlich blaue Himmel bezog sich im Süden mit Schäfchenwolken und veränderte sich ständig. Es machte Spaß, ihn zu betrachten.

Und immer noch hörte sie Louises dünne, hohe Stimme: »Ach, dein Bruder kann so nett sein, weißt du ...! Und eben vornehm! Nicht wie diese Tölpel von hier ...!«
»Was willst du mir eigentlich sagen?« fragte Maud. »Wenn es Durieux betrifft, dann nur zu ...«
Louise lächelte blöde und wurde ein bißchen rot. In Wahrheit interessierte sie das weniger als ihr eigenes Abenteuer. »Mama glaubt es nicht, sie mag dich. Ich natürlich auch, aber ich könnte gewisse Dinge sehr wohl verstehen. Ich bin sehr aufgeklärt, weißt du. Außerdem erzählt man sich so Merkwürdiges über euch und über dich ...«
Sie fügte nichts mehr hinzu, weil Maud es unnötig fand, sie dazu zu ermuntern.
Sie legte sich wieder auf den Rücken und schaute in den Himmel. Sie hatten sich wirklich nichts zu sagen, und beide dachten, daß ihre Freundschaft nicht existiere, sich vielmehr seit ihrer Kindheit, und was auch immer sie getan haben mochten, um sie zu befördern, in eine radikale Abneigung verwandelt habe.
Trotz der Hitze war es ein schöner Junitag.
Weil es vor kurzem geregnet hatte, war das Gras fett und saftig, die Natur verströmte Wohlgeruch.
Drosseln flogen tief über die Felder und strichen mit dem sanften Rauschen ihrer Flügel durch die Luft. Auf den Wipfeln der hohen Pappeln des Riotor sangen Distelfinken und erfüllten den Himmel mit ihren sinnlichen, frohlockenden Tönen. Andere Vogelrufe waren zu hören, nah oder fern, schrill oder moduliert, und man mußte die Ohren spitzen, um einen einzelnen zu unterscheiden, so viele waren es. Die Stille in den Wäldern Uderans schien auf diesen zahllosen Vogelstimmen zu beruhen.
Manchmal fuhr wie eine verebbende Welle ein warmer Windstoß durch das Blattwerk der Bäume.
Und plötzlich begannen die Glocken von Le Pardal zu läuten. Sofort war da kein Luftpartikel, das nicht erzitterte,

kein Grashalm, kein Blatt, auf die sich dieses Beben nicht übertrug.
Da Maud sich nicht rührte, richtete Louise sich auf, diesmal energisch. Ihr Mund war verzerrt in jähem Zorn.
»Nun? Es läutet zur Vesper«, rief sie; »vergiß nicht, was du mir versprochen hast. Wenn ich zum Ende dort sein will, müssen wir sofort gehen.«
Maud sagte nur:
»Was hättest du denn getan, wenn ich nicht gekommen wäre? Lauf doch; ich werde mir etwas einfallen lassen, wenn deine Mutter nach dir fragt.«
Die andere zögerte, dann entschloß sie sich. Bevor sie aber ging, stellte sie eine Frage, die sie bisher aus Angst, Maud als Komplizin zu verlieren, unterdrückt hatte.
»Stimmt es, daß ihr verkauft?«
Maud machte eine unbestimmte Geste.
»Und daß es deinetwegen ist? Du kannst das Gegenteil behaupten, aber Jacques hat es mir gesagt. Ich warne dich: Alle hier sind für ihn, wir kennen ihn gut. Oh, ich weiß, daß du vor Hochmut vergehst.«
Sie blickte auf Maud, die zu ihren Füßen liegengeblieben war; früher hätte sie sich nie mit dieser Kühnheit ausgedrückt. Jetzt fand sie ein solches Vergnügen daran, daß sie über ihre eigene boshafte Absicht hinausging. Sie hörte sich gern reden und schloß nach jedem Satz, den sie fallenließ, verzückt die Augen.
»Und diese Verlobte von Jean Pecresse? Dieses arme verlassene Mädchen? Glaubst du, sie ist von der Terrasse bei Barque einfach so in den Dior gefallen? Du hast Glück, daß sie niemanden hat, ein abscheuliches Glück ...«
Maud spürte, daß Louise jetzt auf dem Gipfel ihres Zorns war wie auf einem Balkon, von dem herab sie ihr Opfer betrachtete. Abrupt ging sie davon, nachdem sie vergeblich versucht hatte, Maud einen vernichtenden Schlag zu versetzen.

»Eigentlich tust du mir ja leid, auf Wiedersehn!«
Sie lief mit schlenkernden Armen Richtung Le Pardal, ohne sich ein einziges Mal umzudrehen.
Maud blinzelte träge und blickte ihr nach. Sie sah noch einmal dieses kleine Gesicht einer Verirrten, das sich gegen den Himmel abhob und Beleidigungen ausstieß.

Während Louises Abwesenheit begann der Tag sich allmählich zu neigen.
Auf der anderen Seite des Riotor stießen der Pachthof von Uderan und die Kamine von Le Pardal bald Rauchwolken aus, die sich leicht in den ruhigen Himmel erhoben; nachdem sie sich einen Augenblick ausgedehnt hatten, drifteten sie ab und krochen über den Eichenwald, der das Dorf überragte.
Die Zeit des Abendessens nahte, und der Sonntag war genau in dem Moment zu Ende, da die Männer heimkehrten, um nicht mehr hinauszugehen. Louise kam noch immer nicht zurück, obwohl die Vesper schon lange vorbei war.
Maud fragte sich, was für eine Milde das war, die der Abend verströmte und die ihr Herz so bedrückte.
Ohne hinzusehen, schaute sie auf die Landschaft, in der ihre Kindheit sich abgespielt hatte: der majestätische, streng angeordnete Tannenwald, hoch wie ein Kirchenschiff, der Riotor, der sich wie eine Klinge in die Wiesen einschnitt. Man hörte sein schnelles, dumpfes Rauschen, von dem das Tal erfüllt war.
Ihre Mutter und ihre Brüder würden bald nach Le Pardal zurückkehren, dachte Maud. Sie war aber zu weit entfernt, um sie kommen zu sehen. Sie hörte, wie bei Madame Rivière die Tür zuging und die Fensterläden geschlossen wurden. Die Frau rief nicht, doch Maud ahnte, daß sie von Zeit zu Zeit auf die Schwelle trat und den Weg nach Le Pardal beobachtete. Sie sah Maud nicht, die im tiefer gelegenen Feld hinter dem Haus wartete.
Wie war ihr Abenteuer ruchbar geworden? Was Louise auch immer gesagt hatte, Maud glaubte trotzdem, daß die Pecresse tratschte. Sie verspürte eine solche Abneigung gegen diese Frau, daß ihr die Ihren dagegen plötzlich mit unerwarteten Vorzügen ausgestattet schienen.

Sie war sicher, daß sie nichts gesagt hatten. Selbst Jacques wurde zurückhaltend, wenn es um seine Familie ging.
Eine geheime Solidarität einte sie zutiefst und machte eine echte Familie aus ihnen ...
Und sie selbst gehörte zu diesem Clan, was auch immer sie tat. Sie war versucht einzulenken, ihr dummes Umherirren hier zu beenden. Doch der Eigensinn hielt sie zurück. Um so mehr, als sie nicht recht wußte, wie sie ihren Platz bei den Ihren wiederfinden, wie sie sich gegenüber Jacques und ihrer Mutter behaupten sollte.
Was sollte aus ihr werden? Sie würde sich schlecht an ein friedliches Leben gewöhnen, ohne die täglichen Schwierigkeiten, auf die sie zu Hause stieß. Die allgemeine Verurteilung erschreckte sie nicht. Ganz im Gegenteil, sie hielt sie für gerechtfertigt. Die gleichgültigen, unberechenbaren Leute fürchtete sie jetzt viel mehr.
Ihre Isolation beeindruckte sie stärker, als es die Bosheit ihres Bruders und die Gemeinheiten Tanerans, die sie mühelos parierte, getan hatten.
Sie wäre wieder auf ihre Mutter zugegangen, doch Jacques mußte den neuen Feind abwehren, schrecklich und im Bewußtsein ihrer Schuld.
Abscheu hinderte sie zurückzukehren, Abscheu vor ihrem Bruder, vor den berechtigten Einwänden, die er jetzt gegen sie vorbringen konnte.
Welchen täglich beherrschenderen Platz nahm dieser Mann im Universum ihrer Familie ein! Seit sie von Paris aufgebrochen waren, flößte er ihr kein Grauen mehr ein, und sie beurteilte ihn gelassener. Wie dieser alte Junge eines Tages seine Mutter, seine Familie verlassen sollte, die ihn bestimmte, ihn umsorgte und verehrte, das konnte man sich schlecht vorstellen. Sonst ließ er sich nämlich von den Leuten leicht in Angst versetzen und war überhaupt nicht kühn.
Es fiel Maud immer noch schwer, an Jacques zu denken,

ohne innerlich zusammenzuzucken. Sie erinnerte sich nicht, ihm ein einziges Mal ins Gesicht gesehen oder unter vier Augen mit ihm gesprochen zu haben, ohne zu zittern.
Er merkte nichts von der Abneigung, die seine Schwester ihm gegenüber verspürte. Wenn sein Zorn verraucht war, ging er bereitwillig auf sie zu; dieses entwaffnende Verzeihen, diese Selbstzufriedenheit, die nichts erschüttern konnte, regten Maud noch mehr auf als seine Beschimpfungen. Seit dem Tod seiner Frau hatte sich ihre gegenseitige Feindseligkeit so verschärft, daß ihr Leben dadurch in gewisser Weise leichter geworden war. Die Erinnerung an das Geld, das Jacques immer noch nicht zurückgab und über das Maud nie sprach, ärgerte Jacques wie ein unverzeihlicher Fehler ihrerseits. Am Vorabend erst, als er mit seinen Argumenten am Ende war, hatte er wieder zu diesem Vorwand gegriffen, denn er konnte den Gedanken nicht ertragen, Maud könne irgend etwas gegen ihn in der Hand haben.
Bisher war ihnen kein Vorwand ausreichend erschienen, um den Ausbruch eines täglich stärkeren Hasses zu rechtfertigen. Und welche plausiblen Vorwände hätten sie auch finden sollen für einen Groll, der ohne Gründe auskam? Er war dadurch für sie halb irreal und imaginär geworden, und sie hätten sich fast damit abfinden können wie mit einer dieser erschreckenden Hypothesen, die bequem und erholsam sind, solange nichts einen zwingt, sie allzu genau zu prüfen. Maud nahm es sich ein bißchen übel, daß sie durch ihr leichtsinniges Verhalten den Frieden gestört hatte, der zwischen ihr und Jacques herrschte.

*

Louise kam allein aus Le Pardal zurück, und Maud sah an ihrer Haltung, daß sich etwas Unangenehmes ereignet hatte. Zynisch und entschlossen ging sie auf Maud zu. Woher

kam sie? Ihre Augen waren verquollen, ihr Gesicht tränenüberströmt und so entstellt, daß die Ähnlichkeit dieser Zornesmaske mit ihrem eigenen Gesicht zunächst überraschte. Jede Ausstrahlung, die sonst ihre Züge verklärte, war von ihr gewichen, als hätte sie die nur der fiebernden Erwartung des Vergnügens verdankt.
»Er hat mich nicht einmal angesehen, als er aus der Vesper kam«, rief sie. »Er hatte nur Augen für die Dedde, diese dumme Gans, die ihn und deine Mutter begleitete ...«
Sie riß Maud aus ihrer Träumerei, zwang sie aufzublicken, das Geschehene zu beurteilen.
»Setz dich einen Augenblick«, sagte Maud schließlich, »mit diesem Gesicht kannst du nicht heimgehen. Du sagst, er war mit der jungen Dedde zusammen?«
Die andere bestätigte ihren Bericht und zeigte mit unglaublicher Schamlosigkeit ihre Enttäuschung. Es war nicht die erste; die jungen Leute machten sich über sie lustig. Sie sann vergeblich nach Rache.
»Das hat man mir wirklich noch nie angetan. Er schien mich nicht einmal zu sehen, und doch waren seine Augen auf mich gerichtet. Wegen deiner Mutter habe ich mich nicht getraut hinzugehen.«
Maud ahnte, daß die Pächterin ihre Tochter geschickt hatte, um Madame Taneran von Mauds Besuch zu unterrichten. Was Jacques' rüpelhaftes Benehmen anging, so hatte sie schon lange aufgehört, sich darüber zu wundern.
»Weine nicht«, sagte sie. »Er wird bald genug haben von der Dedde und sich wieder an dich ranmachen. Spätestens in zwei bis drei Tagen, wenn du es überhaupt willst.«
Louise aber begehrte auf:
»Du widerst mich an!« rief sie. »Du würdest das vielleicht hinnehmen! Natürlich, du gehst ja auch mit Durieux, der schon alle Mädchen der Gegend abgeschleppt hat. Ach, ihr seid Menschen ohne Würde, üble Menschen ...«
Damit ging sie. Andere Worte hätten Maud eher gewun-

dert, diese dagegen befriedigten sie durch ihre Ehrlichkeit und ihre so spontane Heftigkeit.
Nachdem Louise gegangen war, herrschte wieder Einsamkeit auf der im Schatten liegenden Wiese. Eigentlich kam die Nacht langsam, für Maud aber war ihr Einbruch jäh und entschieden. Sie glaubte, plötzlich im Dunkeln zu erwachen. In der Ferne, am Horizont, schimmerten Lichter. Kein Vogelgezwitscher war mehr zu hören, sondern das Zirpen der Grillen und geheimnisvolles Geraschel im nahen Gestrüpp. Sie vernahm ein fernes Pfeifen: der letzte Zug aus Bordeaux, der Neun-Uhr-Zug. Sonst, in ihrer Kinderzeit, hatte sie den Ruf der Lokomotive in einer warmen Küche oder während eines ruhigen abendlichen Beisammenseins gehört. Die Lokomotive pfiff mehrmals in regelmäßigen Abständen, dazwischen lagen wahre Abgründe an Stille, in denen dunkle Gefahren, dumpfe Drohungen zu lauern schienen. Der Zug fuhr mit höllischem Rattern den Abhang des Plateaus nach Semoic hinunter. Die Kurve war gefährlich, immer in Nebel gehüllt und von den Erlen Uderans verdeckt. Es war, als bräche jenes dem Nebel und den Wäldern entsprunge Ungeheuer hervor.
Maud befand sich ziemlich weit weg von Durieux' Haus. Um hinzukommen, mußte sie die Weiden des Riotor hinunter- und wieder hinaufsteigen. Dann nahm sie den Hohlweg in seinem ebenen Teil, durchquerte Luzernenfelder und ging durchs Dorf.

Vor Georges Durieux' Haus angekommen, blieb Maud jäh stehen, so abrupt wie eine Maschine. Am Ende der Zypressenallee wartete, die Haustür verdeckend, ein Auto. Sicherlich Freunde, die an diesem schönen Sonntag aus Bordeaux gekommen waren.
Maud zögerte. Ihr fiel kein brauchbarer Vorwand ein, der ihren Besuch bei Georges gerechtfertigt hätte. Außerdem, welche Entschuldigungen hätten sie vor dem Scharfblick der Besucher schützen können, die, wie sie glaubte, schon auf Grund ihres Aussehens ihr erbärmliches Abenteuer erraten würden. Ihr Elend schien an ihr zu kleben wie ein hartnäckiger Gestank. Ihr zerknittertes Kleid, ihre schmutzigen Schuhe verrieten ihr Abenteuer ebenso wie ihr Gesicht, von dem sie spürte, daß es müde und abgespannt wirkte.
Dennoch konnte sie sich nicht entschließen, wieder zu gehen. Wohin auch? Sie stellte sich mit Grauen die kommende Nacht vor, in der sie sich auf dem Land herumtreiben würde. Der Gedanke an ihr verschlossenes Zimmer in Uderan ließ sie vor Ekel schaudern. Hunger und Müdigkeit quälten bereits ihren Körper und ihren Geist. War sie nicht vorhin aus Angst davongelaufen, als sie vom Riotor kam? Ihre eigene Gegenwart peinigte sie jetzt, da sie allein war, und sie sehnte sich nach Georges.
Auf halbem Weg zwischen Haus und Straße wartete sie. Georges kam immer noch nicht heraus, und die Zeit verging, ohne daß Maud sich ihre Ungeduld eingestand.
Nach einer Weile erschien der Mond. Maud verließ die Allee und lehnte sich an die Hauswand. Nach der Dunkelheit der Dämmerung tröstete sie die sanfte Helligkeit, in die plötzlich die Landschaft getaucht war.
Auf der anderen Seite des Hauses fiel das Licht aus den offenen Fenstern. Drinnen wurde geredet und gelacht, doch

sie konnte Georges' Stimme schlecht erkennen, da er sich selten in das Gespräch einmischte. Ihre Müdigkeit war so groß, daß jedes Gelächter sie bis ins Mark traf.
Ihre Gedanken kreisten jetzt um nichts Bestimmtes. Gegensätzliche Gefühle wechselten in ihr ab, folgten zahlreich und zusammenhangslos, gleichsam unkontrolliert, aufeinander, ausgelöst von Schwäche und Ratlosigkeit. All diese Empfindungen aber gingen vorüber und ließen sie jedesmal verständiger und ruhiger zurück.
Obwohl sie nicht zurückzukehren gedachte, bekam nun die Haltung ihres Bruders in der neuen Ordnung der Dinge, die sie entdeckt hatte, eine ganz relative Bedeutung. Die Umstände hatten selbst gezeigt, was für ein Mensch er war, hart und abnorm, zu aller Niedertracht fähig. Sie begriff endlich die Armseligkeit seiner Abwehr gegen sie, gegen eine gänzlich eingebildete Gefahr, von der er besessen war.
Plötzlich ertönte Hundegebell in der Ferne. Sie erkannte sofort die Griffons der Pecresses, die fröhlich durcheinanderkläfften.
In Höhe des Pfades, der Uderan mit dem Anwesen der Pecresses verband, tauchte der schwache Schein einer Sturmlaterne auf. Wenn man sie suchte, hätte sie noch zehnmal Zeit, davonzulaufen. Der Gedanke, daß man sich um sie sorgte, rührte sie ein bißchen. Ihr kamen Tränen, die frische Spuren auf ihren Wangen hinterließen. Auch die da drüben waren nicht glücklich. Niemand zu Hause war es je gewesen. Sie lebten zügellos, und ihre Leidenschaften gaben den gewöhnlichsten Ereignissen eine besondere, tragische Note, die einem immer mehr die Hoffnung raubte, jemals das Glück zu besitzen.
Wenn sie dich aber zu sehr gepeinigt hatten, dann suchten sie dich und holten dich wohl oder übel zurück. Nur dieses allerletzte Schuldgefühl bewies, daß sie doch irgendwie an dir hingen und ohne dich jemand im Haus gefehlt hätte.

Diese Gedanken gingen ihr zunächst nahe, doch dann widerstand sie der Rührung.
Nein, sie würde nicht zurückkehren. Es war ganz unnötig, nun da sie vollkommen verstanden hatte, wie die Anhänglichkeit der Familie sich äußerte. Jacques machte es Spaß, andere zu demütigen, und dann bemühte er sich selbst, sie wieder zu beruhigen, um seine Opfer nicht gänzlich zu verlieren. Nein, nie und nimmer würde sie zurückkehren.
Aber hatte man nicht gerufen? Der Geist ihrer Mutter streifte sie, so zärtlich in ihrer Erinnerung, gut wie der Sommer, der kommen wird und an den man denkt, während es noch Winter ist. Sie rührte sich nicht, konnte aber ihre Tränen nicht zurückhalten.
Bald verschwand übrigens der Schein der Laterne im Park von Uderan. Es verging eine Weile, ohne daß er auf dem Plateau auftauchte. Die Suchenden mußten unterhalb der Straße, am Dior entlangkommen.
»Wir werden ja sehen, ob sie in Uderan ist oder irgendwo auf der Straße«, hatte Madame Taneran wohl gesagt. »Wenn sie anderswo ist, um so schlimmer ...«
Bei Georges Durieux würden sie sie nicht suchen, das wußte Maud.
Mit einem Mal faßte sie wieder Mut. Sie klopfte. Da man nicht antwortete, stieß sie die Tür auf, blieb aber reglos auf der Schwelle stehen, denn sofort überkam sie wieder das Bedürfnis zu fliehen.
Im blendenden Licht konnte sie zunächst niemanden erkennen. Nach ein paar Sekunden bemerkte jemand ihre Anwesenheit und stieß einen überraschten kleinen Schrei aus. Georges kam auf sie zu. An ihren Augen las er sogleich die unendliche Verwirrung ab, in der sie zu ihm zurückkehrte. Er hatte immer gehofft, sie käme zurück, im Augenblick aber dachte er, ein wenig verlegen, nicht über die Gründe ihrer Rückkehr nach. Da sie schwieg, hatte er Angst, sie könnte davonlaufen, bevor er sie erreicht hatte.

»Komm, setz dich, komm«, flüsterte er.
Niemand hörte es, niemand nahm die Autorität wahr, die er in dieses kaum gemurmelte Duzen legte.
Als sie im Licht stand, sah er, daß sie schön war, daß man sie schön finden würde, so sonderbar auch ihr Benehmen war. Er hatte bei der Jagd in den Wäldern oft verletzte Tiere aufgelesen. Die hatten den gleichen Ausdruck wie Maud, eine verstörte, überraschte Miene von geheimnisvoller Intensität, als wollten sie dir eine unendlich wertvolle Entdeckung mitteilen in diesem Augenblick, da ihre Unbewußtheit vollends schwindet und sie merken, was sie hätten leben können, wenn sie um das Übel gewußt hätten, das sie bedrohte und das sie jetzt getötet hat.
Georges indessen empfand Stolz, weil Maud schön war. Obwohl auch er sie auf seine grausame und unbewußte Menschenart getötet hatte, war er froh, sie zurückerobert zu haben, und stellte sie selbstsicher vor.
»Mademoiselle Grant, vom Gut Uderan, wissen Sie.«
Maud achtete angestrengt darauf, ihm zu gefallen. Sie schwieg und setzte ein maskenhaftes Lächeln auf, von dem ihre Augen ganz unberührt blieben. Jetzt, da sie bei Georges war und ihr Umherirren ein Ende hatte, fühlte sie sich wohl. Die Gäste interessierten sie nicht; im Grunde sah sie sie kaum, sondern wartete geduldig auf ihren Aufbruch …

Der Nachmittag war gleichsam das Mark des Tages.
Vor ihr stieg das Gelände in einer weiten, langsamen Bewegung bis zum Kamm von Uderan an, und das Haus schien unter dem Ansturm dieser Woge zu wanken. Wenn Maud aufstand, sah sie im Vordergrund Uderan, weiter hinten das Diortal und das Haus der Pecresses, von dem nur das Dach auftauchte. Da Le Pardal sozusagen unter der Welle lag, konnte sie es nicht erkennen.
Sie hielt ein Buch in Händen, in dem sie nicht las.
Wenn zufällig jemand am Ende der Schneise, die von der Zypressenallee gebildet wurde, vorbeiging, zog sie sich ohne jede Aufregung, gewissermaßen automatisch, vom Fenster zurück und versteckte sich einen Augenblick hinter der Wand; dann nahm sie ihren Stammplatz wieder ein …
Nachdem Georges am frühen Nachmittag weggegangen war, blieb nur noch die alte Magd da, die in der Küche im Erdgeschoß monotone Geräusche machte. Manchmal redete sie mit sich selbst, und es war beruhigend, sie zu hören, auch wenn man wußte, daß sie schimpfte. Bald aber ging auch sie, schloß die Tür ab, und Maud unterschied mit erstaunlicher Deutlichkeit das gedämpfte Geräusch ihrer Schritte entlang der Hauswand …
Ums Haus herum stagnierte die Hitze wie ein Tümpel. Die erste Zeit hatte Maud versucht, in dem großen Raum unten zu bleiben, das gab sie aber schnell auf.
Sie konnte nämlich nicht ohne diese Landschaft leben, die, wenn auch teilweise ihrem Blick entzogen, bis zu einem fernen Horizont reichte und, jenseits des Dior, in einem pappelreichen, flachen und leuchtenden Gebiet auslief. An manchen Tagen war die Hitze so groß, daß sie buchstäblich aus den Weizenfeldern dampfte und einen großen

flimmernden Schleier bildete, durch den die Landschaft zu weinen schien.

Manchmal wurde Maud von einer flüchtigen Angst ergriffen. Es klopfte unten an der Tür, oder Hunde bellten. Sie erwachte aus ihrer Lethargie. Das Gefühl einer nahenden Gefahr war für sie in dieser ungestörten Ruhe eine Art nervenaufreibende Abwechslung geworden. Gelang es ihr, ein bißchen zu lesen oder sich eine Weile auf irgend etwas zu konzentrieren, befand sie sich danach wieder in einem Zustand tiefer Verwirrung. Die Gründe für ihre Flucht schienen ihr dann kindisch. Sie machte sich nichts vor, bildete sich aber gern ein, sich zu täuschen. Eine Hoffnung beflügelte sie, und sie hätte gelacht oder gerufen, wenn sie nicht so allein gewesen wäre. Im allgemeinen las sie nicht lange, denn sie schaffte es kaum, dem Erzählfaden zu folgen; die Anstrengung entmutigte sie schnell, sie, die bisher nur in einer starken Willensanspannung gelebt hatte …

Schon über vierzehn Tage hatte niemand nach ihr gefragt. Wenn Georges ins Dorf ging, bekundeten die Bauern ihm gegenüber keinerlei Neugier. Sie hüllten sich in verständnisinniges Schweigen. Man hatte ihm jedoch mitgeteilt, daß Uderan zum Verkauf stand und mehrere Interessenten da waren. Er hütete sich aber, Maud etwas davon zu sagen.

Er ließ sie den ganzen Tag allein und kehrte erst zur Abendessenszeit von Semoic zurück, vor Müdigkeit taumelnd und manchmal ein bißchen betrunken. Das Essen ging vorüber, ohne daß er sie ansprach; gleichgültig gegenüber ihrer Gegenwart, sah er sie kaum an, wenn sie etwas zu ihm sagte.

Eines Abends fand Georges bei seiner Rückkehr Maud im unteren Zimmer. Sie kauerte auf dem Sofa und suchte ein Buch im Regal. Als sie Georges bemerkte, war sie ein bißchen verlegen, weil er sie bei sich überrascht hatte, denn sonst ging sie immer erst hinunter, wenn er sie gerufen hatte, das heißt zur Essenszeit.

Seit sie zurückgekommen war, hatten sie aufgehört, glücklich zu sein, und mieden sich. Maud fand in Georges ebenso viel Unbeständigkeit wie in ihrem eigenen Leben; anfangs hatte sie das Geheimnis seines Verhaltens ihr gegenüber nicht zu ergründen gesucht, und eigentlich konnte sie sich auch kein anderes vorstellen: er hätte sich nicht darüber freuen können, sie für sich zu haben, ohne sie damit endgültig zu verlieren. Daher hatte er ihr gegenüber stets den Takt gewahrt, und wenn er darunter gelitten hatte, so bewies das, daß diese Erfahrung nicht ganz umsonst war und daß sie bittere Früchte trug.
Doch an diesem Abend hätte Maud gern offen mit Georges gesprochen, ohne Zurückhaltung. Sie glaubte, für sie beide sei nun der Zeitpunkt gekommen zu reden und der Ungewißheit ihres Lebens auf irgendeine Weise ein Ende zu machen. Obwohl sie darunter litt, machten Langeweile und Einsamkeit sie nicht blind, und sie wußte, daß allein die Zeit eine Lösung für ihr Abenteuer bringen würde.
Er aber verunsicherte sie, weil er von den Tagen, die einander folgten, nichts zu erwarten schien. Er sprach weder von Bleiben noch von Weggehen und versank immer mehr in Schweigen. Selbst in der Nacht, wenn er zu ihr kam, blieb er er selbst, grob, zerfahren; auch sie konnte dann nur seine Ausschweifungen teilen, mit einer Lust, die ihren Körper jedesmal überraschte und an die sie sich, wenn es wieder Tag wurde, nur ganz dunkel erinnerte.
Als er an diesem Abend das untere Zimmer betrat, sah sie, daß er müde war und sich vielleicht freute, sie wiederzusehen. Er fuhr sich mit der Hand übers Gesicht, warf mit langsamer Gebärde seinen Hut aufs Sofa und fragte dann:
»Wie spät ist es? Weißt du es? Diese Abende nehmen kein Ende …«
Er ließ sich auf einen Stuhl am Tisch fallen und erwartete offenbar keine Antwort auf diese Frage.

»Du bist früher heimgekommen als sonst«, sagte Maud. »Du siehst: Amélie hat den Tisch noch nicht gedeckt. Ich wollte mir ein Buch aus deinem Regal nehmen, weil ...«

Sie verzweifelte erneut darüber, daß er so weit weg von ihr war, ihre Anwesenheit so wenig beachtete, als lebte er in einem Traum, in den sie nicht eindringen konnte. Dennoch liebte er sie. Die verzweifelte Verbissenheit, mit der er sie jede Nacht besaß, ohne den billigen Spaß zu haben, den die Männer sich so gerne gönnen, bewies es zu Genüge.

Doch was sie auch tat, in seinen Augen zählte nichts als jene Gewißheit, die sie sich nicht imstande fühlte, ihm zu geben.

Sie spürte aber, daß sie auf ihn hätte zugehen müssen, denn er würde sich nie bemühen, sie zu verstehen. Die Dinge bedrückten ihn, ohne daß er versuchte, sich gegen sie zu wehren; so auch bei Barque: hätte er ihr da nicht Jean Pecresse vom Hals schaffen müssen? Ebenso war er ihr einen ganzen Monat lang aus dem Weg gegangen, weil Jacques ihm die Verlobung seiner Schwester mit Jean angezeigt hatte. Hätte er sich nicht darüber hinwegsetzen und sie weiterhin besuchen müssen? Wenn er Ähnlichkeit mit Jacques hatte, so besaß er doch nicht den gleichen Eigensinn, und Maud wußte nicht so recht, was sie von ihm denken sollte.

»Weil?« fragte er halb aufgerichtet. »Weil du lesen willst? Warum auch sonst? Du hast völlig recht.«

»Weil ich mich langweile. Ach, ich langweile mich schrecklich, weißt du. Du läßt mich allein ...«

Er überlegte und erwiderte mit sanfter Stimme:

»Wenn ich dich nicht allein ließe, wäre es in unserer Situation noch schlimmer. Alles, was du tun kannst, ist, Geduld zu üben.«

Sie verstand die Bedeutung seiner Worte nicht ganz, ahnte aber, daß sie versuchten, wohlwollend zu sein.

»Was liest du denn? Wenn du willst, hole ich dir Bücher in Semoic.«
Sie riß den Umschlag von dem alten kartonierten Buch und las:
»*Geschichten vom Tal des Mondes.* Das ist von Jack London.«
»Kennst du das nicht? Du solltest lesen, Maud, du hast hier nichts anderes zu tun ...«
»Es macht mir keinen Spaß zu lesen. Oder vielmehr, es überkommt mich anfallsweise ...«
Georges schüttelte den Kopf mit einem Gesicht, als dächte er an etwas Betrübliches.
»Ich habe deinen Bruder Jacques in Semoic getroffen. Er langweilt sich schrecklich. Deshalb hat er sich wohl entschlossen, mich mit so beunruhigender Liebenswürdigkeit anzusprechen. Er pfeift auf den Skandal und hat keine Selbstachtung. Ach, ihm ist wirklich nicht zu trauen. Es ist mir zuwider, dich gehen zu lassen, du kannst dir nicht vorstellen, wie das ist ... Um so mehr als er es dir übelnehmen wird. Ihr hättet viel früher nach Paris zurückkehren sollen; im Grunde bist du es, die sie aufhält ...«
Noch einmal stellte er ihr unterderhand die Grundsatzfrage. Sie unterbrach ihn mit einer kleinen theatralischen Geste.
»Ich bin sicher, wenn sie nicht abreisen, dann um Uderan zu verkaufen. Meinetwegen hätten sie keine Hemmungen. Laß mich nur damit in Ruhe ...«
Er stand auf. Sie hatte nicht geantwortet, noch nicht. Sehr wahrscheinlich würde sie nicht bleiben. Er lächelte müde und sagte ruhig und entschlossen:
»Bis zum Essen, Maud, gehe ich an den Fluß.«
Sie versuchte, ihn zurückzuhalten, und lief ihm nach:
»Einen Augenblick, Georges, einen kleinen Augenblick.«
Er betrachtete sie im matten, schwefligen Licht der untergehenden Sonne: ihr ausgeblichenes und zu kurzes Som-

merkleid ließ ihre ebenmäßigen Beine sehen, die nackten Füße steckten in schwarzen Straßenschuhen; ihr glattes, langes Haar hing unordentlich herab. Sie hatte wirklich Augen von unbeschreiblichem Grau, ihre ins Violette spielende Blässe hob es noch hervor; diese kostbare, mehr als lebendige, zart aktive Haut, die nur die dezentesten Farbtöne ihres Blutes, die blauen, die violetten, durchschimmern ließ ... Zum erstenmal sah er einen falschen Blick bei ihr, einen flehenden Blick in einem zum Lächeln verzogenen Gesicht.

»Wenn du magst, Georges, gehe ich mit dir. Es ist bald dunkel; niemand wird uns sehen ...«

Er trat zu ihr, streichelte ihre Hand und küßte sie.

»Ich bin seit vierzehn Tagen nicht mehr draußen gewesen, du scheinst es nicht zu verstehen. Wir könnten bis zum Essen miteinander laufen, wie früher ...«

Er schüttelte den Kopf, unbeugsam, ein wenig überrascht, daß sie so darauf beharrte. Er fand sie plötzlich von einer Schönheit, die allein schon verheißungsvoll genug war. Sie wußte übrigens noch nichts von dieser Schönheit, wie die meisten Leute, die sie kannten, aber auch die größte Schönheit muß erkannt werden, um hervorzutreten.

Er lehnte es ab, daß sie ihn begleitete.

»In kurzer Zeit wirst du dich an nichts mehr erinnern, während ich ... Du kannst es dir denken, nicht wahr? Ich bitte dich um Verzeihung für abends ... Ich gebe zu, wenn ich von Semoic zurückkehre, ist es mir unmöglich, nicht zu dir zu kommen; solange du hier bist, lebendig, zwischen diesen vier Wänden ...«

Sie senkte den Blick und bestand nicht länger darauf. Während er davonging, dachte er, daß sie zwar noch in vieler Hinsicht vollkommen unschuldig war, doch weder geziert noch sentimental, wie die meisten Mädchen ihres Alters. Er war verwundert über ihre etwas herablassende Freimütigkeit, über ihre Weigerung, ihn zu belügen.

Als er die Straße am Ende der Zypressenallee erreicht hatte, drehte er sich um. Sie war noch da. Er erinnerte sich, daß er ihr etwas Schwerwiegendes mitzuteilen hatte. Er machte kehrt.

»Ich weiß nicht, warum ich dir eine Wahrheit verheimlichen sollte, die dich angeht. Uderan ist von den Pecresses gekauft worden ..., gekauft, das sagt man so. Sie sind verrückt. Sie sind reich, einverstanden, aber trotzdem ...! Sie müssen dafür alles hergegeben haben, was sie hatten, und auch, was sie nicht hatten. Die Konditionen sind absurd ...«

»Ich bin auf alles gefaßt, und ich muß gestehen, ich habe es geahnt.«

»Es heißt, deine Mutter sei in großer Geldnot; sie behält immer noch das Haus auf ihren Namen sowie das übrige Land bis auf die Weinberge, die sie ganz übereignet hat. Die Pecresses verpflichten sich, alles zu bewirtschaften und ihr dazu noch eine Abgabe zu zahlen, was die Deddes nie getan haben. Außerdem wollen sie eine Vorauszahlung von fast fünfzigtausend Francs für die Weinberge leisten.«

Maud dachte an die Deddes. Was sollte aus ihnen werden?

Die Deddes sind letzte Woche ausgezogen. Am Tag zuvor habe ich die Tochter bei Barque gesehen: deine Mutter hat ihnen etwas gegeben, um sie zu entschädigen.

Als sie wieder allein war, nahm Maud mechanisch das Buch, das sie sich ausgesucht hatte. Sie ging nach oben, während die Magd schon das Eßzimmer betrat, um den Tisch zu decken.

Warum fand Georges absurd, was er ihr enthüllte? Gewiß, die Sache schien vorteilhaft für sie. Aber war ihre Mutter nicht geschäftstüchtig? Maud erstaunte es nicht.

Wenn die Deddes weg waren und der Besitz zerstückelt, würde es schnell abwärtsgehen.

Sie dachte an die Strahlen des Sonnenuntergangs, an ihren verpaßten Spaziergang am Fluß, der abends so grün war und in dem sich die alten Erlen der Dior-Wiese spiegelten. Sie wäre stundenlang auf den feuchten Ufern durchs Tal marschiert und nicht müde geworden, den starken Geruch der Erde und des Wassers einzuatmen und den des Sumpfes, wo schon die Abfälle des Sommers faulten …

Lange schluchzte sie ins Kopfkissen und spähte dabei aus den Augenwinkeln zum offenen Fenster, wo sich vom westlichen Himmel schon die Sonne zurückzog.

Eines Tages ging sie aufs Geratewohl die Straße nach Le Pardal hinunter.
Es war Ende Juni. Die Ernte wartete auf die Schnitter. Nur der über die Hänge hingebreitete Wein grünte noch unter dem weißen Licht; er bevorzugte zum Reifen das weichere und träumerischere Herbstlicht.
Die Menschen warteten, daß der Sommer sich vollendete, bevor sie wieder aus ihren kühlen Häusern hervorkamen.
Nichts störte die Regungslosigkeit des Raums und des Landes, außer ab und zu der fließende Schatten einer Wolke, die tief und sonderbar schnell vorüberzog, als wäre sie vor der besorgniserregenden Ruhe des Himmels geflohen.
Schöne Pappelreihen wechselten ab mit dunklen kleinen Rosenhecken, die das Land schachbrettartig unterteilten; die Grüntöne der Felder variierten je nach der Ausrichtung der Hänge. Unten, im Schatten der Ulmen und Erlen, die der anonymen Üppigkeit des anderen, stets gleich dunklen Blattwerks die edle Blässe ihres Laubs hinzufügten, floß rasch der Dior ...
Einmal draußen, wußte Maud nicht mehr, was sie tun sollte. Sie setzte sich auf eine Böschung und wartete. Nach und nach wurde sie von derselben Verzweiflung ergriffen wie in ihrem Zimmer; sie wartete vergeblich auf das Ende des Nachmittags. Auf der Straße ging niemand vorüber. Und der Abend kam.
Dann bewölkte sich leicht der Himmel. Kein Wind. Manchmal kam das Muhen einer Kuh von weither und ließ Maud zusammenzucken; vollgestopft mit Gras, müde vom Weiden und satt vom langen, dumpfen Wiederkäuen, verlangte das Tier nach dem Stall. Allein am Himmel, zogen Raben ihre unsteten Bahnen. In ziemlicher Höhe zerrissen

sie die Stille mit ihrem krächzenden Geschrei, verkündeten unbestimmt, Zeiten des Zorns seien nah, von wem und gegen wen, wußte man nicht.
Auf diesem Weg ging wahrhaftig niemand vorüber.
Der Boden lehmig, beige. Der Himmel fast in seiner ganzen Weite ebenfalls beige, hellbeige über ihrem Kopf, dunkler am Horizont, nah bei der Erde. Bald schliefen auch die Vögel ein; manchmal flog einer, dem es dort, wo er saß, nicht behagte, unruhig zum nächsten Busch.
Ein Hund schlich heim, langsam, müde, menschlich. Im Vorbeigehen war sein stumpfer Blick auf Maud gefallen wie auf ein Ding unter anderen leblosen Dingen.
Das junge Mädchen ging weiter. Das Licht, das der Himmel über das Land goß, tat ihr jetzt nicht mehr weh. Unterwegs drehte sie sich ab und zu um; sie wollte die ganze Landschaft um sich versammeln.
Dann stand sie plötzlich vor Georges Durieux.
Sie unterdrückte einen Schrei, denn sie hatte ihn nicht erwartet und nicht gehört, und er sah sie voller Ungewißheit an. Das gedämpfte, sanfte Licht verlieh ihm in Mauds Augen Konturen, die sie an ihm nicht kannte. Seine Natur war die eines Bauern und seine Statur die eines stets kampfbereiten Tieres. Wie immer tat er nichts, und seine so große und so unnütze Kraft behinderte seinen Atem und seine Bewegungen.
»Wolltest du heimgehen? Du hast mir angst gemacht, so was Dummes ...«
Sie hatte sich wieder gefangen und legte lächelnd ihre flache Hand auf seine Brust.
Mit dieser leichten Gebärde schützte sie sich vor der ungewöhnlichen Anwesenheit, die ihre Einsamkeit durchbrach.
Er war in höchster Verlegenheit, und plötzlich redete er:
»Bist du wieder abgehauen? Gib's zu ...«
Sie konnte es gar nicht fassen, daß sie ihn getroffen hatte; sie dachte, er sei in Semoic. Was streifte er hier ums Haus

herum, anstatt heimzugehen? Und das Klopfen an der Tür? Hatte sie geträumt?
»Nein, ich bin nur hinausgegangen.«
Er schien ratlos. Sie wandte sich ab, damit sie ihn nicht ansehen mußte.
»Komm doch einen Moment.«
Er folgte ihr, doch er wußte, daß sie ihn genarrt hatte und wie stark es sie bald machen würde, ihn verlassen zu haben. Sie gingen hinein. Während sie die Fensterläden zurückschlug, hörte sie ihn flüstern:
»Ich liebe dich, Maud, das kommt für dich so ungelegen ...«
Die Magd war schon weg. Maud ging in die Küche, um Getränke zu bereiten. Was wollte sie? Er dachte an die Nacht, als sie im Schuppen die Eisenstange gesucht hatte mit genau der gleichen Entschlossenheit, die ihren Blick hart machte und eine in ihrem Gesicht ungewohnte tiefe Falte in ihre Stirn grub. Er wäre nie gekommen, wenn sie nicht auf seinem Weg gewesen wäre und ihn dazu aufgefordert hätte. Nun aber, da er sie getroffen hatte ... Vielleicht würde sie ja bleiben, sie redete nie von Weggehen; er legte es ihr in keiner Weise nahe, ganz im Gegenteil. Und obwohl sie nicht glücklich war, hatte sie sich vielleicht entschlossen. Das war es, was er wollte. Daß sie selbst wählte.
»Maud!«
Er rief so laut, als wäre sie weit weg von ihm. Scharfsinnig erriet sie, daß er sie wollte, daß sie sofort kommen sollte, weil er sich wieder mutig fühlte und sich berauschte an seiner wiedergefundenen Zuversicht ...
Sie erschien mit einem Tablett voller Gläser. Er nahm es ihr aus den Händen und stellte es irgendwo ab; dann faßte er sie an den Schultern und schubste sie vor sich auf einen Stuhl. Sie sagte nichts. Eine Art Neugier ließ das Grau ihrer Augen funkeln, ein lichtes Grau, kein träges Metall, sondern flüchtiges Quecksilber, ein Grau, das Grau zur Farbe

der Leidenschaft schlechthin machte. Sie ließ es sich gefallen mit der natürlichen Lässigkeit eines weiblichen Tieres, das dem Spielbedürfnis des Männchens eine Weile bereitwillig nachkommt, einem Bedürfnis, das es von sich aus nicht verspürt.

Gewöhnlich schlüpfte er, wenn er heimkam, im halbdunklen Zimmer zu ihr, und sie erleichterte ihm dann die Lust. Er stöhnte wütend, und in diesen Augenblicken fühlte sie sich als Stärkere ...

Als er sie auf den Stuhl stieß, glaubte sie, er würde mit ihr sprechen, doch er konnte nur keuchend und mit schwankender Stimme, in der sich das grausame Wechselspiel von Verzweiflung und Liebe ausdrückte, ihren Namen wiederholen.

Sie blieb regungslos, die Schultern etwas hochgezogen, die Hände offen auf den Knien, und zwischen ihren Lippen, die sich langsam öffneten, schimmerte eine weiße Zahnreihe hervor.

Plötzlich brach er in schallendes Gelächter aus; er verbarg darunter, was er nicht zu gestehen wagte:

»Wenn du gehst, Maud, weiß du, was ich dann tue?«

Sie rührte sich nicht.

»Weißt du, was ich dann tue?«

Warum bloß floh er alle Glücksmomente? Das sollte sie erst viel später verstehen. Sie sprang auf und klammerte sich an seine Schultern, gab ihm ihren Mund. Doch er machte sich los und rief:

»Was soll ich denn tun? Mir bleibt nichts zu tun übrig, genauso wenig wie ich dich jetzt noch nehmen kann.«

Er küßte sie, doch beinahe ohne Begierde. Maud verbot es sich, ihm auch nur für einen Augenblick die wahnsinnige Hoffnung zu geben, die er ersehnte. Manchmal wird die Lüge so zur Gewohnheit, daß sie einem herausrutscht, ohne daß diese Verdrehung der Wahrheit irgendwelche Spuren hinterläßt. Maud aber war schwach vor der Lüge,

auch wenn ihr Wille hätte lügen wollen: ihre Worte hätten sie verraten.
Ihrer beider Lippen waren kalt, doch sie zogen diesen Kontakt immer noch dem ihrer Augen vor, die sich flohen ...
»Es ist mir übrigens egal, wie es mir auch egal ist, ob ich leide. Wenn man sich so verachtet wie ich mich, ist es vielleicht das einzige, was einem in den eigenen Augen ein bißchen Würde verleiht ...«
Sie schmiegte sich in seine Arme, zwischen seine Beine, legte ihren Kopf an seine Schulter. Ihre Arterien pochten laut an sein Ohr. Sie war traurig, trauriger als er, und empfand Ekel vor sich selbst. Er nahm sie mechanisch, ein letztes Mal.

Er erschien nicht einmal mehr zu den Mahlzeiten, die man Maud in ihrem Zimmer servierte, und verhängte jetzt absolute Einsamkeit über sie.
Sie fühlte sich todmüde. Ihre Erschöpfung wurde von Tag zu Tag größer; bald konnte sie die Mahlzeiten nicht mehr einnehmen, die die Magd ihr hinaufbrachte, und mußte sich täglich mehrere Stunden hinlegen. Georges ließ sie fragen, was sie zu essen wünsche; er glaubte, sie langweile sich und bringe so ihre Niedergeschlagenheit zum Ausdruck.
Die alte Magd fand sie auf dem Bett liegend, entsetzlich blaß.
»Wenn Sie wollen, sage ich Monsieur, daß Sie sich nicht wohl fühlen ...«
Dann bekam sie aber Angst, Angst, Maud könnte sich an diesen Herrn klammern, den sie verehrte, und sie log mit sanfter Stimme:
»Wenn Sie mich fragen, das ist diese Hitze, und den ganzen Tag eingeschlossen zu bleiben, das ist ja auch kein Leben ...«
Doch an ihrem ausweichenden und verlegenen Blick erkannte Maud, daß sie schwanger war.

Georges schlief auf dem Sofa im Eßzimmer und ging schon morgens weg.
Maud zögerte. Es ihm sagen? ... Wenn sie ihn auch nicht mehr wie früher liebte, so brachte sie ihm doch immer noch größte Achtung entgegen. Er hätte sie geheiratet, wenn sie eingewilligt hätte. Alles Unheil war von ihr gekommen, von ihrem Widerstreben. War es nicht unwürdig, jetzt einzuwilligen in das, was sie abgelehnt hatte?
Im übrigen hatte sie immer noch die Absicht zu gehen. Der Gedanke, ihre Familie könnte abgereist sein, erschreckte sie. Ihr Kind hob sich von ihrem eigenen Leben noch nicht deutlich genug ab, um mehr zu zählen als sie selbst.
Man servierte ihr die Mahlzeiten recht früh, damit Georges noch nicht da war. Die Magd verheimlichte ihrem Herrn, daß die Speisen stets fast unangetastet zurückgingen, und er machte sich keine Sorgen mehr.
Die Langeweile des jungen Mädchens wurde schließlich so abgrundtief, daß nicht einmal der Gedanke an ihr Kind sie ablenken konnte. Je mehr der Zweifel verschwand, um so weniger dachte sie noch daran.
Sie hörte auf zu lesen. Die Dinge, an die sie dachte, hatten keinerlei Bezug zu ihrem gegenwärtigen Leben. Sie versenkte sich in eine Erinnerung, die sich plötzlich ohne ersichtlichen Grund von vielen anderen unterschied und seltsam alptraumartige Ausmaße annahm.

Eines Morgens wurde sie von wiederholten Schlägen an die Tür geweckt. Georges machte auf; er sagte etwas, was sie nicht verstand.
Sie sprang aus dem Bett und zog sich mit fieberhafter Hast an, doch sie konnte sich gar nicht so beeilen, wie sie gewollt hätte, denn ihre Hände waren kalt, und sie zitterte. Seit drei

Wochen wartete sie vergraben in diesem engen Zimmer. Und nun erinnerte man sich plötzlich an sie.
Georges rief sie mit gedämpfter Stimme, und sie schob geräuschvoll den Riegel zurück, damit man wußte, daß sie wach war. Als sie sich angekleidet hatte, öffnete sie die Fensterläden. Der Morgen dämmerte noch kaum und färbte den Horizont grün. Vom Anfang ihres Exils an hatte sie vom Anblick dieser Landschaft gelebt, doch im Morgengrauen hatte sie sie noch nie gesehen, und es fiel ihr schwer, sie wiederzuerkennen. Einen Augenblick verweilte sie bei der Betrachtung, dann entschloß sie sich hinunterzugehen.
Im Eßzimmer kam der erste Tagesschimmer zur offenen Tür herein, so zaudernd, daß man nicht sagen konnte, wie das Wetter sein würde, und die Zimmerecken noch im Halbdunkel lagen. Georges hatte sich eilig eine alte Hose und ein Hemd angezogen, das er fröstelnd über der Brust zusammenhielt. Mit seinem wirren braunen Haar wirkte er unordentlich. Er stand beim Sofa und schwieg.
Vor ihm saß Madame Taneran. Sie trug wie gewöhnlich ein langes schwarzes Kleid. Ein allzu breitkrempiger Hut versperrte ihr die Sicht und ließ ihre Silhouette etwas gedrungen erscheinen. Neben ihr auf dem Boden eine Reisetasche. Ohne aufzuschauen, sagte sie ruhig:
»Nun, kommst du herunter?«
Der gezwungene Ton ihrer Mutter weckte bei Maud die Vorstellung, ihre Brüder warteten hinter der Tür und lauerten auf ihr Erscheinen.
Das Knarren der Stufen unter ihren Schritten brachte sie rasch aus der Fassung. Ihr Herz klopfte. Ihre Kehle war so trocken, als wäre sie aus Stein.
Instinktiv sammelte sie ihre Kräfte. Diese Anstrengung hinderte sie, Georges zu sehen, der sie anblickte. Und so vergaß sie ihn.
Halb unter dem großen Hut versteckt, schienen Madame Tanerans Züge nicht so ausgeprägt wie sonst. Ihre Lider

waren vom Schlaf geschwollen, und um Maud und Georges nicht anschauen zu müssen, starrte sie hartnäckig auf den Boden. Ihr roter Hals und das Zittern ihrer zusammengekniffenen Lippen verrieten jedoch ihre Erregung. Sie versuchte sich zu beherrschen, aber sie war zu alt, um eine Erregung zu verbergen, die ihr mitgenommener Körper von selbst preisgab und die sie noch erbarmungswürdiger machte.

Maud betrachtete eine Weile ihre Mutter, dann trat sie so nahe zu ihr, daß Madame Taneran ihre Beunruhigung nicht unterdrücken konnte. Sie erhob sich und sagte hoheitsvoll:

»Nein, du hast mir zu sehr weh getan.«

Befangener, als ihr lieb war, wandte sie sich nun an Georges:

»Fahren Sie bald nach Bordeaux zurück? Ich hoffte, Sie würden Ihre Ferien nicht noch länger ausdehnen ...«

Georges verbeugte sich:

»Keine Angst, ich reise ab ...«

Er hätte vielleicht gern etwas zu Maud gesagt, doch die Gegenwart dieser alten Frau machte ihn verlegen.

Er begleitete sie bis an die Schwelle, und kaum waren sie draußen, ging schroff die Tür zu. Maud hörte das Geräusch der Klinke. Sie dachte, eines Tages würde sie wiederkommen, in einer Zeit, die ihr nicht vergleichbar schien mit der, die jetzt verging, einer Zeit des Friedens und der Traurigkeit.

Die Nacht war noch nicht vertrieben, das schattenlose Land wurde schwach erhellt von einem Licht, das im Osten aus dem bewölkten Himmel hervorbrach.

Madame Taneran erklärte:

»Es ist halb fünf. Wenn wir tüchtig marschieren, erreichen wir um sechs Uhr den Zug nach Bordeaux.«

Zu Mauds Überraschung erwartete sie niemand.

Die Wipfel der Zypressen von verblichenem Grün zu beiden Seiten der vor Trockenheit weißen Allee stöhnten leise im Wind, der in kleinen Böen über sie hinstrich.

Maud ging hinter ihrer Mutter. Wie am Tag ihrer Flucht hatte sie nur ein Sommerkleid an. Sie fror. Madame Taneran, ganz in Gedanken, merkte es nicht.
»Deine Brüder warten auf der Straße, in Höhe der Pecresses«, sagte sie dann. »Sie kommen auch mit nach Bordeaux. Ich habe dort ein paar Besorgungen zu machen ...«
Ihr Ton war fast vertraulich, obwohl sie noch immer so tat, als sähe sie ihre Tochter nicht an. Sie ging schnell, und Maud mußte den Schritt beschleunigen. Automatisch nahm Maud ihr die Reisetasche ab. Zunächst spürte sie einen Widerstand, doch dann gaben die Finger ihrer Mutter auf einmal nach; ihre Blicke trafen sich eine Sekunde; sie hatten sich immer noch nichts zu sagen; einmütig erhöhten sie das Tempo. Hinter ihnen wirbelte der Staub einen Augenblick durch die Luft. Sie ließen Le Pardal rechts liegen, bogen in den Hohlweg ein und gingen bald am Park von Uderan entlang. Da berichtete Madame Taneran:
»Ich habe an die Pecresses verkauft: das ist ein sehr gutes Geschäft. Ich behalte größtenteils meine Ansprüche auf den Besitz. Es wäre mich zu hart angekommen, in meinem Alter auf mein liebes Haus zu verzichten ... Fünfzigtausend Francs«, betonte sie, »sie haben mir fünfzigtausend Francs in bar gegeben. Das ist schön, weißt du ...«
Maud ging mit gesenktem Kopf weiter, ohne zu antworten. Die Nachsicht ihrer Mutter war erstaunlich; ohne daß sie den Zwist direkt ansprach, lösten ihre Worte ihn auf.
»Es scheint dich nicht zu überraschen, daß ich gekommen bin, dich abzuholen ...«
Maud murmelte:
»Es war Zeit, daß du gekommen bist ...«
Madame Taneran konnte sich kaum zurückhalten, ihre Genugtuung auszudrücken:
»Das trifft sich gut! Ich ahnte schon, daß es dir reicht. Ich fand ihn zu alt für dich. Ich wollte dir sagen, hier wissen sie nicht, daß du bei Durieux geblieben bist ... Du bist nicht

hinausgegangen, du warst vorsichtig, das ist sehr gut ... Die Pecresses, die es wußten, haben geschwiegen. Du wirst sie kennenlernen, es sind anständige Leute ... Ich wollte dir also sagen ... Wir holen dich ab, du kommst aus Auch, von deiner Tante, Tanerans Schwester, hörst du, bei der du vierzehn Tage verbracht hast ... Danach, und zwar lange danach, wirst du annehmen müssen, was man dir bietet, denn du bist ganz schön kompromittiert ...«

Madame Taneran war sehr rot geworden.

»Jean Pecresse verehrt dich, er wird über alles hinweggehen ...«

Es war erstaunlich: Maud hatte noch nicht daran gedacht. Ohne noch länger zu warten, gestand sie, was sie quälte:

»Das ist unmöglich, wir brauchen gar nicht darüber nachzudenken, ich erwarte ein Kind.«

Madame Taneran blieb stehen und blickte mit tränenblinden Augen auf ihre Tochter, ohne sie zu sehen; sie riß sich den Hut vom Kopf und warf ihn weg, dann hielt sie sich die Hände vor die Augen wie jemand, dem schwindlig wird, suchte tastend die Böschung und ließ sich niedersinken. Eine Minute verging, zwei Minuten, Maud bekam Angst. Die Leblosigkeit, in der sie seit vierzehn Tagen verharrte, hörte plötzlich auf. Sie glaubte, erschreckende Male auf dem Gesicht ihrer Mutter zu sehen. Sie umschlang ihren Leib und begann ihr Kleid und ihre Hände zu küssen, als sollte dieser Ausbruch von Liebe sie einem Ende entreißen, das sie auf einmal so anziehend fand. Doch das war reine Einbildung, Madame Taneran erholte sich schnell, nachdem sie in wenigen Sekunden durch eine Folge von Gefühlen gegangen war: Entsetzen, Verzweiflung, Lebensmüdigkeit. Sie kehrte in die Wirklichkeit zurück, sanft, sonderbar, wie eine Kranke, die wieder gesund wird. Sie nahm Maud in die Arme, hielt sie dann ein wenig von sich entfernt und betrachtete sie mit stummer Zärtlichkeit. Und sie vergaß die Rolle, die man ihr zu spielen aufgegeben hatte.

»Weine nicht, mir ist ein bißchen schwindlig. Ich bekomme keine Luft ... Du erwartest also ein Kind? Diese Heirat mit Jean Pecresse, das war nicht ich, wie du dir denken kannst ... Das war Jacques. Ich weiß wohl, er hat es in unser aller Interesse getan, aber es fiel mir doch schwer, es zu akzeptieren ... Was soll man machen! Ich wußte, du bist bei Durieux, doch er wollte nie, daß ich hingehe, weil er fürchtete, es könnte Verdacht erregen ...«
Sie machte eine Pause, bevor sie hinzufügte:
»Er ist vorsichtiger als ich, versteht sich. Was soll jetzt aus uns werden? Ich habe die fünfzigtausend Francs schon bekommen und längst angebrochen. Ja, ich mußte die Möbel bezahlen! Und Jacques hatte Schulden ...«
Sie hörte nicht auf, Maud zu streicheln, die blöde weinte, sie streichelte ihr über die Schultern, die Arme, das Haar ...
»Wir kehren nach Paris zurück, mach dir keine Sorgen! Durieux wird dich dort treffen. Ich werde wieder hierher kommen, allein. Im Augenblick kann man nichts anderes tun.«
Sie gingen weiter.
An der Biegung der Landstraße tauchten zwei gleich große Silhouetten auf. Maud erkannte sie: ihre Brüder. Sie waren ungeduldig.
»Wenn du es witzig findest, uns in dieser Lage warten zu lassen«, begann Jacques ...
Seine Mutter unterbrach ihn. Sie erklärte ihren Söhnen, man werde nach Paris zurückkehren. Sie versuchten nicht zu verstehen und nahmen es hin, erfreut abzureisen und noch ganz benommen, weil sie so früh geweckt worden waren.
»Wir haben gerade noch genug Zeit«, sagte Madame Taneran.
Maud ging los, etwas abseits, auf der linken Böschung. In der Stille hörten sich die Schritte auf der Straße sonderbar an.

Bald sah man eine Kreuzung. Ein weißes Kreuz, ein Schild: Rayvre. Jenseits davon fiel die Straße steil ab.

III

III

Auf den ersten Blick hätte man sie für gewöhnliche Reisende halten können, die aus den Ferien zurückkehren. Schweigend ertrugen sie ihr Beisammensein. Das Rütteln des Zuges versetzte sie bald in die vertrauensselige lässige Stimmung der Menschen, die mit Landschaft für ein Jahr vollgesogen sind und nur Augen für ihre Nachbarn haben. Als der Zug nach Bordeaux unterhalb von Uderan vorbeifuhr, warfen Maud und ihre Mutter kaum einen letzten Blick auf das Haus.

Sie kamen erst um elf Uhr abends am Austerlitz-Bahnhof an. Es war ein schöner Abend. Das Taxi, das sie heimbrachte, fuhr die Rue des Ecoles und den Boulevard Saint-Michel hinauf, der im Glanz seiner erleuchteten Fassaden strahlte. Maud, die auf dem Klappsitz saß, bemerkte den künstlich gelangweilten Ausdruck ihres älteren Bruders. In Höhe eines großen Cafés klopfte er an die Scheibe und ließ anhalten. Da gab es die erste Szene, halb übertönt vom Lärm der Autos, abgekürzt durch das unerbittliche Ticken des Zählers.

»Halten Sie an.«

Der Ruck ist so unerwartet, daß Madame Taneran nach vorn geschleudert wird; ihr Mund bläht sich, wie um etwas zu sagen, doch kein Laut, kein Wort kommt heraus.

Jacques hat schon einen Fuß auf dem Trittbrett. Er tut, als stiege er aus, dann dreht er sich zu seiner Mutter um; mit barscher, vollkommen beherrschter Stimme fragt er:

»Hast du tausend Francs? Ich komme nicht spät nach Hause ...«

Maud zieht es vor, woandershin zu schauen, zum Beispiel zu diesem Café, dessen Licht bis ins Innere des Taxis fällt. Wie immer in solchen Fällen sind ihre Nerven angespannt, und sie atmet um so schwerer, je mehr die Beklemmung zunimmt. Die Zeit bleibt für einen Augenblick stehen, ein Augenblick, der mit der Langsamkeit eines Alptraums verrinnt. Madame Taneran wehrt sich. Im roten Licht sieht es aus, als weine sie.

»Das kann doch nicht dein Ernst sein! Am Abend unserer Heimkehr ...!«

Sie wiederholt: »Nein, nein«, erhebt sich halb von ihrem Sitz, sinkt wieder zurück. Ihr großer schwarzer Hut stößt an die Decke des Wagens; sie hält ihn mit einer Hand und beult ihn mit der anderen aus. Dieser lächerliche Hut verleiht ihr an diesem Abend eine lächerliche Feierlichkeit.

Jacques' Stimme ist kaum vernehmbar, aber schneidend. Er flüstert wieder:

»Ich sage, du sollst mir tausend Francs geben ..., mindestens tausend Francs.«

Er streckt die Hand ins Dunkle, wie ein Bettler. Madame Taneran sagt abwechselnd »nein«, »nichts zu machen«, »gib dir keine Mühe«, und es klingt zunehmend panisch und immer weniger entschieden. Die kurzen Sätze verhallen ungehört.

»Du hast fünfzigtausend Francs kassiert und verweigerst mir einen Schein? Ja ...?«

Er hat es fast geschrien, doch ohne sich zu kompromittieren, ohne die Aufmerksamkeit des Taxifahrers auf sich zu ziehen, der sich nicht einmal umgedreht hat. Dieser verhaltene Schrei, aus dem man eine dumpfe Drohung heraushört, macht gewaltigen Eindruck im Kreis der Familie Grant-Taneran. Madame Taneran hört auf zu nörgeln und erinnert ihn mit tonloser Stimme:

»Du bist nicht allein in der Familie ...«

Henri Taneran stimmt zu, das heißt, er wagt es, sich im Fond des Wagens zu rühren, und rollt verängstigt die Augen, als bäte er um Hilfe. Jacques macht hartnäckig weiter.

»Und du glaubst, das lasse ich mir gefallen? Ich war einverstanden, oder vielmehr, Henri und ich waren einverstanden, daß du die da (er zeigt mit dem Finger auf sie) zurückbringst, und jetzt willst du uns gleich behandeln wie sie ...? Was soll das bedeuten?«

Henri zögert, sich seinem Bruder anzuschließen, der wie einen Refrain wiederholt: Und du glaubst, das lasse ich mir gefallen?

Die Szene hat keine zwei Minuten gedauert. Das Klicken des Verschlusses von Madame Tanerans alter Handtasche ist zu hören. Eine Hand greift zu, zerknüllt angewidert die Scheine und steckt sie ein. Bald ist Jacques nur noch diese elegante Silhouette, die sich, die rechte Faust in der Jackentasche vergraben, im Licht verliert ...

Schließlich drehte sich der Fahrer um, und Maud rief ihm die Adresse in Erinnerung. Ihre Mutter vor ihr war ganz außer sich, führte Selbstgespräche und wehrte sich gegen eine Gefahr, die nur sie allein wahrzunehmen schien. Ihre nun wieder sichere Stimme wurde ab und zu von einem ohnmächtigen Schluchzen erschüttert, bei dem ihre Augen trocken blieben.

»Ihr bekommt nichts, hörst du mich, nichts. Und ich werde fortgehen ... Ach ...! Eine arme Mutter bin ich ...«

Nach vorn gebeugt, beobachtete Maud den Lichtschein, der dem Wagen vorausging. Henri, der neben Madame Taneran saß, gab sich, wie immer in solchen Fällen, gereizt. Die restliche Fahrt war ruhiger. Madame Taneran achtete wieder auf den Weg. Während sie ihrem Heim näher kam, erholte sie sich allmählich von der Aufregung. Im übrigen hüteten sich ihre Kinder in solchen Momenten, auf ihre Worte einzugehen. Sie hegten ein gewisses Mißtrauen gegenüber ihren Wutausbrüchen, die sie feige fanden, weil sie erst erfolgten, wenn die Gefahr vorüber war.

Maud merkte, daß diese Flut von Vorwürfen nicht auf sie zielte. Ihre Mutter vermied immer, von einem ihrer Kinder im besonderen zu sprechen.

Scharf bremsend kam das Taxi auf der abfallenden Straße zum Stehen. Das Quietschen weckte die Concierge. Als Madame Taneran an ihrer Loge vorbeiging, zeigte die Frau ein verschlafenes Gesicht.

»Ach, Sie sind es. Man hat mehrmals nach Monsieur Jacques verlangt.«

Madame Taneran kam näher. Sie hatte ihre freundliche Miene wiedergefunden. Die andere zögerte und fügte dann hinzu:

»Ja, die Polizei ... Es wird wohl nichts Schlimmes sein ...«

Madame Taneran blieb betroffen stehen.

»O mein Gott!« sagte sie.

Dann faßte sie sich sofort wieder und bemerkte nur:

»Ja, ganz recht, was soll schon sein?«

Und sie hatte die Kraft, die Concierge, die verzweifelt den Hals reckte, um mehr zu erfahren, nicht allzu überstürzt zu verlassen.

Die fünf Stockwerke hinaufzusteigen war anstrengend. Henri und Maud folgten ihrer Mutter, deren Kurzatmigkeit Erschöpfung verriet. Ab und zu blieb sie stehen und wandte sich zu Henri um:

»Weißt denn du, was das bedeuten soll? Es ist sicher die Tavarès-Geschichte ...«

Henri aber weigerte sich, irgend etwas zu antworten; er senkte den Kopf, kniff den Mund zu, und seine Augen flohen den Blick der anderen; er hatte jenes verschlossene Gesicht, von dem man wußte, daß da nichts herauszubekommen war. Und tatsächlich, was immer in seiner Familie vorfiel, Henri Taneran tat hochmütig so, als ginge es ihn nichts an. Wenn man ihn um seine Meinung bat, war ihm das ein solches Vergnügen, daß er es bis an die Grenze seiner Geduld ausdehnte.

Der alte Taneran erschien in einen winterlichen Schlafrock eingemummt an der Tür. Niemand hatte ihn von der

Ankunft benachrichtigt, und er schien ein wenig überrascht. Madame Taneran gab ihm nicht einmal die Zeit, den Mund aufzumachen:

»Was ist das für eine Geschichte mit der Polizei? Die Concierge scheint es nicht zu wissen ...«

»Leider habe ich es auch nicht herauszufinden versucht. Die Angelegenheiten Ihres Sohnes kümmern mich nicht ... Wie geht es Ihnen?«

Sein Satz fiel so selbstverständlich, daß er ihn vorbereitet haben mußte. Seine Frau hielt ihm ein müdes Gesicht hin: Er rieb seine schlecht rasierten Wangen an den ihren und verfuhr dann ebenso mit Maud und Henri. Darauf ergriff er die Koffer, die seine Frau hielt, und stellte sie ab.

»Ich danke Ihnen«, sagte sie. »Ich habe zwar daran gedacht, Ihnen zu schreiben, mein lieber Taneran, aber ich mußte den Besitz verkaufen. Ich hatte Ihre Erlaubnis in der Tasche, das wissen Sie doch? Gut verkauft? Ja. Aber kann ich Ihnen nicht morgen davon erzählen?«

Sie ließ sich auf einen Stuhl fallen und nahm ihren Hut ab:

»Wissen Sie wirklich nichts?«

Er hob mit einer feierlichen Gebärde seine mageren Hände.

»Meine liebe Freundin ...«

Sie winkte ab und fragte sanft und geistesabwesend:

»Geht es gut?«

»Ja, danke. Ich habe die ganze Zeit damit verbracht zu arbeiten, aber Sie wissen ja, daß ich die Arbeit liebe. Indessen habe ich beschlossen, dieses Jahr im Juli nach Auch zu fahren. Meine Liebe, wir nehmen unsere Ferien wahrhaftig nie im gleichen Augenblick. Ich bedaure das ...«

Sie sagten fast gleichzeitig: »Bis morgen!« Dann zog er sich zurück.

An den Blicken, die sie ihnen zuwarf, sahen die Kinder, daß sie allmählich in tiefster Besorgnis versank. Als erster sagte Henri mit unsicherer Stimme, während er sich schon aus dem Staub machte:

»Es kann nichts Schlimmes sein. Mach dir nicht solche Sorgen ...«
Maud setzte sich an die Wand des Eßzimmers, ihrer Mutter gegenüber. Mitten im Raum verstreut stand das Gepäck. Henri ging hin und her, von einem Zimmer ins andere ...
Madame Taneran sah mit leerem Blick auf ihre Tochter. Sie sagte nichts, denn sie wußte, ihre Kinder würden sie nicht trösten können. Doch irgendwann hatte sie eine Eingebung und rief:
»Henri, es ist sicher diese Frau, wenn es nicht die Tavarès-Geschichte ist ...«
»Ach wo, das ist doch längst erledigt«, antwortete Henri aus seinem Zimmer.
Sie schüttelte den Kopf und versank erneut in ihre Grübeleien, erging sich schweigend in grauenhaften Vermutungen, tauchte mühsam wieder daraus auf, und dann erschien ihr alles schon weniger beunruhigend.
Maud dachte: ›Die Polizei?‹ Ach, wie leicht fiel es ihr, sich Jacques zwischen zwei Beamten vorzustellen, und sein Gesicht dabei erinnerte an jenes, das er an einem gewissen Abend im Gasthaus gemacht hatte.
Ein von der Angst entstelltes Gesicht, in dem kleine blasse Flecken um Lippen und Augen vielleicht noch die Scham verraten würden. So, konnte man denken, wäre Jacques' Gesicht im Augenblick seines Todes. Ein Gesicht, das echte Traurigkeit ahnen läßt und das zum ersten Mal an das Gesicht seiner Kindheit erinnern würde, sein endlich zum Vorschein gekommenes und vom nahen Tod geblendetes Kindergesicht. Die ganze so lebhafte Eitelkeit, das ewige Klagelied der Lust, die schöne Häßlichkeit fielen von diesem Gesicht ab.

»Maud, geh schlafen.«

Madame Taneran wollte allein auf die Rückkehr ihres Sohnes warten. Der Blick ihrer Tochter verhieß nichts Gutes.

»Ich weiß, daß ihr euch alle haßt. Nichts befriedigt euch mehr, als wenn einem von euch ein Unglück zustößt. Nun da es darum geht, ihn zu retten ... Wenn ich nicht da wäre, der arme Junge ...!«

Sie schwankte zwischen Zorn und Unruhe, wie jemand der Schmerzen hat und die Haltung sucht, in der er am wenigsten leiden muß.

»Sie werden ihn uns wegnehmen. Du wirst sehen, sie sind gekommen, um ihn uns wegzunehmen.«

Sie seufzte bald wie ein kleines Mädchen, bald in der tragischen Art einer Mutter, die um eines ihrer Kinder zittert ...

»Nichts bleibt mir erspart in diesem Leben, nichts. Was wird geschehen, Maud?«

»Mama, das ist mir vollkommen gleich.«

»Ich weiß, mein Kind. Du mußt leider an anderes denken ...«

Ihre Mutter war Sorgen so gewohnt, daß für sie nur die dringlichsten zählten. Bevor man die anderen, längerfristigen, an sich herankommen ließ, durfte man sich eine Verschnaufpause erlauben.

Maud näherte sich ihrer Mutter. Sie hatte sie seit dem Morgen noch nicht umarmt. Im Zug hatten sie sich wegen Jacques und Henri zurückgehalten.

Madame Taneran begann, ihrer Tochter über den Kopf zu streichen. Ihre ein wenig steifen Finger gruben sich ins Haar, hoben die glatte, warme Masse hoch. Ihre Hand spielte mit der runden Stirn, dem etwas fliehenden Kinn und den breiten Wangenknochen ihres Kindes, während ihr unruhiger Geist nicht zur Ruhe kam.

»Du kennst ihn nicht, Maud, aber im Grunde ist er ein gutes Kind. Ich würde sogar sagen, mir gegenüber ist er von euch dreien der Netteste, der Zuvorkommendste ...«
Die Naivität ihrer Mutter wunderte sie stets. Doch ihr Streicheln fühlte sich gut an im Gesicht. Nachdem sie die Mutter so lange hatte entbehren müssen, genoß Maud es wie einen Frühlingswind.
»Vielleicht ist er sehr liebenswürdig, Mama. Diese Liebenswürdigkeit macht dich blind. Er ist so verdorben, so morsch wie ein toter Ast ...«
Madame Tanerans Hand hielt abrupt inne. Sie lösten sich voneinander, und jede beharrte auf ihrem Standpunkt. Maud spürte plötzlich, daß sie in einer namenlosen Verzweiflung versank, in die diese Frau sie soeben auf immer gestoßen hatte.
Madame Taneran zitterte. War es möglich, kaltblütig eine solche Verurteilung auszusprechen? Sie, die Mutter, sie mochte leiden. Ihre Illusionen blieben ihr, trotz ihres Kummers, bis in alle Ewigkeit erhalten. Eben weil sie an ihren Sohn glaubte, lebte sie in einem Traum, dem die Wirklichkeit nichts anhaben konnte.
Manchmal haßte sie Maud. Dieses Kind entstellte brutal das Objekt ihrer Liebe. Und was bliebe ihr angesichts dieses einzigen Schmerzes ohne die Frische ihres Glaubens?
»Schweig, schämst du dich nicht? Denk doch, schon morgen können sie kommen und ihn uns wegnehmen. Dieser widerliche Tavarès, dieser gemeine Schurke ...«
»Er ist ganz sicher nur wegen dieser Geschichte weggefahren«, rief Maud aus. »Hast du etwas anderes geglaubt, so wie wir, ja? Daß er um seine Frau trauert, daß er auf dem Land um sie trauern will?«
Alle Scharfsicht in bezug auf ihren Sohn brachte sie in Verlegenheit. Sie, die Mutter, hatte recht, wenn sie seine lässige Anmut bewunderte, und sei es die lässige Anmut bei einer ganz offensichtlichen Feigheit.

»Was soll ich dir sagen! Ich habe keine Ahnung. Vielleicht war es ein bißchen wegen der Tavarès-Geschichte, ein bißchen wegen allem ...«
Sie allein fand Gründe, ihn immer noch zu lieben, ihn den anderen vorzuziehen.
»Übrigens, Mama, wenn er mich mit Pecresse verheiraten wollte, dann wird er das immer noch wollen; er wird, wenn er es erfährt, erst recht zusehen, daß er den Gewinn aus diesem schönen Geschäft nicht verliert.«
»Du solltest besser schweigen, Maud. Du sagst manchmal so harte Dinge, daß mir Zweifel kommen, ob du gut bist. Wenn dein Bruder erfährt, daß du ein Kind von Durieux erwartest, wird er der erste sein, hörst du, der dir gute Ratschläge gibt ...«
Maud schwieg. Sie sah Georges' Haus vor sich, trist und ruhig, dem Land zugewandt. Die Eiben wiegten sich vor den Fenstern, und in der Ferne erkannte man den Tannenwald von Uderan. Allmählich neigte sich der Tag. Die Grillen stimmten nacheinander ihr trunkenes Zirpen an. Oben auf dem Oustaou wagten sich kleine samtige Maulwürfe voller Furcht in den Kiefernwald vor. Georges kam nicht nach Hause. Man spürte, daß er ums Haus herum strich. Sie hatten sich aus Gründen getrennt, die für sie schwer zu durchschauen waren. Maud glaubte aber plötzlich, daß es ihr jetzt leichter fiele, mit Georges zu leben.
Die Hängelampe erleuchtete hell den Raum, in dem auf Möbeln und am Boden immer noch das Gepäck herumstand. Kein Laut kam aus den hinteren Zimmern. In einem schlief Henri, nebenan schnarchte der alte Taneran. Und alles war scheinbar ruhig und wie gewohnt.
Warum also weinte sich Maud die Augen aus dem Kopf? Die Tränen ihres Kindes beruhigten Madame Taneran zu Unrecht. War es nicht die Reue, die sie weinen ließ? Die Erschütterung war stark gewesen. Die Worte ihrer Tochter erinnerten die Mutter an das Elend ihres Lebens. Sie redete

zwar unaufhörlich darüber, empfand aber selten seine Tiefe. Sie weinte auch, aber verhalten, schon wie eine alte Frau. Endlich sprach sie zu Maud:

»Du wirst glücklich sein mit Durieux. Warum sagst du mir solchen Unsinn? Du siehst ja, daß du es hinterher bereust. Du weißt, daß du mir fehlen wirst … Natürlich, mein Leben ist nicht lustig. Eine Mutter hat immer eine größere Verpflichtung gegenüber dem unglücklichsten ihrer Kinder, demjenigen, das alle im Stich lassen …«

Maud ging zu Bett. Aber sie konnte nicht schlafen an diesem Abend.
Ihre Mutter hatte sich ein wenig beruhigt. Sie ging hin und her, packte aus, kramte in den Koffern. Ab und zu betrat sie auf Zehenspitzen das Zimmer; sie öffnete den Schrank, suchte etwas, räumte auf. Unermüdlich begann sie wieder mit ihrer geheimnisvollen Tour durchs Haus und kam dann noch einmal. Man war ihr nächtliches Treiben so gewohnt, daß sie niemanden störte. Maud lauschte: In der Stille sprach aus jeder ihrer Bewegungen Geduld und nicht nachlassender Eifer.
Maud fühlte sich allein und erhoffte nichts mehr, was sie nicht schon kannte.
Bald würde sie nach Uderan zurückkehren und heiraten. Dann würde sie zu Georges nach Bordeaux ziehen. Sie käme nur noch in den Ferien nach Uderan, und das reichte auch, denn der Haß der Pecresses und die Verachtung der Bauern ihnen gegenüber würden immer noch unter der Asche glimmen. Georges arbeitete bei seinem Vater und führte ein unstetes Leben, bald geregelt, bald ausschweifend. Sie konnte sich schlecht vorstellen, welchen Platz sie in seinem Dasein einnehmen würde. Ihr Leben hatte genau in dem Augenblick angefangen, als sie mit ihrer Mutter gesprochen und die Gewißheit erlangt hatte, daß es für eine so klar definierte Situation keine andere Lösung gab.
Vielleicht wartete Georges schon auf sie? Als sie sich an dem Morgen getrennt hatten, schien er ruhig und fast zufrieden. Wahrscheinlich liebten sie sich nicht mehr. Die Röte stieg ihr ins Gesicht bei dem Gedanken, sie würde zurückkommen, ihn zwingen, sie wieder zu nehmen. Wie durfte sie es wagen, ihm unter die Augen zu treten? Aber

sie konnte nicht bleiben. Ihre Mutter hatte schon entschieden, sie zu verlassen, und in ihrem Herzen war die Trennung vollzogen. Sie hatte es an der mitfühlenden Sanftheit gesehen, mit der sie heute abend zu ihr gesprochen hatte. Bestimmt würde sie noch diese Woche abreisen. Je früher, desto besser. Hier noch Zeit zu verbringen war auf jeden Fall sinnlos.

Wenn Jacques nicht gewesen wäre, hätte ihre Mutter sie vielleicht behalten. Jedenfalls hätte sie sie nicht so schnell und mit dieser unbewußten Erleichterung aufgegeben. Ohne daß sie es merkte, isolierte sie ihren ältesten Sohn, bis nur noch er übrig blieb, den sie mit ihrer Liebe überschütten konnte, wenn sie ihre Pflicht den anderen gegenüber erfüllt hatte.

Maud nahm es ihrer Mutter nicht übel; ihre Gedanken kehrten immer wieder zu ihrem älteren Bruder zurück, ihm galt ihr Haß, mit dem sie ihn am liebsten von weitem erstickt hätte. Sie spürte, wie er sich an sie drängte, Schicksal an Schicksal. Sie waren so eng verbunden wie zwei Opfer, miteinander verflochten. Sie konnte nichts machen. Alles Böse, was er getan hatte, hatte sie genauso empfunden, als hätte sie es selbst getan.

Er hatte sie verjagt, und ihr war ein Unglück zugestoßen. Vielleicht hatte er es auch gewünscht wie ihre Mutter, die vierzehn Tage lang kein Lebenszeichen gegeben und mit ihm ausgeheckt hatte, sie allein zu lassen.

Der Gedanke an ihren Bruder verursachte ihr einen sonderbaren, nicht sehr starken, aber unerträglichen Schmerz, den sie in sich pochen spürte wie einen Abszeß.

›... Er hat sich also eine Leibrente auf Uderan gesichert? Die die Pecresse ihm ausgesetzt hat? Mama, diese Verrückte, soll es zugelassen haben ... Möglich ...‹

Ihre Mutter, welche Schwäche! Sie sah jetzt ganz deutlich, was aus ihrer Mutter geworden war, ein kraftloses Geschöpf mit einem trügerischen Willen, den man brechen

konnte wie eine Nußschale. Ein Nichts. Und es war Jacques, der sie Tag um Tag vernichtet hatte.
Seit sie ganz klein war, hatte sie, wenn auch nur auf instinktive und kindliche Weise, die Vorstellung, er sei schlecht. Jetzt verstand sie, daß es sich nicht um eine so natürliche Anlage handelte wie Mut oder Hingabe. Jacques war böse durch eine Art Rückbesinnung auf sich selbst. Das Gute entmutigte ihn im voraus, und er mied es sorgfältig; er wagte nicht, besser zu sein, weil jeder Anfang, und sei es der einer Verhaltensänderung, öde und trostlos ist wie das Morgengrauen.
Er fand es also ratsamer, ganz allmählich in der Bosheit zu versinken und Taneran, Maud, seiner Mutter, die er gut in der Hand hatte, jeden Tag einen noch entscheidenderen Schlag zu versetzen. Sein Leben bezog daraus Einheit und Kraft. Er errang Siege; er festigte sich. Deshalb machte ihn jeder glückliche Anblick traurig. Wenn man darüber nachdachte, erstarrte man vor Angst …

Ein Klingeln riß Maud aus der Betäubung. Die Schritte ihrer Mutter strebten der Tür zu. Maud spitzte die Ohren. Mit einer Art Neugier und auch Hoffnung richtete sie sich im Bett auf. Ihre Mutter würde mit ihr sprechen. Vielleicht war es der Anfang einer so schlimmen, so entsetzlichen Katastrophe, daß sie eine Zeitlang alles Übrige in den Schatten stellte … Verrückt war sie, verrückt, daran zu glauben, einen solchen Glücksfall für möglich zu halten.
Die sonore Stimme ihres Bruders ertönte in der Diele. Er weckte immer alle, wenn er heimkam, und kannte keine Skrupel. Wenn er dagegen schlief, welche Ruhe herrschte dann im Haus!
Ja, diese Stimme versetzte sie in die Vergangenheit. Sie kündigte jede Nacht die gleichen eisigen Stunden kurz vor Tagesanbruch an.

Jacques dröhnte:
»Du bist noch nicht im Bett, was ist los mit dir?«
»Schweig, schweig, ich flehe dich an. Während unserer Abwesenheit war die Polizei da, deinetwegen ...«
Nach einer Pause:
»Was erzählst du da?«
Madame Taneran wiederholte, was sie gesagt hatte. Jacques mußte getrunken haben, seine Zunge war schwer, und er artikulierte langsam wie jemand, der aufwacht. Bald hörte Maud sie nicht mehr. Vielleicht redeten sie so leise ... Dann sagte Jacques plötzlich grob:
»Ach! Sie sind gekommen? Wann? Wie oft? Los, red schon, Herrgott nochmal!«
»Du bist mir eine Erklärung schuldig, mein Kind ...«
»Es ist Tavarès. Ich brauche mich nur totzustellen.«
»Hast du unterschrieben ...? Wieviel ...?«
»Fünfzigtausend, aber ich sage dir doch, ich brauche mich nur totzustellen. Wegen ein paar Wechseln kriegen sie mich nicht ... Im übrigen ist es eine alte Geschichte, wenn du dich erinnerst ...«
Maud fiel aufs Bett zurück. Dem Ton ihres Bruders entnahm sie, daß es keine wirkliche Gefahr gab. Nichts Besonderes, nichts. Nur Tavarès, und mit dem konnte man sich, wie sie wußte, immer einigen.
Das Leben würde wieder seinen höllischen Lauf nehmen.
Sie waren ins Eßzimmer gegangen. Ab und zu drangen Satzfetzen bis zu ihr:
»Bist du fertig mit der Heulerei?«
»Oh, ich hatte solche Angst, mein Kind. Warum hast du das getan?«
»Es war für Muriel. Ich wollte ja dich fragen, aber du kennst mich wohl immer noch nicht? Lieber würde ich sterben als um Geld bitten. Was soll man machen, so bin ich eben ...!«
Allmählich trug er die Nase wieder hoch.

Maud empfand zutiefst die Beschmutzung durch jedes seiner Worte. Allein seine Stimme bewirkte, daß sie sich verwandelt fühlte. Sie hatte ihn schon lange nicht mehr gehört: Er stand immer noch am selben Punkt, griff wieder zu den alten Lügen, den erbärmlichen Übertreibungen.
In den Augen seiner Mutter spielte er eine neue Rolle, und sie fand, er habe noch an Kühnheit, an Kraft gewonnen. Ah, er war wirklich unvergleichlich!
»Ich bin jemand, den man leicht mißversteht. Wohlgemerkt, ich spreche nicht von dir! Ich habe dir immer gesagt, du bist eine Heilige. Aber die anderen ...«
»Was hast du vor?«
»Es wäre natürlich besser zu zahlen ... Ich bin kein Lump. Falsche Papiere sind eigentlich nicht meine Stärke. Ich hatte mich darauf berufen, Muriels Mann zu sein ...«
Er roch die fünfzigtausend Francs der Pecresses, die seine Mutter verwahrte. ›Sie wird schweigen‹, dachte Maud, ›sie wird ihm nicht verraten, daß sie nichts mehr haben durch meine Schuld ...‹ Und tatsächlich ließ Madame Taneran ihn all seine nutzlosen Annäherungsversuche machen. Vielleicht vergaß sie selbst, daß sie dieses Geld zurückgeben mußte.
»Wie gesagt, es wäre natürlich besser zu zahlen ... Ich werde wieder anfangen zu arbeiten und werde zahlen. Ich werde zehn Jahre brauchen, aber ich werde es schaffen ...«
Seine Mutter indessen blieb standhaft und bot ihm nichts an. Man mußte sie schon sehr schlecht kennen (und das wußte er), wenn man meinte, sie würde kurzerhand beschließen, den Pecresses die Summe nicht zurückzugeben. Doch sie würde die Dinge sich von selbst entwickeln lassen bis zu dem Augenblick, da sie nicht mehr würde kneifen können.
»Das ist nicht die erste Geschichte, die mir passiert ... Wenn du wüßtest, wie viele ich dir erspart habe, wärst du baff, meine kleine Mama, einfach baff ...«

Und gewiß wäre sie niemals so naiv, ihm heute zu schenken, was er wollte. Eines Abends aber, wenn sie unter sich, ganz unter sich wären, würde sie rasch das Geld aus ihrem Schrank nehmen, wo es zwischen zwei Wäschestapeln steckte, und es ihm wortlos überreichen. Die Tage wären über die Pecresses hinweggegangen, deren Bild schon verblaßte. Die Grants aber lebten in der Wirklichkeit.

So unterhielten sich die beiden leise bis zum Morgengrauen. Sie ließ sich narren, im Grunde glücklich über diese Geständnisse, die sie ihrem Sohn näherbrachten.

Maud schlief nicht. Sie hörte auch nicht zu. Sie wartete den Tag ab, um aufzubrechen. Als der erste Lichtschein die Nacht verdrängte, stand sie auf. Mitten im Zimmer blieb sie wie angewurzelt stehen. Sie begriff, daß vor ihrer Abreise nach Uderan noch etwas passieren würde.

Schon war dieses Etwas in ihr, in ihrem Geist, der sich allmählich daran gewöhnte, es nährte, es Gestalt annehmen ließ. Dann spürte sie es außerhalb von sich, ganz klein, aber lebendig und mit einer Mitte versehen, und es blickte sie an wie ein regloses Vogelauge.

Die Tür des Eßzimmers ging auf. Jacques sagte gähnend:

»Sie schlafen. Man sollte ihnen übrigens besser nichts sagen, auch nicht dem Alten. Und vor allem nicht der Kleinen. Du kannst mir erzählen, was du willst, über sie habe ich jetzt meine eigene Vorstellung. Ich kenne die Frauen. Zum Glück wird sie abhauen ...«

Sie gingen zur Küche.

»Komm«, sagte die Mutter, »ich werde jetzt nicht schlafen gehen. Es ist zu spät; ich mache ein bißchen Kaffee.«

Maud schlich vor ihnen in die Küche und wartete.

Als sie sie sahen, blieben sie überrascht an der Tür stehen. Sie trauten sich nicht hinein, eine unbestimmte Angst hielt sie zurück. Madame Taneran versuchte zu lächeln.

»Du bist verrückt, mein armes Mädchen. Was tust du hier?«

Jacques trat mit entschlossener Miene näher, blaß und plötzlich vom Zorn übermannt, der sein Gesicht entstellte.
»Was tust du hier? Überlaß mir das, Mama ...«
Eigentlich wußte Maud nicht, was sie hier tat. Sie ahnte nur, daß sie Jacques mit all ihrer Schwäche, mit all ihrer einfach vorgeführten Not reizte bis zur Mordlust: Wie man ein harmloses Tier töten möchte, nachdem man es gedankenlos verletzt hat, ohne Haß. Sie blickte ihren Bruder an, der so blaß war im Morgenlicht, außer sich vor Zorn. Er sah sich nach etwas um, mit dem er der Kleinen das Gesicht zerschmettern konnte.
»Du hast uns bespitzelt, was? Ah, wenn ich mich nicht beherrschen würde! Du hast Glück ...«
Er ließ langsam, mühsam den Arm sinken, und seine Geste zeigte deutlich, wie leid es ihm tat, nicht geschlagen zu haben.
Madame Taneran stammelte unzusammenhängende Worte. Sie errötete und schämte sich offenbar, mit ihrem Sohn bei Vertraulichkeiten überrascht worden zu sein. Ach, diese Maud! War es nicht genug, daß sie schwanger war, ja, schwanger wie eine Dirne ...! Welche Ungerechtigkeit, wo sie einmal ein bißchen Glück gehabt hatte! Sie schrie:
»Geh schlafen, hörst du? Du bist ein Miststück, ein Miststück! Gib diesen Stuhl deinem Bruder ...«
Im Nebenzimmer hörte man Henri sich strecken und gähnen. Maud stand auf und überließ ihrem Bruder den Stuhl. Dann drehte sie sich flink um ...
Und sie vernahmen kaum das Geräusch der Wohnungstür, die sie vorsichtig hinter sich schloß.

Auf den Straßen zeigten sich die ersten Passanten; sie wirkten ausgeruht und gingen schnell.
In diesem dichtbevölkerten Viertel von Clamart, das früh aufwacht, öffneten bereits die Cafés. Die Leute, fast alle Männer, Fabrikarbeiter, drängelten sich am Tresen vor Tassen mit heißem Kaffee. Mit einer Zigarette zwischen den Lippen traten sie hinaus, zerstreuten sich auf den fast menschenleeren Wegen und schienen glücklich, die frische Morgenluft kosten zu können, die noch nicht von der Mühsal des Tages verpestet war.
Unten in der Stadt, die den Eindruck schmerzhafter Schlaflosigkeit machte, floß die Seine. Stellenweise drang das Morgenlicht durch den Nebel und ließ ihr grünes Wasser schillern.
Obwohl sie nicht geschlafen hatte, fühlte Maud sich fast wohl. Sie hüllte sich in ihren Mantel, den sie sich hastig übergeworfen hatte, und begann sehr schnell zu gehen. Der etwas rauhe Wind brauste ab und zu wie ein Seewind und verschlug ihr den Atem. Sie ging immer schneller, wie jemand, den eine Hoffnung beflügelt und bestärkt oder den ein angenehmer Gedanke umtreibt, mit einem Lächeln auf den Lippen, das dort hängengeblieben, vergessen worden war, und zerstreutem Blick ...
Bald aber bekam sie Hunger und taumelte. Ihr leerer Kopf füllte sich mit gellendem Radau, und die Knie wurden ihr plötzlich so weich, als ginge sie über das Deck eines Schiffes. Sie kannte dieses Gefühl schon seit einiger Zeit.
Sie betrat eine Bar und trank einen Milchkaffee. Sie schlürfte ihn langsam, die Arme auf den nassen Tresen gestützt, und jeder süße Schluck tröstete sie ein bißchen mehr. Die Luft in der Bar war feucht und säuerlich, von menschlichen Ausdünstungen gesättigt.

Bald ging es Maud besser, und sie bestellte noch einen Kaffee. Die Gäste wechselten ständig. Im Vorbeigehen musterten und taxierten sie sie. Wenn sie aufblickte, stieß sie sich buchstäblich an diesen nur neugierigen oder bereits dreisten Blicken. Eine Art Nervosität ergriff sie. Mit einer Unverfrorenheit, die Mut sein wollte und doch nur lächerlich war, starrte sie zurück.

›Hunde‹, sagte sie sich, ›es sind Hunde; sie werden mich nicht in Ruhe lassen ...‹

Die Männer bemerkten diesen Blick und zuckten die Schultern. Sie beruhigte sich sofort und wurde ganz verlegen ... Sie ging hinaus.

Der Tag schien ihr nun wieder auf seine wahre Bedeutung reduziert zu sein, nichts als eine Ausdehnung leerer Stunden. Wenn sie etwas hinter sich zu bringen hätte, würde das höchstens ein paar Minuten dauern. Was aber sollte sie bis dahin tun? Und doch schien es ihr unvorstellbar, anders zu handeln. Sie dachte an niemanden, an nichts anderes als den beängstigenden Abgrund des Tages, in dem sie langsam versank und der sich über ihr zu schließen schien wie ein Meer über einem noch lebenden Wrack, das zu langsam stirbt, zu langsam den Grund erreicht.

Dabei besaß sie die Erfahrung der leeren Tage, von den Wintertagen mit den kurzen Stunden der Helligkeit bis zu den Sommertagen, die sie im Zimmer in Uderan damit verbrachte, auf die hitzegeblähte Landschaft zu schauen, ohne sie zu sehen. Dieser aber glich keinem anderen, er war zu zäh, zu tief, zu lang.

Und je mehr Zeit verging, um so einsamer war sie, um so weiter weg von den vertrauten Ufern ihres Lebens. Das, was sie zu tun hatte, nahm allmählich Gestalt an, ohne größer zu werden, es zeichnete sich immer klarer ab, drum herum aber wurde alles undeutlich, verschwommen, und Maud war damit allein ...

Diese Vorstellung war ihr keine Gesellschaft. Lästig und verlockend zugleich, unterschied sie sich nicht von ihr, Maud, selbst. Nicht wie ein Spiegel, in dem sie nicht hätte vermeiden können, sich zu sehen; eher das Bild ihrer Einsamkeit selbst, ein Spiegel, über den sie sich beugte und von dem sie wußte, daß sie sich darin hätte sehen müssen, daß sie da war ..., ohne sich wirklich zu sehen.

Bald waren nur noch sie beide, dieses Bild und sie, in der unendlichen Traurigkeit der Welt. Maud wußte, die einzige Möglichkeit, dem Tag und allem übrigen ein Ende zu machen, war, das auszuführen, was ihr entgegenblickte und sich immer dringender anbot. Sie aber wagte aus lauter Angst dieses letzte Band noch nicht zu zerreißen ...

Sie ging schnell und hatte bald eine ziemlich lange Strecke auf der Straße zurückgelegt, wo sonntags ihre Mutter manchmal mit ihr bummelte. Heute fehlten die Spaziergänger; wenn Maud daran zurückdachte, erkannte sie sich nicht in diesem Mädchen, das verträumt und müde neben Madame Taneran herschritt.

Schon lag Clamart weit hinter ihr, obwohl sie, wenn sie sich umdrehte, den riesigen weißen Klotz sehen konnte, in dem sie wohnten. Der Dunst hüllte das Haus ein, und man konnte die Stockwerke nicht mehr voneinander unterscheiden.

›Wenn ich den Wald von Meudon erreicht habe‹, sagte sie sich, ›mache ich kehrt. Und dann gehe ich zur Polizei.‹

Sie brachte, so gut es ging, die Zeit herum, immer noch gebannt von dem, was sie tun wollte, jedoch nicht entschlossen genug, um es tatsächlich schamlos zu tun. Geduldig ließ sie sich besiegen, sie wartete, daß die Idee, die sich ihrer bemächtigt hatte und deren suggestiver Macht sie ausgesetzt war, von selbst Wirklichkeit wurde.

Am Rand des Waldes von Meudon vermied sie es, in den Schatten der Bäume einzudringen, und kehrte um. Die

Mittagszeit war vorüber, und die Leute gingen wieder an die Arbeit.
Maud fand sich plötzlich in einem verwilderten Park wieder, der ihr aber öffentlich zu sein schien, weil viele Kinder darin spielten. Sie setzte sich einen Augenblick. Sie dachte daran, Mittag zu essen; sie hatte etwas Geld in der Tasche und wollte ein Restaurant aufsuchen; doch dann fand sie es unnötig zu essen und kehrte in den Park zurück.
Das Blattwerk der Kastanien spendete Kühle. Niemand ging an ihr vorbei, und sie verfolgte von ihrer Bank in der Ecke des Parks aus das wilde Gerenne der tobenden Kinder, die Visionen einer erstaunlichen Leichtigkeit wachriefen.
Die Welt stand bereit, mannigfaltig, unermeßlich. Bei ihr zu Hause ging das Leben gewiß weiter wie gewöhnlich. Sie aßen spät. In diesem Augenblick schnarchten ihre Brüder, und ihre Mutter kümmerte sich liebevoll um die Essensvorbereitungen. Nachher würde sie einfach sagen:
»Begeben wir uns zu Tisch ohne diese Närrin …«
Wenn sie ein wenig unruhig wäre, so wäre diese Unruhe sicher nur oberflächlich. Diese üble Tavarès-Geschichte war höchstens eine Geldfrage. Schlimmstenfalls sähe sie sich gezwungen, die von den Pecresses gezahlte Summe einzubehalten. Wenn die etwas daran auszusetzen hätten, würde sie sich gütlich mit ihnen einigen, sich mit ihnen verständigen können. Auf jeden Fall würde die Sache auf später verschoben …
All das war es nicht wert, daß man den heiligen Tagesablauf auch nur um eine Minute verzögerte. Was das Fälschen anging, so hatte sie Vertrauen zu ihrem Sohn. Ihr Sohn konnte nichts wirklich Schlechtes tun. Er mochte seine Umgebung betrügen, gewiß, manchem unausstehlich erscheinen … Ach, sie lächelte darüber, sie, die Mutter, die wußte, daß all das nur schmutziger Schaum auf dem

klaren Wasser, dem ausgezeichneten Wesen ihres Kindes, war.

›Es ist Betrug, einverstanden‹, sagte sie sich wohl, ›aber er ist mein Sohn. Er hatte Gründe dafür, genau das zu tun, was er getan hat.‹

Maud fühlte sich stark, ruhig, wie in den ersten Tagen ihrer Schwangerschaft. Das Leben ging weiter.

Sie dachte über den Schatten der Sache nach, die ihn nicht losließ. Sie dachte über die Mutter seiner Kindheit nach, seiner Kindheit mit den sanften grauen Augen. Und diese Frau umgab ihn wieder mit Sanftheit. Ach, was würde sie ihr antun, was würde sie ihr nun Gemeines antun ...! Sie versuchte, nicht daran zu denken.

›Wenn Jacques weg ist, stirbt Mama vor Kummer.‹

Sie konnte es nicht ändern. I h r e Mutter war in der vergangenen Nacht gestorben. Sie sah sie, vergraben in die Erinnerung an den Abwesenden, allein mit dem alten Taneran. Vielleicht erwartete sie gerade jetzt eine Zärtlichkeit von ihrer Tochter. Sie wäre vom Unglück erhöht, in einer letzten Täuschung bezüglich ihres Sohnes befangen.

Um drei Uhr ging Maud zur Polizei, wie sie es sich vorgenommen hatte, vermied es aber, Clamart zu durchqueren. Der Umweg, zu dem sie sich zwang, würde lang sein. Doch ihre Beine hätten sie noch weiter getragen, wäre sie nur aus dem Teufelskreis entkommen, den ihre Idee um sie zog.

Während sie sehr schnell voranschritt, verlor sie allmählich die Ihren und auch die Gründe, sie für immer zu opfern, aus dem Blick. Sie machte kehrt und ging nun geradewegs zum Polizeirevier von Clamart.

Plötzlich stand sie vor dem Beamten, reglos und dumm, behindert von ihrem eigenen Körper, dessen Gewicht nun nicht mehr durchs Gehen verringert wurde. Und plötzlich hatte sie den Eindruck, die Sache trete an ihre Stelle.

»Sie sind mehrmals bei uns gewesen wegen meinem Bruder Jacques Grant«, erklärte sie mit fester Stimme. »Es geht um die Tavarès Bank. Nun, ich möchte Ihnen mitteilen, daß er wieder da ist ...«

Der Kommissar schien überrascht. Er ging zum Schrank und nahm eine kleine gelbe Mappe heraus. Maud wäre gern wieder gegangen. Er sagte abweisend:

»Warten Sie, ich will mal sehen ...«

Eine Minute verging, drei Minuten, fünf Minuten, während der Mann die Akte durchsah. Maud blieb vor ihm stehen und dachte an nichts.

Dann geschah etwas Erbärmliches: nach einer Weile hob der Beamte den Kopf und betrachtete wortlos das Mädchen, als zweifle er an ihrem Geisteszustand ...

»Ich weiß nicht, was Sie meinen«, sagte er endlich. »Wir sind bei Ihnen gewesen, richtig. Die Tavarès Bank, an die sich Ihr Bruder gewandt hat, ist ein Verein von Banditen. Da sein Name gefunden wurde, hat man ihn gesucht. Andererseits hat man ihn der Komplizenschaft verdächtigt. Aber letzten Endes ist er bestohlen worden. Er hätte klagen müssen. Ich weiß nicht, was Sie hier wollen ...«

An der Erleichterung, die sie verspürte, merkte Maud, welche Angst sie ausgestanden hatte. Als sie hinausging, konnte sie sich kaum auf den Beinen halten.

Mühsam schleppte sie sich zu einem kleinen Platz und setzte sich auf eine Bank. Sie kannte den Ort gut, der nicht weit von zu Hause weg war: auf der einen Seite eine Apotheke, auf der anderen eine kleine protestantische Kirche, umgeben von einem gepflegten Garten mit schön beschnittenen Büschen; die Kirche war aus Brettern gebaut; den Portalvorbau überragte ein furnierter und durchbrochener Holzfries, der eine lateinische Inschrift in Goldbuchstaben trug. Die Mauer einer Grundschule bildete die dritte Seite des Platzes. Kein Schüler ging

hinein oder kam heraus. Auch die Kirchentür blieb geschlossen.
Es war sehr kühl, und die Bänke waren leer. Ab und zu wurde Maud die Kälte körperlich bewußt; sie rührte sich so wenig wie möglich, denn die geringste Bewegung jagte ihr Schauer über den Rücken. Im übrigen hatte das Laufen sie so ermüdet, daß sie keinerlei Bedürfnis nach Bewegung verspürte. Kaum nahm sie den Rhythmus ihres Atems wahr, der regelmäßig die Enge ihrer Brust durch einen frischen Luftstrom dehnte.
Sie brauchte nicht mehr an das zu denken, was so plötzlich geendet hatte. Sie hatte mit einem Schlag das Endgültige, das Unabänderliche erreicht. Man hört auf, daran zu denken, außer man tut es absichtlich.
Allmählich kam der Abend. Sie erinnerte sich, Tag für Tag durchs Fenster bei Durieux gesehen zu haben, wie er vom Horizont aufstieg und langsam die dünne Linie des Dior verwischte. Grau- und Lilatöne, manchmal ein Rot wie von reifen Erdbeeren, vermischten sich und verflossen ineinander, um dann alle in ein feuchtes Grau-in-Grau überzugehen. Bald konnte man fast nichts mehr von der Landschaft erkennen, außer dem glänzenden Band des Flusses. Dann erhob sich, nebelgeschwellt, die mächtige, leuchtende Flut der Nacht. Düfte entströmten den Äckern, dem Gebüsch, den Kleefeldern, den Gemüsegärten. Nicht weit vom Haus gab es Nußbäume, und der strenge, bittere Geruch drang bis zu Maud. Das war der Augenblick, da sie fürchtete, sich zu stark vom hellen Hintergrund des Fensters abzuheben, und sie schloß es bedauernd.
O ja, sie erinnerte sich. Ihr Unglück war zweifellos groß. Sie stellte es ohne Traurigkeit und sogar mit einer Art Befriedigung fest. Es dehnte sich um sie aus, viel gewaltiger als zu der Zeit, da es aktuell gewesen war. Ein riesiges Gebiet, über das sie geherrscht hatte.

Das Wichtige war getan. Daß Jacques' Schicksal nicht mehr von ihrem Willen abhing, daran konnte sie nichts ändern! Vor dieser Gewißheit verharrte ihr Geist wie eine zusammengerollte Schlange.
In unregelmäßigen Abständen betraten Leute die Apotheke, deren Tür mit einem Klingeln aufging. Bald wurde das Schaufenster hell erleuchtet.
Die Zeit verging, es war angenehm, sie verstreichen zu lassen, ohne etwas von ihr zu erwarten.
Indessen verspürte Maud bald ein Mißbehagen, das sich verschärfte und schließlich schmerzte ... Sie hatte Hunger. Diese Empfindung wurde schnell sehr unangenehm. Sie erinnerte sich wieder ihres Kindes. Es war recht seltsam, aber beruhigend, daß dieses ferne Phantom trotz schlimmster Erlebnisse immer bei ihr war.
Diese Idee, ihren Bruder zu denunzieren, also wirklich! Albern! Tatsächlich war Jacques von Tavarès übers Ohr gehauen worden ...! Sie versuchte vergeblich, ihren Haß zurückzuhalten, doch die Gründe, die sie sich zurechtgelegt hatte, entglitten ihr wie Sand, der einem durch die Finger rinnt.
Die Polizei machte Jacques angst. ›Was für ein Scherz!‹ dachte sie. Und ihre Mutter, die sich so darüber aufregte! Fast hätte sie darüber gelacht. Was waren sie für Feiglinge, die Ihren, was für kleine Leute, die nicht einmal ihre lumpigen Versprechungen hielten!
Ihre Pein verschwand völlig. Es wurde dunkel, zuerst nahm sanft die Helligkeit ab, dann breitete sich gewaltig Schwärze aus und hüllte sie ein. Die Nacht war nichts Fernes und Ungreifbares, sondern etwas, das die Haut streifte; die Anwesenheit eines riesigen friedlichen Tieres, das lecken wollte. Sie spürte die Dunkelheit auch in sich selbst, spürte, wie sie sich ihr auf die Brust legte, ihr fast den Atem nahm.
Morgen würde sie schreiben, oder aber ihre Mutter würde es tun. Dann würde sie auf Georges' Antwort warten, oder

es wäre gar nicht mehr nötig. Die Scham war aus ihrem Bewußtsein verschwunden. Sie mußte jetzt gehen, die anderen verlassen.
Eigentlich ging sie nicht mit Freuden weg, eher mit einem gewissen Eigennutz. Wie würde Georges ihr erscheinen, nun da sie ihm gehören würde?
Maud stand auf und beschloß vernünftig, heimzukehren. Der Tag lag jetzt hinter ihr wie ein Berg, den sie hinauf und wieder hinunter gestiegen war. Sie marschierte ruhig durch die Dunkelheit, ohne daß sie eine andere Bürde in sich spürte als die des Kindes, das sie trug.

Drei Tage nach Mauds Abreise erhielt Georges einen Brief von Madame Taneran.

»Monsieur,
auf der Umschlagrückseite haben Sie meinen Namen gesehen. Und sie haben es vielleicht schon erraten, bevor ich fortfahre.
Die wenigen Male, die ich Sie gesehen habe, waren ausreichend, um mir eine Vorstellung von Ihnen zu geben. Ich wende mich heute an den Freund, der Sie hätten sein können und der Sie infolge ebenso widriger wie unvorhergesehener Umstände nicht gewesen sind. Glauben Sie mir, Monsieur, meine eigene Sympathie war nicht weniger lebhaft als jene, die mein ältester Sohn für Sie empfand. Jacques hat in der Tat vom Beginn Ihrer Beziehungen an gewünscht, sie mögen dauern und über den engen und zufälligen Rahmen der Ferien hinausgehen. Deshalb hat er wegen seiner Schwester zu einer kleinen Schwindelei bezüglich Jean Pecresse gegriffen. Er hofft, daß Sie es ihm nicht nachtragen.
Ein ungewöhnlicher Scharfblick und das ständige Bedachtsein auf die Belange seiner Familie, die nie aufgehört hat, Jacques in Atem zu halten, haben ihn dazu getrieben, seine Schwester von Ihnen fernzuhalten, diesem Kind die Nähe eine Mannes zu ersparen, der einen außerordentlichen Reiz auf sie ausüben mußte. Leider konnte er dieses größte Unglück, das mich getroffen hat, nur verzögern. Hätte ich von Anfang an auf ihn gehört, hätte ich die Katastrophe vielleicht verhindert, doch Sie wissen ja, eine Mutter ist immer blind, vor allem, wenn sie nicht von der festen Haltung eines Vaters unterstützt wird. Obwohl ihr ganzes Leben nur Liebe zu ihren Kindern ist, irrt sie …

Muß ich mich über ein solches Thema verbreiten? Sie kennen meine Tochter gut genug, um bei ihr eine Hartnäckigkeit zu berücksichtigen, die um so gefährlicher ist, als sie sich selten äußert: Sie waren das glückliche Objekt ihrer Wahl.
Die Einsamkeit, die besondere Atmosphäre, in der sie gelebt hat, ist die Ursache ihres verschlossenen und heftigen Charakters (wo die schlimmsten Versuchungen gären können, da nichts von ihnen ablenkt). Dies, obwohl mein Sohn und ich selbst nie aufgehört haben, durch unsere Strenge auf dieses Wesen einzuwirken, das, bis es Ihnen begegnet ist, gefährlich zurückgezogen vor sich hin dämmerte, verschanzt hinter einer Zurückhaltung und einer Schüchternheit, die uns viel mehr hätten ängstigen sollen.
Nichts sonst könnte in einer Familie, in der es kein Beispiel für eine derartige Schande gibt, eine solche Katastrophe erklären.
Ich hoffe, Monsieur, Sie werden durch die Süße eines Glücks, in dem Mauds Natur endlich zu voller Entfaltung kommt, für Ihre Güte belohnt werden.
Maud wird am Freitag abend mit dem Zug um 9 Uhr 40 in Semoic eintreffen. Sie wird einige Koffer haben; vielleicht müssen Sie jemanden zum Bahnhof schicken. Ich spreche nicht von den Gründen für diese traurige Rückkehr …
Ich weiß, daß meiner Tochter das Herz schwer ist bei dem Gedanken, mich zu verlassen, obwohl nichts von ihrer Traurigkeit durchscheint. Sie wird sehr unter unserer Trennung leiden. Sie ist ein armes Kind, dem es nicht an Verstand fehlt und das die Strenge der Bestrafung sehr wohl anerkennt.
Ich kann nicht nach Uderan kommen, um sie zu begleiten. Ich möchte Ihnen raten, nicht zu lange dort zu bleiben und Ihre Hochzeit nicht dort zu feiern. Eines Tages, wenn die Zeit das Ihre getan hat, werde ich wiederkommen und eine Situation bereinigen, die man allzusehr dramatisiert hat.

Ich fürchte, Sie verkennen meine Gefühle. In Ihren Augen erwidere ich zweifellos nicht, wie ich es sollte, die Liebe eines Kindes, das mich anbetet. Glauben Sie mir: Ich liebe sie im Gegenteil mit einer so großen, so schmerzlichen Zärtlichkeit, daß ich nicht wage, dieses Thema anzuschneiden. Es gibt ausweglose Lieben, sogar zwischen einer Mutter und ihrem Kind, Lieben, die man ausschließlich leben sollte. Ich aber bin die Mutter von drei Waisen.
Mir bleibt nur noch, Ihnen zu wünschen, daß Sie glücklich sind. Es gibt späte und wunderbare Verlöbnisse, glauben Sie mir.
Empfangen Sie, mein Kind, meine kleine Tochter, mit der die Schroffheit, die Sanftheit, der Geruch der Kindheit aus meinem Haus verschwinden. Wärmen Sie sie im kommenden Herbst, wenn die Natur selbst so traurig ist. Mir obliegt eine Aufgabe, die ebenso schwierig wie albern ist, denn sie wird mit mir aufhören.
Danke. Ich werde Sie beide bald wiedersehen anläßlich eines bevorstehenden Ereignisses, das durch die Versprechungen, die es mit sich bringt, all unseren Groll aus der Welt schaffen wird.

Marie Grant-Taneran«

Nachdem er diesen Brief erhalten hatte, ging Georges Durieux auf den Oustaou. An diesem Morgen war es kalt und neblig. Gegen Mittag kam er langsam herunter und ging nach dem Essen genau so langsam wieder hinauf. Sorgfältig füllte er die Wartestunden eine nach der andern aus.
Er war lange vor dem Zug auf dem Bahnsteig. Maud erschien bereits warm gekleidet, wie in Paris, sie wirkte mitgenommen, die Augen geweitet und ängstlich. Sie starrte auf Georges und wartete, daß er zu ihr kam.
Ihre behandschuhte Rechte lag in der Georges', ebenso reglos. Plötzlich aber belebte sich ihr Blick, und ihre Hand fand ihre Kraft und ihren Ausdruck wieder.

»Haben Sie einen Wagen? Es ist wegen des Koffers ...«
Ein ganz neuer Schrankkoffer: die letzte Großzügigkeit ihrer Mutter. Man hatte die Dinge schicklich vornehmen wollen ...
Sie fuhren los. In der Ferne, neben der Straße, ragten im Mondschein die Wipfel von Uderan auf.
»Weißt du, daß sie sich ganz ernstlich verpflichtet hatten?« sagte Maud, indem sie sich Mühe gab, ihn zu duzen. »Mama hat sogar die fünfzigtausend Francs eingesteckt. Wußtest du das? Was für ein Scherz, du meine Güte ...!«
Ihre Heiterkeit klirrte in der kalten Luft. Sie schmiegte sich an ihn. Der Wagen war offen, und der Wind heulte über ihren Köpfen.
»Du wirst sehen, wie es in Bordeaux an manchen Tagen bläst!« sagte Georges.
»In Bordeaux?« fragte Maud leise.
»Ja. Und was die fünfzigtausend Francs angeht, reg dich nicht auf, sie sind zurückgezahlt.«
Ein Schweigen, bis sie sich daran gewöhnt.
»Da werden sie froh sein in Paris. Hast du das getan, um ihnen eine Freude zu machen?«
»Ja«, antwortete Georges, »warum sollte man ihnen keine Freude machen?«

Marguerite Duras

Yann Andréa Steiner

Aus dem Französischen von Andrea Spingler
suhrkamp taschenbuch 3172
96 Seiten

Sommer 1980. Die Geschichte »zwischen dem sehr jungen Yann Andréa Steiner und dieser Frau, die Bücher machte und die alt war und allein wie er«, beginnt in Trouville. Behutsam skizziert Duras die aufkeimende Liebe, die den Tod von Anfang an in sich birgt.
Parallel dazu erzählt sie von der unmöglichen Liebe zwischen dem kleinen Samuel Steiner und seiner Betreuerin Johanna Goldberg. Samuels Schwester wurde von den Nazis ermordet, seine Eltern deportiert. Yann Andréa wird zu Yann Andréa Steiner, und nicht allein der gemeinsame Name drückt die mythische Verwandtschaft zu Samuel, dem ebenfalls viel jüngeren Geliebten, aus.
Duras' Erzählung von ihrer Liebe und der Angst darum schreitet mit dem Rhythmus der Wellen, des Windes und des Regens fort. Die Gespräche mit Yann führen zu einer weiteren Figur: Theodora Kats, eine in den Konzentrationslagern umgekommene junge Frau, deren Geschichte Duras nie hat aufschreiben können.
Mit unbeschreiblicher Sogwirkung verknüpft die Duras Fiktion und Realität und macht aus *Yann Andréa Steiner* eine literarische Liebeserklärung an den langjährigen Gefährten.

NF 272/1/10.00

Lily Brett

Einfach so

Aus dem Amerikanischen von Anne Lösch
suhrkamp taschenbuch 3033
446 Seiten

Einfach so erzählt die Geschichte einer Frau, die in New York zu Hause ist. Sie schreibt Nachrufe für eine Zeitung, ihr Ehemann, mit dem sie glücklich ist, spielt eine gewisse Rolle in der New Yorker Kunstszene, zu der sie allerdings eine ironisch-direkte Beziehung pflegt. Sie lebt in einem weitläufigen Loft, hat drei aufmüpfige, aber wohlgeratene Kinder, und wenig Außergewöhnliches, nichts Dramatisches drängt sich in den Ablauf ihrer Tage. Das Außergewöhnliche liegt in ihr selbst, in ihrer Art, die Umwelt wahrzunehmen: Soll sie ein koscheres Huhn kaufen, oder darf sie auf die Instanthühnerbrühe zurückgreifen? Kann sie sich von den reichen Gastgebern mit deren Mercedes zur Dinnerparty kutschieren lassen? Ihre Lebensgeschichte – sie ist die Tochter jüdischer Eltern, die den Holocaust überlebt haben – ist immer präsent. Gegenwart und Vergangenheit sind für sie untrennbar verbunden, und ihr Beruf – durch den sie häufig Begräbnisse zumeist völlig fremder Menschen besuchen muss – verstärkt das Gefühl der Zerbrechlichkeit des Glücks.

NF 246/1/7.00

Fattaneh Haj Seyed Javadi

Der Morgen der Trunkenheit

Roman
Aus dem Persischen von Susanne Baghestani
416 Seiten. Gebunden

Teheran Anfang der dreißiger Jahre. Nachdem die selbstbewußte Mahbube mit ihren fünfzehn Jahren den Sohn einer Prinzessin abgelehnt hat, weist sie auch ihren Cousin zurück, der in sie verliebt ist. Warum? Das Mädchen hat sich in einen jungen Schreiner verguckt, und sie besteht auf ihrer Wahl. Wider Willen ringt der Vater sich dazu durch, ihr nachzugeben. Die Tochter erhält zur Hochzeit ein Häuschen und monatlich Kostgeld, aber das Elternhaus darf sie nicht mehr betreten. Die persische Autorin zeigt, daß Mahbubes Leidenschaft den Bedingungen dieser Ehe nicht gewachsen ist. Die junge Frau findet sich mit Ärmlichkeit und verletzenden Umgangsformen nicht ab. Nachdem ihr Sohn im Alter von fünf Jahren ertrunken ist, hält sie nichts mehr zurück – sie flieht zurück zu den Eltern und wird die Nebenfrau ausgerechnet des abgewiesenen Cousins.

»Einen Gabriel García Márquez oder eine Isabel Allende gab es aus dem Orient noch nicht zu vermelden. Das könnte sich jetzt ändern ... Der Roman ist ein Glücksfall für die orientalische Literatur. Er ist ein Glück für seine Leser.« *Stephan Weidner, Berliner Zeitung*

Fattaneh Haj Seyed Javadi, geboren 1945 in Schiraz, lebt in Isfahan.

NF 264/1/9.00

Katharina Hacker

Der Bademeister

Roman
207 Seiten. Gebunden

Ein Schwimmbad mitten in Prenzlauer Berg ist geschlossen worden. Es verrottet langsam, aber durch seine Gänge streift noch jemand ruhelos, der dort sein ganzes Berufsleben verbracht hat: ein ehemaliger Bademeister. Arbeitslos geworden, mag er nicht begreifen, daß die vielen Gäste einfach von einem Tag auf den anderen wegbleiben, daß mit der Schließung alles zu Ende und dem Verfall preisgegeben sein soll. Immer seltener verläßt er das Bad, bald nicht einmal mehr, um zu Hause zu übernachten. Assoziationsreich spricht er mit sich selbst oder imaginierten Zuhörern. In Bruchstücken, die sich erst nach und nach zu einem Bild fügen, erfährt man so die Lebensgeschichte des Bademeisters. Daß ihm etwa ein Studium verwehrt blieb, hat auf eine dunkle Weise mit Verfehlungen des Vaters zu tun. Immer neu nimmt der Erzähler Anlauf, um sich seiner selbst zu vergewissern, unter die Oberfläche der sichtbaren Dinge zu gelangen und endlich nach einer Schuld zu fragen, vor der zur rechten Zeit die Augen verschlossen wurden.

Katharina Hacker, geboren 1967 in Frankfurt, studierte Philosophie, Geschichte und Judaistik in Freiburg und Jerusalem, heute lebt sie in Berlin.

NF 262/1/9.00

Unda Hörner

Unter Nachbarn

Roman
suhrkamp taschenbuch 3171
201 Seiten

»Ein Schlüssel wurde in der Tür umgedreht. Die Tür wurde geöffnet und wieder geschlossen. Ein fremder Mann stand im Flur. Er sah mich im Bett liegen und fragte: ›Wie viele Leute haben eigentlich einen Schlüssel zu dieser Wohnung?‹ ›Ich gieße hier die Blumen‹, sagte ich und zog die Decke bis zum Kinn. ›Das sehe ich‹, sagte er.«
Unter Nachbarn ist ein Roman über Berlin – und Nachbarn in Berlin. Es treten auf: eine ungewöhnliche Mutter, ein heißblütiger Waffenkenner, ein lebensmüder Professor, eine ungezügelte Klavierspielerin und ein rätselhafter Gast, der beim Blumengießen in der Wohnung des verreisten Nachbarn auftaucht. Schließlich führt eine flüchtige Beziehung zu einem »Seemann« immer wieder an einen See in der Stadt, an dem alles wie zufällig zusammenläuft und etwas ganz Neues entsteht.

Unda Hörner, geboren 1961, lebt seit 1982 in Berlin.

NF 284/1/11.00

Sabine Neumann

Streit

Drei Erzählungen
suhrkamp taschenbuch 3119
172 Seiten

Angefangen hat der Streit mit der leidigen Putzfrage. Als sie den hartnäckig vor sich hin putzenden Freund fragt, ob er auch einem Kaffee will, ist für ihn schon alles zu spät. Am späten Abend, nach einem gemeinsamen Konzertbesuch, kommt es zum Eklat. Unausweichlich, wie eine Naturkatastrophe, nimmt der Streit seinen Lauf. Und wieder einmal gelangen die beiden an einen Punkt der Auseinandersetzung, wo sie nur noch gewalttätig reagieren können. Wo sich nur noch die Frage stellt: Opfer oder Täter?

»Ich möchte weggehen, dahin, wo mich niemand kennt, ich möchte mich völlig neu erfinden«, sagt eine junge Frau und rettet sich aus einer Beziehung, die aus dem Lot geraten ist. Verliebt in eine Schülerin hat sich eine andere Erzählerin. Sie wählt das Reisen, um ihre »harmlose erotische Verwirrung leichten Herzens hinter sich« zu lassen.

In ihrem Debüt treibt Sabine Neumann ein raffiniertes Spiel mit den Geschlechterrollen, erzählt vom Verliebtsein, von der Liebe, die zum Haß wird, von Ausbruchsversuchen und Versöhnungen.

Sabine Neumann, geboren 1961 in Regensburg, lebt zur Zeit in Malmö, Schweden.

NF 260/1/9.00

Elsa Osorio

Mein Name ist Luz

Roman
Aus dem Spanischen von
Christiane Barckhausen-Canale
425 Seiten. Gebunden

Zunächst ist es nur ein unbestimmtes Gefühl, dann verdichten sich erste Indizien und weitere Nachforschungen zu einer erschütternden Gewißheit: Luz ist nicht die Tochter ihrer vermeintlichen Eltern. Sie ist die Tochter einer politisch Verfolgten, einer »Verschwundenen«. Luz weiß nicht, wer sie ist, bis sie eines Tages in Madrid ihrem wirklichen Vater gegenübersitzt.
Ihm, der die schlimme Vergangenheit begraben wollte, erzählt sie, was sie aus eigenem Antrieb herausgefunden hat, durch ihn erfährt sie die ganze Geschichte. Hinter ihrer scheinbar normalen Kindheit in der Familie eines hohen Militärs verbirgt sich ein Drama, das all die Menschen, die sie kennt und die sie liebt, auf immer verknüpft.

»Ein Roman der Gefühle, spannend wie ein Kriminalroman, ein Geflecht aus Stimmen, Zeitebenen und Szenen.«
Corriere della Sera

»*Mein Name ist Luz* liest sich – durch den ständigen Wechsel von Erzählperspektiven und Zeitebenen – streckenweise fast wie das Drehbuch eines Films.«
Der kleine Bund, Bern

NF 263/1/9.00

Dubravka Ugrešić

Das Museum der bedingungslosen Kapitulation

Roman
Aus dem Kroatischen von Barbara Antkowiak
304 Seiten. Gebunden

In sieben symmetrisch angeordneten Kapiteln reflektiert Dubravka Ugrešić, die nicht mehr in Kroatien lebt, ihren Aufenthalt in Berlin und München, erinnert sich an ihre eigene Kindheit und Jugend, erzählt von der trinkfesten, ess- und kochsüchtigen, männerverschlingenden Weltenbummlerin Christa und schildert sehr poetisch und melancholisch die hastige Liebesaffäre mit dem viel zu jungen, bildschönen Antonio in Lissabon.

Von Dubravka Ugrešić erschienen bisher im Suhrkamp Verlag: *Der goldene Finger* (edition suhrkamp 1654), *My American Fictionary* (edition suhrkamp 1895) sowie *Die Kultur der Lüge* (edition suhrkamp 1963). Für letzteres Buch wurde sie mit dem Charles-Veillon-Preis ausgezeichnet.

NF 252/1/8.00

Anne Weber

Im Anfang war

216 Seiten. Gebunden

Was wäre passiert, hätte Eva zuerst vom Baum des Lebens gekostet und dann erst vom Baum der Erkenntnis? »Eva wäre unsterblich gewesen, und statt Adam als Sklavin zu dienen, hätte sie seine Göttin sein können. Die Chance ist verpaßt. Denken wir nicht mehr daran.« Anne Weber hat sich die Bücher des Alten Testaments vorgenommen und erzählt sie auf ihre ganz eigene Weise neu, nicht vollständig und all ihren Sinngebungen nachspürend, dafür immer überraschend und pointiert.
Der Blick, den sie einnimmt, ist scharfsichtig, realitätssüchtig und unerbittlich. Und als Gott Noah befahl, von jeder Art zwei Tiere an Bord seiner Arche zu nehmen – hatte er da die Fische nur vergessen, oder wollte er sie schonen? Mit leichter Hand rückt die Autorin das Allbekannte in ein neues Licht und macht uns wundern über das, was wir für die natürliche Ordnung der Dinge halten.

Anne Weber wurde 1964 in Offenbach geboren, seit 1983 lebt sie in Paris.

NF 261/1/9.00

suhrkamp taschenbücher
Eine Auswahl

Isabel Allende
- Aphrodite – Eine Feier der Sinne. Übersetzt von Lieselotte Kolanoske. Illustrationen von Robert Shekter. Rezepte von Panchita Llona. st 3046. 328 Seiten
- Das Geisterhaus. Übersetzt von Anneliese Botond. st 1676. 500 Seiten

Ingeborg Bachmann. Malina. Roman. st 641. 368 Seiten

Jurek Becker
- Jakob der Lügner. Roman. st 774. 283 Seiten
- Amanda herzlos. Roman. st 2295. 384 Seiten

Louis Begley
- Lügen in Zeiten des Krieges. Roman. Übersetzt von Christa Krüger. st 2546. 223 Seiten
- Mistlers Abschied. Roman. Übersetzt von Christa Krüger. st 3113. 284 Seiten
- Schmidt. Roman. Übersetzt von Christa Krüger st 3000. 320 Seiten

Thomas Bernhard. Ein Lesebuch. Herausgegeben von Raimund Fellinger. st 3165. 112 Seiten

Peter Bichsel
- Kindergeschichten. st 2642. 84 Seiten
- Cherubin Hammer und Cherubin Hammer. st 3165. 112 Seiten

Volker Braun
- Hinze-Kunze-Roman. st 3194. 240 Seiten

NF 266/1/10.00

- Trotzdestonichts oder Der Wendehals. st 3180. 160 Seiten

Truman Capote. Die Grasharfe. Roman. Übersetzt von Annemarie Seidel und Friedrich Podszus. st 3135. 208 Seiten

Paul Celan. Gesammelte Werke in sieben Bänden. Sieben Bände in Kassette. st 3202-st 3208. 3380 Seiten

Marguerite Duras. Der Liebhaber. Übersetzt von Ilma Rakusa. st 1629. 194 Seiten

Hans Magnus Enzensberger. Der Fliegende Robert. Gedichte, Szenen, Essays. st 1962. 350 Seiten

Max Frisch
- Homo faber. Ein Bericht. st 354. 203 Seiten
- Stiller. Roman. st 105. 438 Seiten

Norbert Gstrein. Der Kommerzialrat. Bericht. st 2718. 148 Seiten

Peter Handke. Mein Jahr in der Niemandsbucht. Ein Märchen aus den neuen Zeiten. st 3084. 632 Seiten

Hermann Hesse.
- Das Glasperlenspiel. Versuch einer Lebensbeschreibung des Magister Ludi Josef Knecht samt Knechts hinterlassenen Schriften. st 2572. 616 Seiten
- Siddhartha. Eine indische Dichtung. st 182. 136 Seiten

Ludwig Hohl. Die Notizen oder Von der unvoreiligen Versöhnung. st 1000. 832 Seiten

Yasushi Inoue. Das Jagdgewehr. Übersetzt von Oskar Benl. st 2909. 98 Seiten

NF 266/2/10.00